D1727392

EPIK

JOHANN LIPPET

Johann Lippet

Amei und Mari
oder
Nacherzähltes Leben

Ein Heimatroman

Ludwigsburg

Bibliografische Information der Deutschen Nationalbibliothek
Die Deutsche Nationalbibliothek verzeichnet diese Publikation in
der Deutschen Nationalbibliografie; detaillierte bibliografische Daten
sind im Internet über http://dnb.d-nb.de abrufbar.

Ludwigsburg: Pop, 2015
ISBN: 978-3-86356-121-5

1. Auflage 2015

Druck: Pressel, Remshalden
Umschlag: T. Pop
Foto: T. Pop
Verlag: Pop, Postfach 0190, 71601 Ludwigsburg
www.pop-verlag.com

meiner Mutter

Wovon man nicht sprechen kann, darüber muß man allmählich zu schweigen aufhören.

Christa Wolf, *Kindheitsmuster*

Präliminarien

Als Maria Kiefer am 10. März 2001 im Klinikum von Stuttgart stirbt, laut Todesurkunde um 12:00 Uhr, nach zwei Tagen im Koma, einen halben Tag nach ihrem 73. Geburtstag, hatte sie in den letzten sieben Jahren die Wohnung nur noch für Arztbesuche zur Überprüfung der Blutwerte, Zuckerwerte und eventueller Umstellung der Medikation verlassen, sich sonst im Rollstuhl in der Öffentlichkeit zu zeigen, hätte sie nicht akzeptiert.

Maria Kiefer, geb. Kornibe. Diese Angaben in der Todesanzeige der „Banater Post", der Zeitung der Banater Schwaben aus Rumänien in Deutschland, hätten Jugendliche, die auch aus dem Dorf mit ehemals ungefähr 350 Einwohnern stammten und als Kinder ausgewandert waren, keiner Person mehr zuordnen können. Das sei doch die Kornibe Mari, wären sich Ältere nach kurzer Überlegung, sich mit den Fingern an die Stirn tippend, sicher gewesen, doch dieser eindeutige Hinweis hätte den Enkelkindern auch nichts mehr gesagt.

Erika Weiß, die Tochter, rechnete mit Anrufen von älteren Leuten aus dem ehemaligen Heimatdorf auf die Todesanzeige hin allein schon deshalb nicht, weil sie aus der Erfahrung mit ihrer Mutter wußte, die hätte nie jemanden angerufen oder abgehoben, wenn es läutete, welche Hemmungen diese Generation noch immer vor dem Telefon hatte.

Als dann eine Frau anrief, die, ohne sich vorzustellen, mit zittriger, aber lauter Stimme fragte, ob man sie höre, ob sie mit der Kiefer Erika spreche, wußte Erika sofort, daß es nur jemand aus ihrem einstigen Heimatdorf sein konnte, wo man sie auch nach ihrer Heirat noch mit ihrem Mädchennamen gerufen hatte.

Es war Katharina Laub, Laub Kathi genannt, die bei ihrem Bruder und ihrer Schwägerin in Bayern lebte. Die hatten in den ersten Jahren nach ihrer Auswanderung Erikas Mutter immer zu Neujahr angerufen, in den letzten Jahren aber nicht mehr.

In ihrer Aufregung begrüßte Erika die Laub Kathi, wie das zu Hause älteren Frauen gegenüber üblich gewesen, mit Bäsl Kathi, obwohl sie auch schon einundfünfzig war, die drückte ihr, nach Worten ringend, ihr Beileid, das ihres Bruders und ihrer Schwägerin aus, meinte, die Mari sei eine Seele von einem Menschen gewesen, fragte dann mit Fassung, wie es denn passiert sei.

Erika berichtete der Laub Kathi, daß ihre Mutter in der letzten Zeit öfter als sonst von daheim erzählt habe, bei der Einlieferung ins Krankenhaus verwirrt gewesen sei, gefragt hätte, wieso es denn stockdunkel und wann der viele Schnee gefallen wäre, obwohl es kurz nach Mittag gewesen sei und gar nicht geschneit gehabt habe, sie hätte nach ihrem wollenen Umhängetuch gefragt, nach ihren dicken Strümpfen und der langbeinigen dicken Unterhose, da sie doch bei der Kälte heim müsse zu Mutter und Vater, wo sie denn hier wäre, habe sie verängstigt gefragt, das sei doch gar nicht ihr Bett, sie wolle heim in ihr warmes, habe sie mit weinerlicher Stimme gefordert, müsse sich ausruhen, morgen warte doch die viele Arbeit im Garten. Kurz darauf sei sie nicht mehr ansprechbar gewesen, habe sich noch zwei Tage gequält.

Gott hab sie selig, tröstete die Laub Kathi hörbar ergriffen Erika, meinte mit leiser Stimme und ohne nach Worten
zu ringen, ihre Mutter sei ihr ganzes Leben noch einmal
durchgegangen, habe erst dann loslassen können.

Diese Äußerung der Laub Kathi gehe ihr noch immer nach,
hatte Erika mir gestanden, als wir uns nach einer halben
Ewigkeit zufällig in Stuttgart begegnet waren und sie mir
kurz vor unserer Verabschiedung nach einem langen Gespräch auf der Terrasse eines Cafés noch dieses Telefonge-
spräch von vor zwölf Jahren geschildert hatte.

Auch mir ging die Äußerung der Alten nicht mehr aus dem
Kopf, zumal ich mich in die Idee verrannt hatte, anhand von
Erikas Lebensgeschichte einen Roman zu schreiben, wofür
ich natürlich Details aus ihrer Familiengeschichte, die ich nur
in großen Zügen kannte, hätte in Erfahrung bringen müssen.

Erika war drei Jahre älter als ich, wir stammten aus dem-
selben Dorf, meine Eltern aber waren, als ich in die 7.
Klasse kam, in die Kleinstadt H. gezogen, einen Schritt, den
nur sie aus dem Dorf gewagt hatten. Hier arbeitete meine
Mutter in der Knopffabrik, wofür man keine Qualifikation
brauchte, mein Vater in der Ziegelfabrik, wo physische
Arbeit gefragt war.

Sie hätten in das nur 5 Kilometer von H. gelegene Dorf,
woher meine Mutter stammte, ziehen und mit dem Bus
zur Arbeit pendeln können, aber wenn schon, denn schon,
hatten sie sich wohl gedacht auch in Hinblick auf die
Möglichkeit, daß ich in H. das deutsche Lyzeum besuchen
konnte. Zudem war das Verhältnis meiner Mutter zu ihrer
Familie, Eltern und Bruder, nicht besonders. Doch das ist
eine andere Geschichte.

Obwohl weggezogen, blieb ich sozusagen ein Dorfkind, denn die Sommerferien verbrachte ich bis zum Beginn meines Studiums immer bei meinen Großeltern väterlicherseits, in deren Haus auch wir gewohnt hatten. Nach dem Tod meiner Großeltern verkaufte mein Vater das Haus mit dem kleinen Garten, damals noch kein Problem.

Erika fand nach Beendigung des Lyzeums eine Anstellung als unqualifizierte Arbeiterin in der Temeswarer Schuhfabrik, machte dann eine technische Ausbildung, das Bestücken von Halbleiterspeichern, in dem neu gegründeten Betrieb, nach Beginn der Ausbildung die Tragödie: der Tod des Vaters im Alter von nur 40 Jahren, kurz davor war ihre Großmutter gestorben.

Im Betrieb brachte sie es bis zur Schichtleiterin, heiratete einen Temeswarer, dessen Schwester eine Ehe mit einem emigrierten Banater Schwaben, bedeutend älter als sie, eingegangen war, wanderte schließlich mit ihrem Mann und dessen Eltern im Rahmen der sogenannten Familienzusammenführung nach Deutschland aus.

Sie hatte Glück, fand schon kurz nach ihrer Aussiedlung in einem mittelständischen Betrieb in der Nähe ihres Wohnorts Arbeit in ihrem Beruf. Der Betrieb aber verpaßte den Anschluß an die rasanten technischen Entwicklungen, ging pleite, sie machte eine Umschulung zur Altenpflegerin, arbeitete in einem Pflegeheim, immer Nachtschicht. Die körperliche Anstrengung war nicht ohne Folgen geblieben, Bandscheibenvorfall. Nach zähem Ringen mit der Bürokratie war ihr mit einundsechzig Erwerbsunfähigkeitsrente zuerkannt worden.

Erst nach der Wende in Rumänien hatte Erika, deren Ehe kinderlos geblieben war, ihre Mutter zu sich genommen, Oktober 1989 waren ihr Mann und ihre Schwiegereltern mit dem Auto bei einem Verkehrsunfall ums Leben gekommen.

In Temeswar waren Erika und ich uns immer wieder mal begegnet, wir hatten aber keinen Kontakt gepflegt, auch hier war es so geblieben, bei der zufälligen Begegnung in Stuttgart jedoch waren wir übereingekommen, das zu ändern und hatten unsere Telefonnummern ausgetauscht. Sie würde sich freuen, wenn ich sie mal anriefe, hatte sie gesagt, ich daraus geschlossen, daß ich den ersten Schritt werde tun müssen.

Mein Vorhaben, sie anzurufen, bei der Gelegenheit zu fragen, ob sie bereit wäre, mir in Ergänzung unseres langen Gesprächs im Café Zusätzliches aus ihrer Familiengeschichte zu erzählen, da ich vor hätte anhand dieser einen Roman zu schreiben, hatte ich immer wieder aufgeschoben, da ich befürchtete, sie könnte mir unlautere Absichten unterstellen wie andere Landsleute, die sich oder Familienangehörige in Personen meiner Bücher wiedererkannt haben wollten und mit denen ich leidige Erfahrungen gemacht hatte: Beschimpfungen am Telefon, unflätige Briefe und Mails.

Auf die Gefahr hin, es mir mit ihr zu verderben, rief ich sie dann schließlich doch an. Zu meinem Erstaunen hatte sie überhaupt keine Bedenken und lud mich prompt zu sich ein. Ihre Bereitschaft, mir Zusätzliches aus der Familiengeschichte zu erzählen, war weit mehr als ein Entgegenkommen, es war ein Vertrauensbeweis. Wird sie aber auch einverstanden sein, daß ich mir Notizen machte, und wenn ja, würde sie das nicht verunsichern, hatte ich mich gefragt.

Meine Bedenken waren völlig unbegründet, denn als ich ihr mein Vorhaben noch einmal erklären wollte, hatte sie gemeint, das müßte ich nicht. Und zu meiner noch größeren Verwunderung hatte sie mir ein Blatt mit einer Art Stammbaum ihrer Familie vorgelegt.

Während unseres Gesprächs bei Kaffee und selbstgebackenen Kuchen hatte sie mich immer wieder darauf hingewiesen, daß sie dies oder jenes Detail erst von ihrer Mutter erfahren habe, bis dahin keine Ahnung gehabt hätte, und sie hatte mir gestanden, wie konsterniert sie gewesen sei, als die plötzlich von Dingen erzählt habe, die ihr vorher nie über die Lippen gekommen wären.

Sollte ich noch Fragen haben, könnte ich sie ruhig anrufen, hatte sie zum Abschied gemeint, ich hatte ihr versprochen, daß sie das Manuskript als erste zu lesen bekomme und ihr versichert, auf ihre Meinung gespannt zu sein.

Sie war darauf nicht eingegangen, hatte noch einmal betont, daß ich alles, was sie mir erzählt habe, verwenden dürfte, sie und ihre Familienangehörigen könnte ich ruhig beim Namen nennen, denn wer außer ihr, mir und den paar aus unserem Dorf, die es vielleicht lesen würden, wüßten schon, um wen es sich handle, damit man aber nicht gleich herauskriege, um welches Dorf es gehe, sollte ich bloß den Anfangsbuchstaben nennen.

Ich wußte, daß sie mit Literatur nichts am Hut hatte, deshalb war ich über diese Äußerung mehr als erstaunt.

Dank Erikas Offenheit hatte ich Details zur Familiengeschichte erfahren, von denen ein Autor nur träumen konnte. Und ich saß da, hilflos wie ein Anfänger. Dieses Gefühl der Hilflosigkeit nach anfänglicher Euphorie bei der Arbeit an einem Buch war mir nicht neu, doch diesmal war es besonders bedrückend.

Erika und ich hatten uns selbstverständlich in Mundart unterhalten, und die Geschichten geisterten mir im Dialekt durch den Kopf. Deren Umsetzung in hochsprachliche Fiktion wäre nicht das Problem gewesen, doch ich hatte plötzlich Schwierigkeiten, mir die darin agierenden Personen anders als in der Mundart sprechend vorzustellen.

So hätte ich sie eigentlich sprechen lassen müssen, denn

hin und wieder einen Ausdruck in Mundart einstreuen, um
der Geschichte den Anstrich von Authentizität zu verleihen,
wäre doch nur einer dieser billigen Tricks gewesen.
Um eine Zeit schwebte mir vor, die Dialoge in Lautschrift zu verfassen. Das wäre ein Ding gewesen, das hatte,
soviel ich wußte, noch niemand gemacht. Doch ich hatte
einsehen müssen, daß sich Mundart selbst in Lautschrift nur
in etwa wiedergeben ließ, und daß sich die Klangfarbe des
Lautbildes in seinen feinen Nuancen nur einem Sprecher
dieser Mundart erschließen würde.
Sprechen. Schon das wäre falsch gewesen. Sie hätten
nicht sprechen gesagt, sondern reden. Und hätte sie jemand
aus dem Dorf auf Hochdeutsch angeredet, wären sie dem
dazwischen gefahren: Wie redscht tu tann mit mir?
So in etwa. Das ist Schwäbisch. Schwowisch, hätten sie
gesagt. Es ist aber nicht das Schwäbisch aus Deutschland,
sondern Banatschwäbisch. Das unterschied sich von Dorf
zu Dorf in erster Linie im Vokalismus, Verständigungs-
schwierigkeiten gab es aber keine, und niemand hätte von
jemandem aus einem anderen Dorf den Vorwurf zu hören
gekriegt: Wie redest du denn mit mir? Natürlich in seinem
Schwowisch, seiner Muttersprache.

Beim Versuch meine Notizen mit den vielen Anmerkungen,
den Hinweisen auf Querverbindungen zu ordnen, war mir
klar geworden, daß mein ursprüngliches Vorhaben, Erikas
Familiengeschichte chronologisch zu erzählen, nichts
taugte, daß das Faszinierende an dieser Geschichte in erster
Linie in der Erzählweise von Erika lag: die unvorherseh-
baren Zeitsprünge, der damit verbundene Themawechsel.
Trotzdem hatte sie im Grunde nie den Faden verloren. Und
unser Gespräch erschien mir nun nachträglich wie ein Spie-
gelbild eigentlichen Erzählens, und diese Ursprünglichkeit

durfte keinesfalls auf der Strecke bleiben. Doch wie das alles hinkriegen?

Ich war verzweifelt und wie in diese Geschichte, die sich mir zu verweigern schien, einsteigen, wußte ich schon gar nicht. In der Hoffnung auf einen Einfall, hatte ich mich mal wieder, wie bereits seit Wochen, zum Strafesitzen am Schreibtisch verdonnert.

Ein Frühjahrskind, ein spätes Kind, hatte ich notiert, als das Telefon läutete. Auf dem Display Roberts Nummer. Den Musiklehrer, Lyzeumskollege von Erika, hatte ich in Temeswar kennengelernt, hier arbeitete er bei einer kirchlichen Einrichtung in München und war Mädchen für alles. Er pflegte sich einmal im Monat zu melden, dann bekam ich seine Analysen zu hören, Wirtschaft, Politik, Kultur, bevorzugt über Rumänien, obwohl er, wie er mir versichert hatte, mit diesem Land nichts mehr zu tun habe wolle, es auch nie mehr betreten werde. An seinen kategorischen Urteilen, auch daß in Deutschland alles schief laufe, war nicht zu rütteln, ich ließ ihn reden, da ich seinem Wortschwall sowieso nicht gewachsen gewesen wäre. Wenn ich nicht abhob, begnügte er sich nicht, einen kurzen Gruß auf dem Antwortbeantworter zu hinterlassen, sondern rief an dem Tag immer wieder an.

Um mir das zu ersparen, hob ich ab. Ob ich schon wüßte, daß meine Landsmännin Erika Kiefer gestorben sei, fragte er mich geradeheraus. Mein Gott! stammelte ich, wollte ihm schon von meinem Treffen mit ihr erzählen, von dem Besuch bei ihr, fragte ihn aber dann, von wem er es erfahren habe. Von einem Bekannten, den ich nicht kennen würde, der wiederum habe es von einer Bekannten, einer ehemaligen Klassenkollegin von Erika, erklärte er mir. Ob er sich sicher wäre, fragte ich. Wieso? fragte er mißtrauisch zurück. Er könne sich doch nicht auf eine Nachricht berufen, zu der er wie bei dem Spiel Stille Post gekommen sei, meinte ich gereizt. Ich wäre heute ja besonders schlecht drauf, er rufe die nächsten Tage wieder an, sagte er und legte auf.

Ohne noch lange zu zögern, wählte ich Erikas Nummer. Ein Mann war dran, ich fragte nach ihr. Die Frau sei verstorben, seit Wochen werde er mit diesen Anrufen belästigt, hoffe, endlich eine neue Telefonnummer zu erhalten, schimpfte er. Arschloch, sagte ich und legte auf.

Robert rief ich sonst nie an, in meiner Verzweiflung aber tat ich es an dem Abend, entschuldigte mich für mein schroffes Verhalten, erklärte ihm, daß ich Erika neulich getroffen, deshalb nicht hätte glauben können, daß sie gestorben sei. Von meinem Besuch bei ihr und meinem Vorhaben sagte ich ihm nichts, bat ihn, doch zu versuchen, über die Klassenkollegin von Erika, etwas über ihren plötzlichen Tod herauszufinden.

Jeder sei mal schlecht drauf, hatte er gemeint, mir erklärt, daß er in der Zwischenzeit mit der Klassenkollegin gesprochen und von ihr erfahren habe, daß die es von dem Nachmieter wüßte, sie habe ihm auch erzählt, daß sie versucht hätte, über andere Klassenkollegen Näheres in Erfahrung zu bringen, vergeblich, Erika habe sehr zurückgezogen gelebt, keine Kontakte gepflegt, niemand wüßte, wo sie beerdigt wurde.

Noch am selben Abend verfaßte ich diesen Text, in den auch Passagen aus meinen Entwürfen einflossen, und obwohl es mir makaber erschien angesichts von Erikas Tod, entschloß ich mich dann doch, ihn als Einstieg in ihre Familiengeschichte zu verwenden.

15

Glück im Unglück (I)

Als sich das Gerücht, bei den Kornibes sei was Kleines unterwegs, bestätigt, herrscht unter den Frauen von W. helle Aufregung. Allein schon das Alter, neunundzwanzig, von Veronika Kornibe, Kornibe Vroni genannt, ist nichts Alltägliches, aber vor allem, daß sie erst nach sechs Jahren Ehe, als niemand mehr damit gerechnet hat, ein Kind erwartet, macht die Nachricht zur Sensation.

Bei dem Getratsche spielt der fast gleichaltrige Franz Kornibe, Kornibe Franz genannt, überhaupt keine Rolle. Es werde ein Frühjahrskind, soll er gesagt haben. Ein spätes Kind, heißt es im Dorf.

Als die Hebamme Franziska Schirokmann, Fränzi néni genannt, am 9. März 1928 Vroni nach einer schweren Geburt von einem Mädchen entbindet, dem kümmerlichen Kind kaum eine Überlebenschance einräumt, es deshalb auf den Namen Maria Theresia nottauft, das Neugeborene dennoch überlebt, spricht man in W. von einem Wunder.

In der Sonntagsmesse, zwei Tage nach der Geburt, bezeichnet der Pfarrer das Überleben des Kindes als ein Zeichen der Gnade Gottes und bestätigt die Nottaufe.

Maria Theresia, wie die ehemalige Kaiserin? Nur wenige glauben an Absicht. Da Zweitnamen bei einer Taufe üblich sind, zerbricht man sich darüber nicht weiter den Kopf, denn es steht sowieso fest, wie die Kleine fortan gerufen werden wird: Mari.

Als drei Jahre darauf das Gerücht aufkommt, die Vroni sei wieder in anderen Umständen, fragt man sich im Dorf, ob die Kornibes jetzt partout auch noch einen Stammhalter wollten. Denjenigen unter den Frauen, die an einer Schwangerschaft der Vroni zweifeln, wird entgegengehalten, man habe sie morgens am Misthaufen erbrechen sehen, ein sichereres Zeichen als das gebe es doch nicht. Die Männer halten sich aus dem Kompetenzstreit heraus, reißen ihre Witze: Jetzt wüßten sie ja, wie es gehe. Alle im Dorf aber halten den Atem an, als die Vroni eine Fehlgeburt erleidet.

Die Hebamme beerdigt das in ein schwarzes Tuch gehüllte blutdurchtränkte Leintuch mit dem Fötus in der dafür bestimmten Ecke des Friedhofs, macht noch am selben Tag dem Pfarrer in G., der auch W. als Seelsorger betreut, Mitteilung, und vertraut nur noch dessen Köchin an, daß es ein Bub geworden wäre.

Obwohl die Köchin versprochen hat, Stillschweigen zu bewahren, weiß man es schon am nächsten Tag im Dorf. Wem die Ratsche das Geheimnis anvertraut hat, kann die wütende Fränzi néni nicht herauskriegen. Das und alles andere spielt auch keine Rolle mehr, als die Vroni einen Tag darauf stirbt.

Am Begräbnis nimmt das ganze Dorf teil, selbst mitten im Schnitt hätte an dem Nachmittag die Arbeit auf dem Feld geruht. Wieso ein Mensch auch dermaßen vom Schicksal geschlagen werden könne, fragt man sich nach dem Begräbnis, als die Lebensbilanz des Kornibe Franz gezogen wird.

Er wächst seit seinem fünften Lebensjahr bei seinen Großeltern väterlicherseits auf, hat an seine Eltern keine Erinnerung. Die gehören 1902 zu den ersten aus dem Banat, die nach Amerika gehen, um Geld für den Zukauf von Feld zu verdienen. Ihre Eltern haben sie nur schweren Herzens ziehen lassen, sind es doch die ihnen einzig verbliebenen Kinder, die anderen bei der Geburt, im Säuglings- oder frühen Kindesalter verstorben.

Als nach vier Jahren, schon viele Familien sind in der Zwischenzeit nach Amerika, um Geld zu verdienen, keine Briefe mehr eintreffen, in denen man den Eltern stets mitgeteilt hat, man sei gesund, arbeite fleißig, gehen die zum Pfarrer, um sich einen Brief aufsetzen zu lassen, in dem die wichtigste Frage lautet: Wann kommt ihr wieder heim?

Dieser einzige Brief der Eltern nach Amerika bleibt unbeantwortet. Und weil aus anderen Dörfern solche Fälle ebenfalls bekannt geworden sind, haben die Großeltern des Franz sich damit abfinden müssen, daß auch ihre Kinder zu den Rabeneltern gehören.

Bis ins jugendliche Alter lassen die Großeltern ihren Enkelsohn glauben, seine Eltern wären in Amerika verstorben, erst als ihm Gerüchte zu Ohren kommen, können sie ihm die bittere Wahrheit nicht weiter verheimlichen.

Schon früh muß der Enkel mit anpacken, wird zum Stolz seiner Großeltern ein kräftiger Bursche. Die begraben schließlich ihre Differenzen, wem er eigentlich gehöre, tun sich in den unsicheren Zeiten mit Ausbruch des I. Weltkrieges zusammen, bewirtschaften die 16 Joch Feld gemeinsam mit dem Enkel, der als Vollwaise vom Militärdienst verschont bleibt.

In den noch unsicheren Zeiten nach Ende des Krieges, als das Gebiet der ehemaligen k.u.k. Monarchie aufgeteilt wird, dieser Teil des Banats an Rumänien fällt, übermachen die Großeltern ihrem Enkel, nachdem nicht mehr zu befürchten ist, daß er nun in Rumänien hätte Militärdienst leisten müssen, ihren Besitz, um dem einzigen Nachfahren ein gefestigtes Erbe zu hinterlassen. Und sie hoffen, daß er es durch Heirat wird vermehren können.

In Hinblick darauf kommt es zwischen den Großeltern, die beide kleine Anwesen besitzen, die Häuser noch mit Schilfrohr gedeckt, zu einer noch außergewöhnlicheren Einigung, einmalig bis dahin im Dorf. Mit dem gemeinsam Ersparten und dem Erlös vom Verkauf von Haus und Garten der Großeltern väterlicherseits wird ein größeres Anwesen gekauft, das Haus, mit Ziegeln gedeckt, besteht aus drei Zimmern, unterkellerter Küche, dem sich daran anschließenden Stall.

Ein schöner Mann und ein schönes Haus, heißt es im Dorf, doch die Versuche der Heiratsvermittlung mit einer Bauerntochter aus dem Dorf oder mit einer aus den Nachbardörfern bleiben erfolglos. Die Großeltern nehmen schließlich, da es schon höchste Zeit ist, mit der ältesten Tochter des Kleinbauern und Korbmachers Adam Haberkorn aus K., ebenfalls schon fast vierundzwanzig, vorlieb und machen mit deren Eltern die Heirat aus, obwohl sie, wie in W. gemunkelt wird, die jüngere Tochter bevorzugt hätten, wäre die nicht mit einem Schmiedegesellen durchgebrannt.

Der erste Besuch des zukünftigen Bräutigams bei seiner Auserwählten ist nur noch eine reine Formsache, als der an einem Sonntagnachmittag, die Großeltern väterlicherseits zur Seite, zweispännig mit dem kurzen Leiterwagen nach K. auf Brautschau fährt. Nach einem Glas Wein, für die Frauen gibt es Krapfen, sind die Hemmungen überwunden, die beiden Parteien, Eltern und Großeltern, erleichtert, da die zwei für einander Bestimmten anscheinend Gefallen aneinander gefunden haben.

Schon am nächsten Sonntagnachmittag fährt der Franz, ohne dazu aufgefordert werden zu müssen, zu seiner Auserwählten, und weil er daraufhin jede sich bietende Möglichkeit nutzt, um sie zu besuchen, manchmal erst in den Morgenstunden nach Hause kommt, sind die Großeltern überzeugt, daß den beiden die Liebe eingeschossen ist.

Ganz zufrieden wären sie nach der Hochzeit im Kreise der Familie gewesen, hätte sich doch endlich ein Urenkel angemeldet. Diesen Kummer nehmen die Großeltern väterlicherseits und der Großvater mütterlicherseits mit ins Grab. Als die Großmutter mütterlicherseits nach Verkauf ihres Hauses mit Garten zum Enkel zieht, ist die Vroni schon schwanger, doch ihr Wunsch, die Geburt ihres Urenkels noch zu erleben, erfüllt sich nicht.

Mit der Geburt des Kindes geht für den Franz und die Vroni eine bereits aufgegebene Hoffnung in Erfüllung, daß es kein Junge ist, spielt deshalb keine Rolle. Vom Verkaufserlös des Hauses mit Garten der Großeltern mütterlicherseits hätte man noch etwas Feld kaufen können, doch der Franz will keine schlaflosen Nächte haben und tilgt seine Schulden, der Rest des Geldes wird ins Haus gesteckt: Bretterfußböden in die drei Zimmer, frischer Putz. Auf dem Gassengiebel ist nun in Mörtel geformt zu lesen: Franz und Veronika Kornibe 1930. Und mit dem neuen Haus stehen sie den meisten im Dorf, nur wenige haben ein stattlicheres, in nichts mehr nach.

Die Leute bemitleiden den Franz. Jetzt stehe der Mann mit dem Kind mutterseelenallein da, wie grausam das Leben doch sein könne.

Es bleibe ihm gar nichts anderes übrig, als die kleine Mari der Schwiegermutter zu geben, ein Mann ohne Weib im Haus sei doch kein Zustand, heißt es im Dorf, zugleich aber auch, er denke gar nicht daran, er wolle seinem Kind ein Schicksal wie das seine ersparen, soll er gesagt haben, und die Frauen ergehen sich in Überlegungen.

Eine Magd einstellen, die sich um den Haushalt und die Kleine gekümmert, ihm vor allem aber bei der Arbeit auf dem Feld geholfen hätte, wäre eine vorläufige Lösung gewesen, doch woher eine nehmen mitten im Jahr, Mägde und Knechte könnten sich doch erst ab Mariä Lichtmeß wieder verdingen.

Eine unverheiratet Gebliebene aus dem Dorf in seinem Alter wäre die Richtige gewesen, notfalls eine Witwe mit Kindern, doch woher.

Mit einem jungen Trutschel hätte er sich doch lächerlich gemacht. Und welche Eltern wären einverstanden gewesen, ihre junge Tochter mit einem Witwer zu verheiraten, dessen Kind sie hätte großziehen müssen? Eigene hätte sie bestimmt auch haben wollen.

Bleibe nur noch, sich ein gestandenes Weib aus einem anderen Dorf zu suchen, meint man letztendlich.

Doch das brauche seine Zeit, und eine kirchliche Trauung käme dann auch erst in Frage, wenn das Trauerjahr vorüber wäre, muß man einsehen.

Gerede, alles für die Katz, ihr Nachbar brauche jetzt jemanden, der sich um ihn kümmere, das könne man ja nicht mehr anschauen, soll die alte Raszkopf gesagt haben, die um einen flotten Spruch nie verlegen ist und im Dorf als eigenartig gilt.

Sie lebt seit dem Tod ihres Mannes allein in ihrem bescheidenen Haus, hat sich geweigert, zum Schwiegersohn, dem Laub Thomas, zu ziehen, obwohl nach dem Tod von dessen Eltern genug Platz im Haus gewesen wäre. Denen trägt sie über deren Tod hinaus nach, daß es ihnen lieber gewesen wäre, wenn der Thomas ihre Tochter, die Eva, nicht geheiratet hätte. Sie kümmert sich aber um die zwei Enkelkinder, die Kathi und den Josef, geboren innerhalb von zwei Jahren, weshalb die Alte zu sagen pflegt: Wie die Orgelpfeifen.

Die Frauen im Dorf tun die empörte Äußerung der alten Raszkopf ihrerseits als Gerede ab, meinen, lange könnten sich die Alte und die Eva doch auch nicht mehr um den Franz und die Kleine kümmern. Als dann aber bekannt wird, daß die alte Raszkopf dem Franz den Vorschlag gemacht hat, tagsüber die Kleine zu sich zu nehmen, auf ein Kind mehr aufpassen, wäre doch nicht die Welt, für die zwei zu waschen, für sie mitzukochen, einen Laib Brot mitzubacken, staunt man nicht schlecht.

Der Franz, heißt es, hätte der Alten angeboten, sie zu bezahlen, die hätte das kategorisch abgelehnt, sie wäre doch keine Magd, soll sie gesagt haben, wäre aber mit einem Lohn in Mehl und Kukuruz einverstanden gewesen, hinzu komme, daß er die Männerarbeit bei ihr übernehme.

Der Franz kann sein Glück nicht fassen. Ob er mit ihrer Hilfe auch nach dem kleinen Requiem in sechs Wochen würde rechnen können, hat er sie nicht zu fragen gewagt. Würde er bis dahin eine Frau finden, die bereit wäre, zu ihm zu ziehen, auch wenn der Pfarrer ihm trotz seiner Notlage keinen Dispens erteilen würde, sie erst nach dem großen Requiem in einem Jahr heiraten könnten? Dem Drängen der Schwiegereltern aber werde er, komme, was wolle, nicht nachgeben, das steht für ihn fest.

Als sein Schwager zwei Wochen nach dem Begräbnis zu Fuß bei ihm erscheint, ahnt er, daß die Schwiegerleute ihn geschickt haben. Er hätte ihn am liebsten nicht ins Haus gebeten, denn in seinen Augen ist der ein Nichtsnutz, er tut es aber der Verstorbenen Vroni zuliebe, die ihm, Bruder bleibt Bruder, alles verziehen hat.

Doch in ihm kommt alles wieder hoch: sie würde nie einen Mann kriegen, soll der Saukerl zur Vroni gesagt haben, sie hat ihn dann doch beim Pfarrer als Pate der Mari

23

eintrag lassen, das Mädel, mit dem er damals gegangen ist, als Godl, der Unmensch hat sie dann sitzen lassen, die sich aus Verzweiflung das Leben genommen, und hätte er den Alten nicht ständig in den Ohren gelegen, sich die Heirat von Vronis Schwester gut zu überlegen, wäre die mit dem Schmiedegesellen nicht durchgegangen, bis heute weiß niemand wohin.

Als ob er hier daheim wäre, ärgert er sich, da sein Schwager, ohne zu warten, daß er ihm einen Platz angeboten hätte, sich wie selbstverständlich an den Küchentisch setzt. Um ihm seine Abneigung zu verdeutlichen, setzt er sich weit weg von ihm, ans obere Ende des Küchentisches.

Wie sich herausstellt, wissen die Schwiegerleute, daß er die Kleine in Obhut gegeben hat. Er fragt nicht, von wem oder wie sie es erfahren hätten.

Sie wären deswegen sehr traurig, teilt ihm der Schwager in ihrem Namen mit, meint, es wäre schon bitter, das Enkelkind in fremden Händen zu wissen und sich gegen das Gerede der Leute verteidigen zu müssen.

Die Mari sei nicht in fremden Händen, sondern in guten, seine Nachbarin sei eine zuverlässige Person, das Gerede der Leute interessiere ihn nicht, weist er seinen Schwager zurecht.

Aber die Alte profitiere doch davon, was er ihr denn bezahle, läßt der nicht locker.

Das gehe niemanden was an, ihn schon gar nicht, fährt er ihn an.

Wenn er sein Geld fremden Leuten in den Rache stecke wolle, seine Sache, aber eines Tages werde ihre Familie so oder so was erben, meint der Schwager.

Ob er überhaupt keine Schande im Leib habe, brüllt der Franz, stürzt auf seinen Schwager zu, doch der kann noch rechtzeitig durch die offen stehende Küchentür entwischen, er rennt ihm laut fluchend hinterher, gibt aber, auf der Gasse angelangt, wutschnaubend auf, weil er ihn nicht mehr hätte erwischen können.

Sollte sich jemals wieder einer aus seiner Sippschaft unterstehen, herzukommen, könnte der was erleben, auch beim Requiem wolle er niemanden von ihnen hier in der Kirche sehen, sie alle seien ab heute für ihn gestorben, schreit er dem Flüchtenden nach.

Was denn passiert sei, fragt die alte Raszkopf, die auf der Gasse erschienen ist, verwundert und kommt auf ihn zu.

Die Scheinheiligen hätten es auf die Mari und die Erbschaft abgesehen, sollte sich jemals wieder einer von denen trauen, herzukommen, schrecke er vor nichts zurück, setzt er die Alte außer sich vor Wut ins Bild.

Das wäre dem Dreckskerl bestimmt allein nicht eingefallen, da steckten die Alten dahinter, schimpft die alte Raszkopf.

Da habe sie vollkommen recht, stimmt er ihr zu.

Jetzt könne sie es ihm ja sagen, seine Schwiegerleute wären ihr schon immer komisch vorgekommen, ganz anders als die Vroni, Gott hab sie selig, ein so guter Mensch, wie ein Stück Brot, meint sie.

Er seufzt tief, sie faßt ihn zu seiner Verwunderung am Arm, meint, das Leben müsse weiter gehen und wegen der Mari müsse er sich keine Sorgen machen, sie kümmere sich so lange wie nötig um sie.

Wenn sie wüßte, wie dankbar er ihr sei, auch für damals, als sie die Kleine beim Tod der Vroni zu sich genommen habe, meint er mit erstickter Stimme.

Sie habe ihnen doch gesagt, drinnen zu bleiben, schimpft die alte Raszkopf die Kinder, die in knielangen Hemdchen und barfuß auf der Gasse erscheinen, doch die lassen sich von ihrer Mahnung nicht abhalten, trippeln heran, und alle drei halten sich, bei ihr angelangt, an ihrem Rock fest.

Er bückt sich nach seiner Tochter, doch bevor er sie auf den Arm nehmen kann, wischt die alte Raszkopf ihr mit dem Zipfel ihrer Schürze noch rasch die Nase.

Nachdem er sie geherzt hat, zieht die Mari eine Schnute, heult drauf los, er setzt sie erschrocken ab, sie klammert sich wieder, Daumen lutschend, an den Rock der Alten.

Die wischt ihr mit dem Handrücken die Tränen von den Wangen, meint, er solle nicht viel darauf geben, Kinder wären eben manchmal launisch.

Zu Fremden würde sie bestimmt nicht gehen, das sei schon mal beruhigend, meint er.

Wie er das meine, fragt sie.

Wenn die Schwiegerleute..., beginnt er im Flüsterton.

Sie sollten wieder ins Haus gehen, in der Küche auf sie warten, sie komme gleich, fordert die Alte die Kinder auf, dann kriegten sie Schmalzbrot, verspricht sie ihnen.

Die rennen jubelnd los, die Kathi die Mari an der Hand mitziehend und nach dem Josef rufend, der vorausgeeilt ist.

Die alte Raszkopf schaut ihnen lächelnd nach, der Franz meint, die Sorgen müßte man haben.

Was er denn habe sagen wollen, fragt sie.

Er bitte sie, in der nächsten Zeit besonders gut auf die Mari aufzupassen, seine Schwiegerleute würden bestimmt so leicht nicht aufgeben, könnten auskundschaften, wann er den ganzen Tag auf dem Feld sei, um die Kleine zu stehlen.

Wo er denn hin denke, meint sie entsetzt.

Denen traue er alles zu, meint er.

Die Kleine hänge ihr ja fast den ganzen Tag am Rockzipfel, wenn sie aber auf die Gasse gehe, dann nur mit der Kathi, versichert sie ihm, sollten diese Unmenschen sich dennoch trauen, in ihren Hof zu kommen, hätten sie mit ihr zu rechnen, sie habe keine Angst, nicht einmal vor dem

Teufel, gibt sie sich kämpferisch, und da wären ja auch die Leute aus dem Dorf, die Kinderräuber würden bestimmt nicht weit kommen, beruhigt sie ihn.

Die Befürchtungen des Franz haben sich als unbegründet erwiesen, seine Drohungen aber ihre Wirkung nicht verfehlt, die Schwiegereltern und der Schwager haben es nicht gewagt, zum kleinen Requiem zu erscheinen. Sie hätten eine Totenmesse in K. lesen lassen, hat es im Dorf hinter vorgehaltener Hand geheißen.

Zehn Wochen sind seit dem Tod seiner Frau vergangen, seine Aussichten nicht besser geworden. Würde jemals eine andere ihm seine Vroni überhaupt ersetzen können, hat er sich immer wieder verzweifelt gefragt.

Die Maisernte steht vor der Tür, mit dem Tagelöhnerehepaar aus dem Dorf ist alles abgemacht, er hätte aber jetzt noch jemanden gebraucht, doch so kurz vor der Ernte scheint das aussichtslos. Seine Tagelöhner haben ihm wohl versprochen, sich in den Nachbardörfern umzuhören, ihm aber wenig Hoffnung gemacht.

Sie sind dann doch fündig geworden, ein Tagelöhnerehepaar aus T., das bei einem Bauern von dort hätte arbeiten sollen, aber zu einem niedrigeren Lohn als im Vorjahr, und das haben die sich nicht gefallen lassen. Zwei Leute hätte er nicht gebraucht, doch er sagt sofort zu, läßt sie über seine Tagelöhner wissen, daß sie dasselbe Entgelt an Mais und Geld wie diese fürs Brechen und Laubschneiden erhalten werden, und sie sind einverstanden. Das Laub binden und nach Hause fahren, hat später immer noch Zeit und dafür braucht er die Tagelöhner aus T. nicht.

Als die am festgelegten Tag zur Arbeit kommen, kondolieren sie ihm nicht nur in ihrem Namen im Nachhinein zu seinem schmerzvollen Verlust, sondern auch im Namen der Kiefer Amei, müssen ihm aber auf die Sprünge helfen: Jung Amei, verheiratete Kiefer

Erst dann erinnert er sich an die weitläufige Verwandte, daß er damals so um die fünfzehn Jahre alt gewesen sein könnte, als er sie anläßlich eines Besuches mit seinen Großeltern in T. kennengelernt hat, bedauert, sie seit damals nicht mehr gesehen und nichts mehr von ihr gehört zu haben. Die Tagelöhner erzählen ihm von den Schicksalsschlägen der Fünfunddreißigjährigen, ihre Eltern verstorben, dann vor einem Jahr der Mann. Und als er erfährt, daß ihre Ehe kinderlos geblieben ist, wird er hellhörig, meint, er wisse noch in etwa, wo ihre Eltern gewohnt hätten, fragt, wo sie denn wohne.

Die Amei wohne noch immer im Elternhaus, das letzte auf der rechten Seite in dem Gäßchen, Schilfdach, Küche und zwei kleine Zimmer, gleich nach der Einfahrt ins Dorf, klären sie ihn auf.

Wo die Not am größten, ist Gott am nächsten, denkt er sich und schöpft wieder Hoffnung. Ob die in Erfüllung gehen wird, muß er bis nach der Maisernte abwarten, denn jetzt mitten in der Arbeit nach T. auf Brautschau fahren, geht einfach nicht.

Es werden qualvolle Tage, weil er sich mit Fragen und Befürchtungen herumschlägt. Wie es anstellen? Würde sie es, wenn er es ihr durch die Blume sagt, begreifen? Was für eine Blamage, wenn sie ablehnen, ihn auslachen würde. Wenn noch Verwandte da gewesen wären, hätten die vermitteln können. Die Tagelöhner hätten doch gleich Verdacht geschöpft, wenn er noch Näheres hätte wissen wollen. Aber wenn die alte Raszkopf durch die davon Wind bekommt, ihn darauf anredet, könnte er doch ausgerechnet sie nicht anlügen.

Als der Franz nach der Maisernte sonntagnachmittags im Sonntagsstaat mit dem kurzen Leiterwagen zweispännig aus dem Dorf fährt, hätte ihm niemand nachspähen müssen, welchen der staubigen Feldwege er nach Verlassen der Hutweide nehmen würde, denn man weiß, wohin er unterwegs ist, und das Gerücht, er würde die Kiefer Amei auch ohne den Segen des Pfarrers zu sich nehmen, wenn sie sich einig werden, hält sich noch immer hartnäckig.

Der Weg verläuft durch abgeerntete Maisfelder und gepflügte Stoppelfelder, jetzt, da Mais die Sicht nicht mehr versperrt, kann man schon von weitem den sich schlängelnden Verlauf des Kanals, von vereinzelten Trauerweiden und Pappeln markiert, ganz genau sehen. So nahe wie an W. führt er an keinem der anderen Dörfer vorbei. Da ein Teil dieses Abschnitts in einer Senke liegt, hat man den schon vor vielen Jahren reguliert, in ein tieferes Kanalbett verlegt, das Ried entlang des ursprünglichen Verlaufs des Kanals ist aber nicht, wie beabsichtigt, ausgetrocknet, es ist das größte in der ganzen Umgebung geblieben.

Nur wenige kennen die offizielle Bezeichnung, Kanal, sagen die Leute, sieben Brücken aus gebrannten Ziegeln führen im Bereich der Gemarkung von W. über ihn, und jedes Kind, das schon mal mit seinem Vater in der Mühle von T. gewesen ist, wo die Leute aus W. ihren Weizen mahlen lassen, hätte gewußt, daß nach der ersten Brücke in diesem Abschnitt des Kanals der Hotter von W. endet, kurz nach der zweiten der Weg ansteigt, durch Weingärten verläuft, T. schon in Sicht ist, daß es von hier bis in die Mühle, die am anderen Ende des Dorfes liegt, noch einmal so lange wie bis ins Dorf dauert, man im Schritt mit dem Pferdewagen insgesamt gut anderthalb Stunden braucht.

Der Franz versetzt die Pferde in Trab, hält die Zügel nur locker in der Hand, denn sie kennen den Weg, den er eingeschlagen hat. Sonntagnachmittag, kein Mensch weit und breit, das eintönige Rattern des Pferdewagens in der Stille kommt ihm irgendwie unheimlich vor. Er hätte sich gewünscht, einen Fasan bei der Futtersuche aufzuscheuchen, zu hören, wie er knatternd auffliegt, zu sehen, wie er dann lautlos dahin schwebt, oder einen Feldhasen aufzuschrecken, der Haken schlagend, das Weite sucht. Einen Feldhamster kann er im abgeernteten Maisfeld ausmachen.

Er erinnert sich an die Plage im Herbst nach der Geburt von der Mari, daß die Vroni sich vor den fetten Viechern geekelt hat, die die Katzen nachts gefangen und vor der Tür zur hinteren Küche abgelegt haben, und daß er sie morgens immer rasch weggeschafft und am Zaun im Garten vergraben hat.

Er ist besorgt, weil der Kater, der immer mal wieder im Frühjahr verschwindet, nicht wie sonst um diese Zeit nach Hause gekommen ist, befürchtet, daß er diesmal umgekommen sein könnte. Er tröstet sich aber, daß er, als hätte er es geahnt, vom Wurf der Katze einen Kater hat liegen lassen, denn die Katze ist vor drei Wochen eingegangen.

Die Kätzle wegschaffen, was das immer ein Zirkus gewesen ist. Die Vroni hätte sie am liebsten alle behalten. Wo wäre man aber denn da hingekommen?

Er erinnert sich, wie bitter die Vroni geweint hat, als der Hund ein Auge verloren hat, wahrscheinlich bei einer Keilerei auf einer Hundehochzeit, und wie sie gebettelt hat, ihn nicht gleich aufzuhängen, noch abzuwarten, ob er davonkommt. Er ist froh, damals auf sie gehört zu haben.

Der Fuchs, der, wie aus dem Nichts aufgetaucht ist, ihm über den Weg läuft, Reißaus ins Stoppelfeld nimmt, ihn aus sicherer Entfernung frech beäugt, kann ihn auch nur wieder für kurze Zeit ablenken. Als der Wagen über die zweite

Brücke holpert, malt er sich zum wiederholten Male aus,
wie seine Begegnung mit der Amei ablaufen könnte.

Eine Frau in dunkler Bluse, dunklem knöchellangem
Rock, dunklem Kopftuch wird auf sein Rufen hin erscheinen, ihn verwundert mustern, er wird sich zu erkennen geben, nach der Wiedersehensfreude wird sie ihm kondolieren,
er ihr wegen des Verlustes ihrer Eltern und ihres Mannes,
sich bei ihr bedanken, daß sie an ihn gedacht, ihm ihr Beileid
über die Tagelöhner hat ausrichten lassen, sie wird weinend
das Schicksal von Vroni beklagen, ihn hereinbitten, ihm
einen Platz am Küchentisch anbieten, sich nach der Kleinen
erkundigen, er wird ihr von der alten Raszkopf erzählen, daß
er ohne sie nicht gewußt hätte, was anfangen, vom Besuch
seines widerwärtigen Schwagers.

Und dann? Abwarten, bis sich die Gelegenheit ergibt.
Und wenn nicht? Er hofft inständig, daß sie ihn fragen wird,
warum er gekommen ist. An die schlimmste Befürchtung,
sie könnte ablehnen, wagt er gar nicht zu denken.

Dort, die kleine Gasse! Er fragt sich, wieso er nie daran gedacht hat, sie zu besuchen, wenn er hier vorbei in die Mühle
gefahren ist. Als er vom Hauptweg in die Gasse einbiegt,
glaubt er, sich zu erinnern.

Er tut so, als würde er die Alte, die ihn von ihrem Hof
aus taxiert, nicht bemerken. Die wundert sich bestimmt,
was ein Fremder hier sucht, Sonntagnachmittag.

Das letzte Haus auf der rechten Seite, haben die Tagelöhner gesagt, das muß es sein. Es ist ihm, als würde er es
wiedererkennen.

Und wenn sie nicht zu Hause ist? Daran hat er gar nicht
gedacht. Dann würde ihm gar nichts anderes übrigbleiben,
als in der Nachbarschaft nachzufragen. Erst mal vorbeifahren, vielleicht wirtschaftet sie im Hof.

Um besser in den Hof sehen zu können, erhebt er sich im Vorbeifahren vom Sitz, kann aber nichts erspähen. Der sich eröffnende Feldweg führt durch abgeerntete Felder, er fährt in den Acker und wendet. Wenn sie zu Hause ist, hat sie es vielleicht mitgekriegt und wird sich zeigen, hofft er. Jetzt aber, sagt er sich und hält, ohne einen Blick in den Hof zu werfen, an, steigt rasch ab, überlegt einen Moment, ob er die äußeren Zugstricke der Pferde lösen sollte, bindet dann aber kurz entschlossen die Zügel am Vorderrad fest. Als er aufschaut, sieht er eine Frau im Hof stehen. Das kann nur sie sein, ist er sich sicher.

Er glaubt zu träumen, weil alles so kommt, wie er es sich vorgestellt hat, nur daß die Amei nicht weint. Darüber ist er erleichtert und er fühlt sich wie erlöst, als sie meint, sie sollten doch nicht hier draußen herumstehen, und ihn ins Haus bittet.

Sie nehmen am Küchentisch Platz, er befürchtet schon, sie könnte nun doch zu heulen anfangen, da sie ein weinerliches Gesicht macht, doch sie fragt bloß mitleidvoll, bei wem er denn die Kleine gelassen habe.

Er erzählt ihr von der alten Raszkopf, deren Hilfsbereitschaft, doch als er auf seine Schwiegereltern zu sprechen kommt, bricht es aus ihm heraus, er zählt ihr das ganze Sündenregister seines Schwagers auf.

Das müßten ja ganz widerwärtige Leute sein, empört sie sich.

Die ganze Bagage sei für ihn gestorben, versichert er ihr, atmet tief aus, bittet um Entschuldigung, sich dermaßen aufgeregt zu haben, meint, das wären die gar nicht wert und ins Schwitzen sei er auch noch geraten.

Außer Wasser könne sie ihm nichts anbieten, bedauert sie.

Von Wasser kriege man Kröten in den Bauch, scherzt er, kann aber an ihrem Gesicht ablesen, daß sie es überhaupt nicht lustig findet, versichert ihr, keinen Durst zu haben. Ob er rauche, fragt sie.

Er ist über diese unerwartete Frage verblüfft, meint schmunzelnd, daß er die schlechte Gewohnheit, Gott sei Dank, nicht habe.

Ihr verstorbener Mann habe es nicht lassen können, erklärt sie ihm, aber nicht bedauernd, eher vorwurfsvoll. Eindeutig verärgert ist sie, als sie erzählt, daß sie sich um den Zigarettentabak ihres Mannes habe kümmern müssen, ihm jedes mal die Ration für eine Woche geschnitten habe, fein wie Suppennudeln.

Na ja, meint er, sieht, daß sie zu Boden schaut, hört sie sagen, daß er bestimmt nicht gekommen sei, um das mit den Zigaretten zu hören.

Eine bessere Gelegenheit hätte sich nicht ergeben können, ist ihm blitzartig klar, und er meint mit gesenktem Blick, sie könne sich ja vorstellen, was ihn bedrücke und warum er gekommen sei.

Er hört sie mit dem Fuß unter dem Tisch hin und her scharren, und als er einen Blick wagt, sieht er sie noch immer auf den Boden starren. Es dauert schier eine kleine Ewigkeit, bis sie den Kopf hebt und verlegen meint, sie seien sich ja nicht ganz fremd und über ihre Großmütter mütterlicherseits sogar noch verwandt.

Sie werde es gut bei ihm haben, versichert er ihr mit gedämpfter Stimme.

Nun ist es endlich heraus. Und weil sie kurz lächelt, gütig allem Anschein nach, fällt ihm ein Stein vom Herzen.

Im nächsten Moment aber ist er verwirrt und fragt sich, was sie vorhabe, weil sie sich vom Stuhl erhebt. Als sie ihm die Hand entgegen streckt, begreift er, steht rasch auf, schlägt ein, spürt ihren festen Händedruck. Sie zu umarmen aber, hätte er nicht gewagt, da sie keine Anstalten macht.. Trotz ihres eindeutigen Einverständnisses befürchtet er, sie würde sich doch noch Bedenkzeit ausbedingen, als sie sich wieder an den Tisch setzen, doch sie fragt rundheraus: Und wann?

Am liebsten würde er sie gleich mitnehmen, meint er scherzend und erst jetzt fällt ihm auf, daß sie blaue Augen hat.

Von heute auf morgen gehe das schlecht, scherzt auch sie, ihm aber ist nicht mehr danach zumute, weil ihm plötzlich einfällt, daß er in der ganzen Aufregung nicht daran gedacht hat, was mit ihrer kleinen Wirtschaft passieren würde.

Er ist erleichtert, als sie ihm erklärt, sie könnte ihr Haus dem Sohn des älteren Bruders ihres verstorbenen Mannes, dem Jakob, überlassen, der sei zweiundzwanzig, ihr ans Herz gewachsen, habe vor einem halben Jahr geheiratet, sein Weib, die Magda, sei ein Jahr älter, in anderen Umständen, sie könne sie gut leiden.

Die Erleichterung schlägt in Verblüffung um, denn anscheinend hat sie mit seinem Kommen gerechnet und bereits alles erwogen. Gut, meint er und hofft, daß sie ihm nichts anmerkt.

Als sie dann auch noch vorschlägt, ihr Joch Feld ebenfalls der jungen Familie zu überlassen, ist er sich seiner Annahme sicher, horcht aber auf, da sie noch meint, später sehe man dann weiter, fragt sich, ob sie doch noch Bedenken haben könnte und sich eine Tür offen halten wolle, meint deshalb rasch, gut, und daß sie an Einrichtung nichts mit zu bringen brauche, auch sonst wäre ja alles da. Die Kleider der Vroni seien ihr leider zu klein, will er noch sagen, beißt sich aber noch rechtzeitig auf die Zunge.

Viel wäre es ja sowieso nicht gewesen, meint sie verlegen, die paar Hühner aber, die Geiß und das Schwein bringe sie mit, bedauert, daß ihr Schwein dieses Jahr schlecht geraten sei, schon als Ferkel habe es nicht richtig fressen wollen, was sie nicht alles gepanscht habe, das gute fettige Abwaschwasser saufe es nur, wenn Milch drin sei, es schaue wie ein Windhund aus.

Daheim habe er Geflügel genug, eine Kuh, zwei schöne Schweine, bis Weihnachten würden die richtig fett, meint er, deshalb sollte sie ihre Hühner und ihr Schwein, um Futter zu sparen, den Jungen überlassen, die Geiß auch, denn Milch hätten sie ja von der Kuh, die Jungen könnten ihre Schulden ja mit der Zeit bei ihnen abarbeiten, schlägt er ihr vor. Auch die Schulden aufs Haus und das Feld, fragt sie nach kurzem Zögern.

Auch, meint er sofort, sie sollte doch mal überlegen, Zins und Pacht müßten sie sowieso bezahlen, wenn man das auf die Jahre rechne, würde es für was Eigenes reichen, von Vorteil wäre, daß sie immer Leute hätten, wenn man sie bräuchte, nicht jedes Jahr bangen müßten, und warum Fremde bezahlen anstatt Verwandte, untermauert er seinen Vorschlag.

Und die Jungen könnten ja bei größeren Arbeiten gleich mehrere Tage bleiben, bei ihnen wohnen, um nicht jeden Tag den langen Weg zu Fuß hin und zurück machen zu müssen, schlägt er noch vor, weil sie sich nicht äußert.

Da sie noch immer nichts sagt, gibt er ihr zu bedenken, daß sie nicht viel kriegen würde. Ihm scheint, als schaute sie ihn vorwurfsvoll an, und weil er befürchtet, sie könnte ihn mißverstanden haben, erklärt er ihr, daß er einen Käufer, der auch nur in Raten zahlen könnte, gemeint habe, und weil die Jungen doch auch in Raten zahlen würden, wäre es doch dasselbe.

Sie werde mit den Jungen reden, könne sich aber nicht

vorstellen, daß die nicht einverstanden wären, meint sie.

Sie werden bestimmt froh sein, versichert er ihr, hofft, ihre Bedenken nun endgültig ausgeräumt zu haben.

Mit leeren Händen wolle sie nicht dastehen, wirft sie aber ein, und er fragt sich, ob sie mit neuen Einwänden kommen würde, doch sie zählt ihm bloß auf, was sie auf jeden Fall mitbringt, erklärt ihm schließlich, daß sie, sollte sie im Laufe der Woche alles erledigen können, den Sonntag noch zu Hause verbringen wolle, Montag wäre sie dann bereit.

Gut, stimmt er zu, hofft, daß sie ihm sein Stutzen wegen Montag nicht angemerkt hat.

Und wann sie sich dann kopulieren ließen, fragt sie mit gesenktem Blick.

Er will ihr im ersten Moment erklären, daß er doch nicht hätte wissen können, ob sie überhaupt einverstanden wäre, besinnt sich aber noch rechtzeitig und versichert ihr, daß er gleich morgen daheim mit dem Notar rede, Montag könnten sie dann im Gemeindehaus bestimmt alles erledigen.

Und sie lasse den Kontrakt mit den Jungen aufsetzen, das klappe bestimmt auch, gibt sie sich zuversichtlich.

Wenn nicht, sei das doch kein Malheur, später könne man das immer noch machen, beschwichtigt er.

Mit dem Pfarrer sollte er für später dann auch reden, meint sie mit leiser Stimme.

Der letzte Zweifel, sie könnte wieder alles aufschieben, sollte es mit der kirchlichen Trauung nicht klappen, ist nun endgültig verflogen, und er beeilt sich, ihr zu versichern, daß es Montag Mittag bestimmt möglich sei, er fahre jetzt von hier gleich zum Pfarrer und rede mit ihm.

Der sei hier Pfarrer gewesen, sie kenne ihn noch aus der Zeit, er sei ein guter Mensch, meint sie.

Er werde sie in ihrer Not bestimmt verstehen, bekräftigt er, und sie fragt, wann er sie dann Montag holen komme.

36

So gegen neun, bis sie dann aufgeladen hätten, mit einer guten Stunde müßten sie bis G. rechnen, meint er.

Sie nickt, meint verlegen lächelnd, sie wüßte nicht, was es noch zu besprechen gebe und steht auf.

Bestimmt nichts Wichtiges mehr, versucht er zu scherzen, während auch er sich erhebt, fragt, als sie die Küche verlassen, wie denn die Magda mit Familienname geheißen habe.

Schäfer, aber er habe bestimmt auch diese Familie nicht woher kennen, meint sie.

Sie habe recht, bestätigt er ihr.

Es müsse sich keine Sorgen machen, die Jungen seien fleißig, mit der Bauerei aufgewachsen, sie garantiere für sie, versichert sie ihm, meint, er habe zwei schöne Pferde, fragt, wie sie denn heißen.

Puwi und Liska, die Stute habe er decken lassen, das Füllen werden sie behalten, ein drittes Pferd brauche man immer, erklärt er ihr.

Sie reicht ihm die Hand, er spürt sie warm in der seinen, den sanften Druck, bringt mit Mühe ein Dankeschön hervor, läßt ihre Hand los, löst rasch die Zügel am Vorderrad und steigt auf.

Gute Heimfahrt, wünscht sie ihm.

Die habe er jetzt bestimmt, meint er, spürt einen Kloß im Hals.

Sie winkt verzagt, als er losfährt und die Pferde gleich in Trab versetzt.

Er schaut noch einmal kurz zurück, sieht sie auf der Gasse stehen und wie sie sich mit dem Zipfel ihrer Schürze die Tränen wischt. Das geht ihm nahe und die Erinnerung kommt auf: weinende, wehklagende Frauen um den offenen Sarg im Zimmer sitzend bei der Totenwache, auf dem Friedhof auch weinende Männer, als am Grab der Kirchenchor singt und die Blaskapelle spielt.

Glück im Unglück, unglücklich im Glück. Am liebsten wäre er ins Wirtshaus gefahren, doch das Auftauchen eines Fremden hätte Aufsehen erregt, und wenn er einem Bekannten begegnet wäre, hätte er sich erklären müssen.

Die Pferde schlagen, am Ende des Gässchens angelangt, ohne daß er sie hätte lenken müssen, den Heimweg ein, erst ein gutes Stück nach Verlassen des Dorfes muß er in Richtung G. fahren.

Bis nach Hause werde er nicht verdursten, sagt er sich, beginnt Stoßgebete zum Himmel zu schicken, die sich stets um dasselbe drehen: möge Vroni ihm verzeihen, seinen Entschluß gutheißen, da er es doch für die Kleine getan habe, möge die Amei ihr eine gute Mutter werden und ihm ein gutes Weib, möge es doch so kommen, wie er und sie es abgemacht hätten und endlich Ruhe in sein Leben einkehren.

Und weil seine Wünsche auf der Hinfahrt in Erfüllung gegangen sind, glaubt er fest daran, daß alles gut werden wird. Zweifel, daß die Amei eine gute Hausfrau und Bäuerin sein wird, hat er nicht.

Bis am nächsten Tag weiß jeder aus W. , daß der Kornibe Franz und die Kiefer Amei sich einig geworden sind und entgegen der Gerüchte, alles seinen rechten Weg gehen wird. Im Unterschied zu anderen Malen ist es dem Franz diesmal ganz recht, daß die alte Raszkopf wieder mal ihr Maul nicht hat halten können, denn auf die Fragen der Leute im Laufe der Woche, ob es wahr wäre, was man so höre, muß er keine ausführlichen Antworten geben. Die ganz Neugierigen speist er mit einem Ja oder der Gegenfrage ab, warum sie denn noch fragen würden, wenn sie eh schon alles wüßten.

Dankbar ist er der Alten, daß die der dreijährigen Mari erklärt hat, es werde sich nun bald jemand anderer um sie kümmern, sie dürfe aber jederzeit zum Spielen kommen, da er nicht gewußt hätte, wie es ihr beibringen. Und die Alte hat ihm geschworen, das Wort Stiefmutter nicht in den Mund genommen zu haben.

Auch in W. werden die Bewohner anderer Dörfer verschrien, die aus G. gelten als stur und geizig, die aus K. prahlerisch und faul, die Bewohner aus T., von denen viele französische Namen tragen, weil sie ursprünglich aus Lothringen stammen, werden Franzosen gehänselt, abfällig Froschesser genannt, weil sie als Einzige aus den umliegenden Dörfern die Schenkel der Frösche essen, die sie im Kanal fangen.

Diese Taxierungen sind dem Franz egal, ihm macht Sorgen, daß man die Amei im Dorf von oben herab behandeln und ihr unterstellen könnte, sie hätte sich als armer Schlukker ins Fertige gesetzt. Sollte er Wind davon bekommen, würden diejenigen aber was zu hören kriegen, hat er sich vorgenommen.

Montag, den 12. Oktober 1931, fährt der Franz nach T., diesmal mit dem langen Leiterwagen, um die Amei heim zu holen, drei Monate und ein Tag nach dem Tod der Vroni.

Nur ganz schlechte Menschen kämen auf den Gedanken, ihm etwas vorzuwerfen, hat die alte Raszkopf vor der Abfahrt gemeint und ihm geraten, sich nicht im Kopf verrückt zu machen, an sein Glück zu glauben. Diesen Rat hat er beherzigt und auf dem Weg nach T. versucht, letzte Zweifel nicht aufkommen zu lassen.

Vorwitzige bemerkt er diesmal keine in dem Gässchen, sieht aber, als er sich dem Haus nähert, daß er schon erwartet wird, das Tor steht offen. Kurz darauf erscheint die Amei auf der Gasse, macht ihm das Zeichen, in den Hof zu fahren. Er ruft ihr zu, daß sie den Wagen rückwärts schieben müßten, da er im engen Hof nicht wenden könne, hält an, meint, da wäre er, und steigt ab.

Sie begrüßt ihn mit einem Grüß Gott, kommt auf ihn zu, reicht ihm die Hand, der sanfte Druck erinnert ihn an ihre Verabschiedung.

Sie habe, Gott sei Dank, alles erledigen können, teilt sie ihm mit.

Wie besprochen er auch, meint er zufrieden lächelnd.

Sie meint, etwas verlegen auf ihre sonntägliche Kleidung deutend, sie wäre soweit, und sie müßten acht geben, sich beim Verladen nicht die Kleider dreckig zu machen.

Er werde schon acht geben, beruhigt er sie und ihm fällt auf, daß ihre Kleidung einfacher ist als die von Vroni, ihr aber gut steht.

Ein Mann und eine Frau kommen aus dem Haus, die Amei flüstert ihm zu, sie seien Samstag eingezogen. Er geht zum Wagen, schlägt die Deichsel ein und ruft die Pferde an, die, während er lenkt, rückwärts gehend, den Wagen in den Hof schieben.

Das seien der Jakob und seine Magda, von denen sie ihm erzählt habe, stellt die Amei vor.

Mit Grüß Gott Vetter Franz, begrüßen ihn die beiden, sie reichen sich die Hand. Da er belustigt meint, so alt sei er nun auch noch nicht, um schon mit Vetter angeredet zu werden, wird gelacht und das Eis ist gebrochen.

Während sie die Habseligkeiten verladen, fachsimpeln der Franz und der Jakob über Pferde, vom Wetter wird geredet, von der gut ausgefallenen Ernte des Jahres. Und man ist sich einig, daß das nächste Jahr auch ein gutes werden wird, wenn es rechtzeitig regnet, erinnert sich an die Mißernte an Mais vor drei Jahren wegen anhaltender Trockenheit.

Als sie fertig sind, tippt sich die Amei mit den Fingern auf die Stirn, eilt zu dem kleinen Schuppen in Anschluß an das Haus und kommt mit einer Hacke und Sichel zurück.

Vor allem mit einer fremden Hacke zu arbeiten, würde ihr schwer fallen, die ihre wäre ihr all die Jahre sozusagen in die Hand gewachsen, meint sie und verstaut die Werkzeuge auf dem Wagen.

Da habe sie recht, das sei beim Menschen wie bei Pferden, auch die seien an ihre eigenen Sielen gewohnt, meint der Franz.

Der Jakob pflichtet ihm bei und fragt, wie sie wegen der Arbeit übereinkommen sollten.

Das Maislaub wäre schon geschnitten, es müßte noch gebunden und nach Hause gefahren werden, auch andere Arbeit gäbe es noch genug, meint er und fragt die Amei, ob ihr Mittwoch recht wäre.

Ihretwegen schon morgen, meint sie.

So viel Zeit müsse sein, wehrt er ab, es liegt ihm schon auf der Zunge zu sagen, sie bräuchten ja auch ein wenig, um sich aneinander zu gewöhnen.

Gut, im Haus wäre bestimmt genug zu tun, meint die Amei.

Er hätte ihr gerne gesagt, daß die alte Raszkopf Samstag groß aufgeräumt hat, aber warum vor den Jungen über solche Sachen reden, denkt er, meint, dann wären sie ja soweit.

Sie gehe noch einmal durchs Haus, sich verabschieden, er könne schon mal den Wagen hinausfahren, meint die Amei.

Er befürchtet, sie würde plärrend aus dem Haus kommen, er nicht wissen, wie sie beruhigen, und die Magda dann auch noch zu heulen anfangen, faßt den Puwi am Kopfgestell, ruft die Pferde an. Der Jakob und die Magda folgen dem Wagen, und er kann sehen, wie die ihren Mann anschubst.

Als er anhält, fragt der Jakob, wie sie sich für Mittwoch dann einstellen sollten.

Damit sie mit ihrer Mutter reden, die sich um das Vieh kümmern werde, erklärt die Magda.

Gut, daß sie frage, für wenigstens zwei Tage, meint er, sieht die Amei aus dem Haus kommen und ist erleichtert, daß sie nicht weint.

Um wieviel Uhr sie dort sein sollten, fragt die Magda.

So um halb sieben, sie bräuchten fast eine halbe Stunde bis aufs Feld, meint er, sieht die Amei mit raschen Schritten auf sie zukommen, wundert sich dann doch, daß sie nicht einmal verweinte Augen hat.

Jetzt sollten sie aber, meint sie, und da er auch nicht will, daß sich noch alles in die Länge zieht, reicht er dem Jakob und der Magda die Hand und steigt auf.

Groß verabschieden müßten sie sich nicht, man sehe sich ja schon Mittwoch, meint die Amei, ermahnt die Magda, auf sich aufzupassen, steigt auf, streicht, bevor sie sich setzt, die rauhe Decke auf dem mit Stroh angefüllten Sitzsack glatt.

Sie könnten, meint sie, er fährt los, hebt die Peitsche zum Gruß, die Magda und der Jakob winken, die Amei winkt kurz zurück.

Wann es denn soweit sei, fragt er.

Im März, und es sei ausgemacht, daß sie Pate und Godl werden, meint sie lächelnd.

Das freue ihn, meint er.

Sie wolle ja nichts beschreien, aber sollte es ein Bub werden, müsse sie ihm ja nicht sagen, daß er Franz heißen werde, und wenn es ein Mädchen werde, natürlich Anna, meint sie schmunzelnd und fragt, ob er was dagegen hätte, daß der Jakob und die Magda dann die Firmpaten der Mari werden.

Natürlich nicht, meint er und ist mal wieder völlig überrumpelt.

Sie lächelt, erhebt sich, langt mit der Hand unter ihren Hintern und streicht sich den Rock glatt. Er spürt ihren prallen Schenkel, als sie sich wieder setzt, rückt weg.

Hoppla, meint sie, und er fragt, ob sie jetzt gut sitze.

Sie nickt, legt die Hände in den Schoß und meint, sie wären noch gar nicht dazu gekommen, richtig zu erzählen.

Auf dem fast geradlinig verlaufenden Feldweg nach G. gehen sie an einem wunderschönen Oktobertag ihr Leben durch. Da er sich sicher ist, daß sie die Geschichte mit seinen Eltern kennt, erzählt er ihr wie selbstverständlich von seinen Großeltern, sie ihm von ihren Eltern.

Sie amüsieren sich, als sie sich von Streichen erzählen, die sie ihnen gespielt haben, erinnern sich an nichtige Anlässe, deretwegen sie Schläge bekommen haben, erzählen von schweren Arbeiten, zu denen man sie bereits als Kinder eingespannt hat.

Weil sie gemeint hat, Tote sollte man ruhen lassen, erzählt er ihr keine Einzelheiten aus seinem Leben mit Vroni. Sie macht überhaupt keine Anstalten, von ihrem verstorbenen Mann zu erzählen, deshalb fragt er auch nichts.

Sie bedauern, daß seine Großeltern väterlicherseits und ihre Eltern die Verwandtschaft, obwohl eine weitläufige, nicht gepflegt haben, denn dann hätten sie beide sich nicht aus den Augen verloren, malen sich aus, bei welchen Gelegenheiten sie sich hätten begegnen können.

Als sie in G. unter der Linde vor dem Kirchgarten anhalten, gesteht sie ihm, daß sie damals nach seinem Besuch mit den Großeltern ihre Mutter zu ihrem Vater habe sagen hören, daß vielleicht eines Tages seine Großeltern um ihre Hand anhalten würden, fragt, ob seine Großeltern jemals was angedeutet hätten.

Nie im Leben, versichert er ihr.

Jetzt in der Not habe das Schicksal sie zusammengeführt, meint sie.

Da habe sie recht, meint er noch immer verdattert, als sie absteigen. Er deutet auf die Kirchturmuhr, meint, gleich sei Mittag, er mache die Zugstricke der Pferde los, damit sie nicht durchgehen von dem Geläut.

Eine Frau, die mit einem Mann durch den Kirchgarten kommt, ruft ihnen zu, der Pfarrer erwarte sie schon in der Sakristei.

Das wären die Köchin des Pfarrers und ihr Mann, der Kirchendiener, erklärt er ihr halblaut. Die Ratsche hat bestimmt Angst, ihm unter die Augen zu treten, denn ansonsten hätte sie der Neugierde, seine Amei näher zu mustern, nicht widerstehen können und wäre mit ihrem Mann nicht rasch in der Kirche verschwunden, ärgert er sich.

Als sie auf dem Weg durch den Kirchgarten in Richtung Sakristei gehen, fällt ihm ein, daß der Pfarrer ihm gesagt hat, er brauche sich um Trauzeugen nicht zu kümmern, ist sich nun sicher, wer sie sein werden und ihm schaudert bei dem Gedanken, daß seine Wiederheirat unter keinem guten Stern stehen könnte wegen der Köchin des Pfarrers, die damals der Hebamme gegenüber ihr Versprechen gebrochen hat.

Ein Pferdewagen vor dem Kirchgarten, beladen mit Kolbenmais, zwei Säcken Weizen, zu Bündel geschnürten Habseligkeiten, fällt Vorbeikommenden, nicht nur weil es ein fremder ist, natürlich auf. Aber selbst diejenigen, die durch die Köchin von der Trauung wissen, hätten ihn damit nicht in Verbindung gebracht.

Nachdem sie kurz nach dem Mittagsläuten die Beichte abgelegt haben, vermählt der Pfarrer den Witwer Franz Kaspar Kornibe aus W. und die Witwe Anna Maria Kiefer aus T. in stiller Trauung und bittet sie, nachdem er die Zeugen entlassen hat, wieder in die Sakristei.

Der Franz kann sich nicht vorstellen, was der Pfarrer ihm und der Amei noch zu sagen hätte, ist aber erleichtert, nicht in die Lage versetzt worden zu sein, mit der Köchin reden und so tun zu müssen, als wäre nichts. Und er ist sich sicher, daß die sich draußen nicht wird blicken lassen.

Als der Pfarrer die Hände faltet, glaubt der Franz, jetzt würde noch ein Gebet kommen, doch der erinnert sie an ihre Pflicht als Eltern, weist die Amei darauf hin, daß sie durch göttliche Fügung Mutter geworden sei und deshalb um so mehr Verantwortung trage, wünscht ihnen noch einmal Glück auf ihrem nun gemeinsamen steinigen Erdenweg und Gottes Segen, macht das Zeichen des Kreuzes und meint, sie sollten jetzt hingehen in Frieden.

Hat das sein müssen, hätte der Franz am liebsten geschimpft, als sie die Sakristei verlassen, und er fragt sich, ob die Amei sich über diese unnützen Ermahnungen des Pfarrers auch ärgert. Er hört sie tief ausatmen, es klingt wie ein Pfeifen, sieht, daß sie gerötete Wangen hat. Sie meint, die Pferde wären brav gewesen, hätten sich nicht vom Fleck gerührt.

Mit Schlag dreiviertel eins fahren sie los. Die Amei setzt sich noch einmal zurecht, er spürt sie, rückt diesmal aber nicht weg, und sie sagt nicht wieder: Hoppla. Sie wischt sich mit der Hand mehrmals über die Bluse, unter der sich oberhalb des Abnähers ihre Brüste wölben, auf die er schon während der Herfahrt verstohlene Blicke geworfen hat, doch jetzt hat sie ihn dabei ertappt, ist er sich sicher, und daß sie nur so tut, als hätte sie nichts gemerkt.

Wann sie denn im Gemeindehaus sein sollten, fragt sie.

Wann sie ankommen, sei mit dem Notar abgemacht, beruhigt er sie.

Und Zeugen? fragt sie.

Der Loibl Karl und sein Weib, die seien Gemeinde-

Schul- und Kirchendiener und jederzeit zu Hause, wohnten schief gegenüber, erklärt er ihr.

Ob sie zuerst nach Hause fahren und abladen, will sie wissen.

Sie werden am Gemeindehaus anhalten, warum es umständlich machen, im Dorf wüßte man ja, daß sie kommen, außer mit ein paar neugierigen alten Weibern hätten sie aber nicht zu rechnen, die Leute wären doch auf dem Feld, meint er.

Aber sie müßten sich doch vor niemanden verstecken, erwidert sie vorwurfsvoll.

Wie er nur so blöd reden könne, entschuldigt er sich, versichert ihr, die alte Raszkopf stehe bestimmt auf ihrer Seite, erzählt, sie habe ihnen zur Feier ein Hühnerparikasch kochen wollen, er habe es der Alten nur schwer ausreden können, und weil sie staunt, meint er rasch, es wäre ja nichts dabei gewesen, aber er habe nicht gewußt, ob es ihr recht gewesen wäre.

Habe er gut gemacht, sie werde ihnen schon was kochen, meint sie, fragt, worauf er denn Appetit hätte.

Auf Eier mit Speck, meint er.

Mache sie ihm, meint sie lächelnd, fragt, ob Grieß im Haus sei, erklärte ihm, da er sie erstaunt anschaut, sie wolle der Kleinen Grießbrei kochen.

Ob Grieß im Haus sei, wisse er nicht genau, aber die alte Raszkopf habe der Kleinen und ihren Enkelkindern oft Grießbrei gekocht, er habe der Alten immer fast alle Milch gelassen, um sich so zu revanchieren, sie habe die Rosa ja auch gemolken, er hätte sie nicht richtig ausmelken können, erklärt er ihr lang und breit.

Sie habe bisher nur mit Geißen zu tun gehabt, wisse aber, daß die schwerer zu melken seien als Kühe, meint sie.

Die Rosa sei sehr geduldig, sie komme mit ihr bestimmt zurecht, ermutigt er sie.

Sie überqueren die Bahnlinie und während sie durch das sich anschließende Akazienwäldchen fahren, erzählt er ihr von der verrückten Kuh seiner Großeltern, die nach dem ersten Kalben wie ein Roß ausgeschlagen habe, wenn man ihr Euter berührte, niemand hätte damit gerechnet, da sie das Kalb ja habe saufen lassen, erst als die Großmutter nach ein paar Tagen etwas Milch habe wegmelken wollen, habe sich das Malheur herausgestellt, da hätten sie sich was einfallen lassen, einen Strick unter die Hinterbeine, die beiden Enden über den Balken und die Kuh hochgezogen, zwei-, dreimal die Prozedur, und sie hätte beim Melken dann stillgehalten, fromm wie ein Lamm.

Die arme Kuh, bedauert die Amei, obwohl auch sie sich amüsiert hat.

Als sie das Akazienwäldchen verlassen, macht er sie auf Kirchturm von W. aufmerksam.

Das sei ja ganz nahe, wundert sie sich.

Es scheine nur so, wenn man den Weg nicht kenne, der schlängle sich durch die Felder, es wären so um die sechs Kilometer, erklärt er ihr.

Hätte sie nicht gedacht, gibt sie zu.

Wenn man aus dieser Richtung ins Dorf einfahre, komme man durch die kurze Frühlingsgasse, von dort in die Hauptgasse, rechter Hand stehe die Kirche, linker Hand das Gemeindehaus, vis-à-vis der Kirche das Bauernheim, ein Teil davon schon in der Neuen Gasse, die führe in die Alte Gasse, erklärt er ihr weiter.

Als er ihr erklären will, wo dort ihr Haus steht, bemerkt er, daß sie ihm gar nicht mehr zuhört. An die Rücklehne des Sitzes gestützt, breitbeinig, die Hände auf den Schenkeln, starrt sie vor sich hin. Im Sitzsack hat sich eine Mulde gebildet, sie sitzen Hüfte an Hüfte, durch das Ruckeln des Wagens wiegen sie sich hin und her, ihre Knien berühren sich immer wieder.

Zu seiner Verwunderung nimmt sie ihr Kopftuch ab, das wegen des gestärkten Stoffs die Kopfform bewahrt, legt es behutsam in den Schoß. Ausgerechnet heute, meint sie verärgert, während sie ihren verrutschten dicken Zopf ordnet und ihn mit dem halbrunden Kamm aus Horn am Hinterkopf wieder festmacht.

Sie habe schönes, dichtes Haar, meint er.

Als junges Mädchen hätte er sie sehen sollen, meint sie lächelnd und setzt ihr Kopftuch auf.

Er stellt sich vor, wie sie, während er sich noch auszieht, bereits im langen weißen Nachthemd und gelöstem Haar auf der Bettkante sitzt, wie er dann, nachdem er das Petroleumlicht auf dem Tisch ausgeblasen hat, trotz Dunkelheit sieht, daß sie im Bett bis an die Wand gerückt ist, um ihm Platz zu machen.

Sie wisse, daß sie es anfangs nicht leicht haben werde, meint sie seufzend.

Was sie da zusammen rede, weist er sie zurecht, es sollte sich mal eines dieser Weiber unterstehen, ihr was nachzureden, die könnten dann aber was erleben, braust er auf.

Hauptsache, sie halten zusammen, meint sie leise, und er spürt, wie sie seine Hand, in der er die Zügel hält, kurz tätschelt.

Er läßt die Zügel los, legt seine Hand auf ihren Schoß, hört sie schon vorwurfsvoll fragen, was er denn da mache, doch er sieht, daß sie rot wie ein junges Mädchen geworden ist, verschämt lächelt, und als er dann ihre Hand auf der seinen spürt, weiß er, daß er nichts mehr zu befürchten hat.

Um diese Zeit ist mit vorbeikommenden Fuhrwerken nicht zu rechnen. Wäre dennoch eines aufgetaucht, hätte der Kutscher schon von weitem einen Pferdewagen am Wegrand unter dem großen Haferbirnbaum stehen sehen, sich gefragt, wieso die Pferde denn nicht ausgespannt wären, und hätte er dann in Betracht gezogen, daß alle Felder ringsum gepflügt sind, dort doch niemand einer Arbeit hätte nachgehen können, wäre er um so verwunderter gewesen, diesen scheinbar herrenlosen Wagen mit zwei vorgespannten Pferden in der Landschaft stehen zu sehen.

Bis am Abend wissen die Frauen aus der Gasse, wie sie sich das neue Weib des Franz vorzustellen hätten, nicht schmächtig wie die Vroni, sondern korpulent, um einen halben Kopf größer, blaue Augen, sehr freundlich und noch frisch wie ein junges Ding, und was die alte Raszkopf noch erzählt hat. Kaum daß der Wagen im Hof gestanden habe, sei sie mit der schön angezogenen Mari rüber, aber nur kurz geblieben, da sie nicht weiter habe stören wollen, habe nicht genau sehen können, was alles in den Bündeln gewesen sei, Tuchent und Kissen aber auf jeden Fall.

Daß die Kleine überhaupt keine Scheu gezeigt, sich von der neuen Mutter gleich auf den Arm nehmen und sogar habe busseln lassen, wie von der alten Raszkopf behauptet, will man nicht so richtig glauben. Würde es stimmen, wäre das ein gutes Omen, ist man sich einig.

Bis spät am Abend gibt es bloß noch ein paar Neuigkeiten. Die alte Lindenmayer, die den Franz und die Amei in Haus und Hof wirtschaften gesehen haben will, soll gesagt haben, im Leben wäre niemand darauf gekommen, daß erst seit heute ein neues Weib im Haus sei, so flott wie die beiden die Arbeit erledigt hätten.

Die Neugierige müsse von irgendwo aus der Nähe gegafft haben, denn von ihrem Hof aus hätte sie es gar nicht sehen können, ist man sich einig.

Die Nachrichten, die am nächsten Morgen, noch bevor die Leute aufs Feld fahren, die Runde machen, sorgen für ausgiebigeren Gesprächsstoff. Bei einem Tratsch schon ganz früh am Morgen mit der alten Raszkopf soll sich die alte Lindenmayer zu der Behauptung verstiegen haben, bei den Kornibes wäre nun doch nicht alles in Ordnung, wie man hätte annehmen können.

Erst auf das Nachbohren der verärgerten alten Raszkopf wäre sie mit der Sprache herausgerückt, habe gefragt, was die denn denken würde, hätte sie die Amei in aller Herrgottsfrüh im Nachthemd aus dem Stall in die hintere Küche huschen, kurz darauf von dort angezogen kommen gesehen. Sie gehe morgens auch schon mal in den Stall kleines machen, hätte die alte Raszkopf gemeint, da wäre doch nichts dabei.

Einverstanden, hätte die alte Lindenmayer eingeräumt, aber das erkläre immer noch nicht, wieso die Amei angezogen aus der Küche gekommen wäre. Für sie sei das der Beweis, daß die beiden nicht wie Mann und Weib in einem Bett geschlafen hätten.

Wo sie denn hin denke, ein gestandener Mann und eine gestandene Frau sich vor einander fürchten, von Jungverheirateten hätte man das vielleicht erwarten können, habe die alte Raszkopf gekontert, gemeint, jetzt, da so viel Zeit vergangen sei, es schon gar nicht mehr wahr wäre, könnte sie es ja sagen, daß sie damals, kaum siebzehnjährig, den Unterschied zwischen Männlein und Weiblein noch gar nicht so richtig gekannt habe, schreckliche Angst vor der ersten Nacht gehabt habe, geglaubt hätte, sie würde sterben, erst später habe es ihr auch gefallen.

Was denn in sie gefahren wäre, über ihre letzten Gedanken zu reden, hätte sich die alte Lindenmayer echauffiert und auf ihrer Behauptung bestanden. Das Argument der alten

Raszkopf, ein Bett in der Küche würde doch jedem sofort auffallen, habe sie nicht gelten lassen, gemeint, auf dem Fußboden könne man genau so gut schlafen, am Morgen das Bettzeug im Nu wegräumen.

Was alten Weibern so alles durch den Kopf gehe, wenn der Tag lang sei, meinen die Frauen dann doch schmunzelnd und hoffen, sich vom neuen Weib des Franz bald selbst ein Bild machen zu können. Da sich aber keine von ihnen getraut hätte, unter einem Vorwand zu den Kornibes zu gehen, um bei dieser Gelegenheit Bekanntschaft mit der neuen Hausfrau zu machen, von ihr auch nicht zu erwarten gewesen wäre, daß sie schon nach einem Tag in der Nachbarschaft vorbeischaut, hofft man insgeheim, sie bei der Fahrt aufs Feld oder bei der Arbeit kennen zu lernen, denn das hätte sich wie selbstverständlich ergeben.

Doch bei den Kornibes ist schon auf den ersten Blick zu erkennen, daß sie nicht aufs Feld fahren werden: das Tor zu, der Pferdewagen im Schuppen. Vorbeikommenden entgeht aber nicht, daß der Franz dabei ist, den Hausgarten zu pflügen, schon ein gutes Stück geschafft hat, also schon früh auf den Beinen gewesen sein muß. Und der Rauch, der aus dem Schornstein auf dem Dach des hinteren Schuppens steigt, ist der Beweis, daß die Amei Feuer unter dem Kessel gemacht hat und beim Große-Wäsche-Waschen ist.

An dem Tag macht bloß noch die Tochter der alten Raszkopf Bekanntschaft mit der Amei. Da ihre Mutter bei den frisch Vermählten sowieso vorbeigeschaut hätte, läßt sie sich die Gelegenheit nicht entgehen. Und was die Eva dann zu berichten weiß, macht dann bald in der Gasse und bis am Abend im Dorf die Runde.

Die Amei sei sehr angetan gewesen, sie kennen zu lernen, sie könne bestätigen, daß sie wirklich ein noch fesches Weib wäre, obwohl sie doch bisher auch kein leichtes Leben gehabt hätte, und daß die kleine Mari nicht von ihrer Seite weichen würde.

Da könne einer sagen, was er wolle, der Franz und die Amei seien ihr sehr zufrieden vorgekommen, wie zwei verliebte Turteltauben wäre übertrieben, aber sogar ein Blinder hätte sehen können, daß sie sich verstehen, gut zueinander passen, und von wegen, was die alte Lindenmayer so herumrede, sie jedenfalls wäre vom Gegenteil überzeugt und nicht verwundert, wenn sich sogar noch was Kleines anmelden würde.

Diese Einschätzungen der Eva hätten beim Tratsch der Frauen im Vordergrund gestanden, wären da nicht Neuigkeiten von weitaus größerem Interesse für alle aus dem Dorf hinzugekommen.

Die Kornibes wären heute nicht draußen auf dem Feld gewesen, da sie morgen Hilfe bekämen, vom Kiefer Jakob, einem Geschwisterkind vom verstorbenen Mann der Amei, und seinem Weib, der Magda, eine geborene Schäfer, der Franz habe deshalb seinen Tagelöhnern abgesagt, die wären wohl verärgert, er müsse sich aber deswegen keine Sorgen machen, denn die jungen Leute würden ihm bei großen Arbeiten immer helfen, er hätte jetzt sozusagen Knecht und Magd, was sich im Dorf niemand leisten könnte.

Die Eva habe nicht nachgebohrt, wer hätte das in der Situation schon gemacht, aber von dem, was die Kornibes noch so gesagt hätten, mitgekriegt, daß die Amei den Jungen alles übermacht habe, Haus und Feld, sie würden bereits in dem Haus wohnen, wegen dem Joch Feld jedes mal bis nach T. fahren, wäre viel zu umständlich gewesen, die zwei würden bei den Kornibes ihre Schulden abarbeiten.

Daß die Magda im Frühjahr ein Kind erwarte, daß die alte Raszkopf an der kleinen Mari scheinbar einen Narren gefressen habe, weil sie bereit sei, auf die Kleine aufzupassen, wenn sie gebraucht werde, auch ohne dafür etwas zu verlangen, sorgt angesichts dieser Neuigkeiten auch nur nebenbei für Gesprächsstoff.

Und über Erbansprüche der Schwiegereltern des Franz herrscht rasch Einigkeit: Jetzt schon gar nicht mehr. Daß die Räuberbande versuchen könnte, die Mari zu stehlen, hält man für ausgeschlossen, da man bei jeder sich bietenden Gelegenheit Leute aus K. hat wissen lassen, was den Haberkorns blühe: Man würde sie aus dem Dorf prügeln, sie sich ihres Lebens nicht mehr froh werden.

H-Tafel, I-Tafel, Inselgärten, Kleegärten, Spitza, Lange Längt, Kurze Längt. 3. Längt, 4. Längt, 5. Längt, 6. Längt, Endreih, Wickenlängt, Pußta-Felder, Sand-Ried.

Jedem Kind im Schulalter aus W. sind diese Flurnamen vertraut, und weil die Kinder schon in frühem Alter mit anpacken müssen, wissen sie, in welchen Fluren die Äcker der Familie liegen, mit der Zeit, wie viele Joch es jeweils sind, wie viel Feld andere Leute haben, werden so wie ihre Großeltern und Eltern zu wandelnden Grundbüchern.

Bis aufs Jahr kenne sie sich auf dem Hotter von W. genau so gut aus wie er, tröstet der Franz die Amei, die bedauert hat, keine Ahnung zu haben. Und während er seinen Blechteller mit einer Brotkruste austunkt, versichert er ihr, das Süßkraut vom Mittag habe ihm jetzt am Abend noch besser geschmeckt.

Das freue sie, meint die Amei, leckt ihren Löffel ab, wirft einen lächelnden Blick auf die Mari, die ihren Löffel linkisch mit der ganzen Hand umklammert zum Mund führt, ermahnt sie, den Teller Milch mit Brot sauber leer zu essen.

Es sei schon ganz schön dunkel geworden, meint der Franz und langt nach den Streichhölzern, die neben der Petroleumlampe auf dem Tisch liegen.

Sie mache das schon, meint die Amei, und er beginnt ihr zu erklären, wie sie zu dem Feld gelangen, wo sie morgen das Maislaub binden werden.

Nicht in Richtung T., sondern in die entgegengesetzte nach M., von wo es immer die schweren Gewitter gebe, werden sie aus das Dorf fahren, dann komme gleich die erste Brücke, kurz darauf biege der Fahrweg nach links ab über die zweite Brücke, von da fahre man ein gutes Stück gerade aus, am Ende des Weges ginge es links nach K., sie würden aber nach rechts abbiegen, auf diesem Weg könne man bis S. fahren, linker Hand sehe man schon von weitem die Nußbäume stehen, fast bis nach M., nicht weit von der Nußstraße liege ihr Feld.

Von T. nach S. sei es mit dem Zug nur eine Station, bemerkt die Amei.

Von hier könne man nur mit dem Wagen nach S. fahren und das dauere so zweieinhalb Stunden, meint er scherzend, schlägt dann vor, sie könnten, wenn die Arbeit gemacht sei, das Wetter so schön bleibe, auch in die Stadt fahren, für sie und die Kleine was einkaufen.

Ob er die Spendierhosen anhabe, fragt sie neckisch, meint dann aber ernsthaft, die Kleine brauche unbedingt Winterschuhe, sie brauche nichts, aber eine Nähmaschine wäre nicht schlecht, sie habe ihm ganz zu sagen vergessen, daß sie als junges Mädchen mehr als ein Jahr in die Lehre gegangen sei, leider habe aufgeben müssen wegen der Krankheit ihrer Mutter, mit einer Nähmaschine würden sie gutes Geld sparen, sie könnte der Kleinen einfache Sachen nähen, die brauche so manches für den Winter, für sie beide könnte sie ausbessern, seine Hemden und Hosen, ihre Blusen und Röcke, das schaue doch alles viel besser aus als mit der Hand genäht, auch beim Bettzeug, und neues nähen sei doch ganz einfach, nur bei den Knopflöchern Geschicklichkeit gefragt.

Eine richtige Schneiderin im Haus, da würde sich doch jeder eine Nähmaschine kaufen, meint er und sieht sie lächeln.

Sie hat sich heimlich die Kleider der Vroni angeschaut, ist er sich sicher, sonst hätte sie doch nicht davon geredet, der Kleinen Sachen zu schneidern, und er ist wieder mal verwundert, wie praktisch seine Amei denkt, schlägt ihr vor, bei der Gelegenheit in der Reben- und Baumschule vorbeizuschauen, er müsse vorne im Weingartens einen Teil der Rebstöcke ersetzen, die wären schon uralt, tragen kaum noch was, und ans Ende des Gartens komme ein Kirschbaum.

Und am vorderen Teil des Hausgangs könnten sie zwei Heckenrosen pflanzen, schlägt sie vor, meint, weiße und rote Rosen, das würde doch wunderschön ausschauen.

Wie sie wolle, das sei ihre Sache, meint er, deutet auf die Mari, die ihren Teller leer gegessen hat, den Löffel aber noch immer mit der Hand umklammert und lange gähnt.

Es sei ja auch schon Zeit fürs Bett, Hände und Gesicht müßten nun doch noch einmal gewaschen werden, meint die Amei, nimmt ihr den Löffel aus der Hand und stellt den Teller in den ihren.

Er gehe noch Kuh und Pferden über Nacht geben, lasse den Hund los, meint er, während er ihr seinen Teller zuschiebt.

Sie stellt das Geschirr auf den Rand des Herdes, meint, zum Frühstück gebe es Einbrennsuppe mit in Schmalz geröstetem Brot, den Brotsack packe sie erst morgen früh, außer Speck, Zwiebeln und Brot noch einen Topf dicke Milch für die Kleine und sie, der Magda tue die Milch bestimmt auch gut.

Sie denke auch an alles, meint er, sie weist ihn darauf hin, daß sie den Hühnerstall einen Spalt offen gelassen habe, jetzt aber bestimmt schon alle Hühner drin seien.

Gut, meint er schon an der Tür angelangt und kann sich ein Lächeln nicht verkneifen.

Zum Glück fremdelt die Kleine überhaupt nicht mehr, schon gestern abend hat sie sich, ohne zu kreischen, waschen lassen, und die Amei war so was von glücklich, weil sie sich von ihr hat ins Bett tragen lassen. Heute ist sie ihr keinen Schritt von der Seite gewichen. Schon wunderlich, woher sie weiß, wie mit Kindern umgehen und wie sie sich nach anderthalb Tagen eingelebt hat, schon genau weiß, wo was ist und hingehört.

Auch der Hund und die Katze haben sich schon an sie gewöhnt, kein Wunder bei dem, was die jetzt kriegen. Milch mit Brot für die Katze, verdünnte Milch hätte es auch getan, und das Brot für den Hund in die vorgekochten weißen Bohnen mit Speck tunken, hätte auch nicht sein müssen.

Sie glaubt, daß der Kater doch wieder heim kommen wird. Wegen dem Hund hat sie gemeint, Gutherzigkeit lohnt sich, sich aber gewundert, daß er keinen Namen hat, vorgeschlagen, den nächsten Rexi zu taufen.

Hut ab, was sie heute alles gearbeitet hat: Brot gebacken, Wäsche gewaschen, dann noch vorgekocht für morgen nach der Arbeit.

Er schiebt den Riegel am unteren Teil der Stalltür vor. Der obere Teil kann offen bleiben, die Nächte sind noch warm genug. Der Klageruf eines Kauzes, doch von weit weg, und er ist erleichtert. Mit dem vielleicht bevorstehenden Unglück sind sie bestimmt nicht gemeint.

Am Strohschuppen hinten im Hof zerrt der Hund an der Kette, winselt. Am Schweinestall alles in Ordnung, friedlich liegen die Schweine beieinander, nicht aus der Ruhe zu bringen. Daß die Tür zum Hühnerstall einen Spalt offen steht, wäre ihm doch gleich aufgefallen, das hätte sie ihm nicht sagen müssen.

Die Gänse und Enten nebenan sind sofort hellwach, als er die Tür am Hühnerstall zumacht und den Riegel vorschiebt, auch der Hahn meldet sich kurz. Noch der Hund, dann ist alles gemacht.

Zu seinem allabendlichen Rundgang gehört, daß er den Hund in den Garten läßt, wo der seine Notdurft verrichtet, daß er ihm dann zuschaut, wie der im Hof von da nach dort rennt, herumschnüffelt. Seit die neuen Schober stehen, Stroh, Kleeheu, Mohar, dort ausgiebig. Noch der mit Maislaub ist in den nächsten zwei Tagen zu errichten. Der lange Leiterwagen, mit Quer- und Langhölzern aufgerüstet, steht schon einsatzbereit im Hof, ist mit aus getrockneten Binsenblättern gedrehten Seilen zum Binden des Maislaubs beladen, der Notsitz für die Helfer angebracht.

Für morgen die zehn Liter Korbflasche mitnehmen, den Eimer zum Tränken nicht vergessen, der am Schwengelbrunnen in den Weingärten ist im Frühjahr abhanden gekommen. Was es doch für Menschen gibt, als ob man mit einem Eimer reicher werden würde.

Wo der Hund nur bleibt? Wenn eine Hundehochzeit in der Gasse sein sollte, taucht der bestimmt erst morgen früh wieder auf. Nur ein Auge, aber er versucht sein Glück.

Damals hat er sich ein Schlupfloch im Zaun gemacht, unten in der Ecke die morschen Latten weggebrochen. Mit einer läufigen Zauche ist das noch schlimmer, wenn man die abends nicht in den Garten läßt, machen die Hunde nachts den ganzen Zaun kaputt.

Der Hund kommt aus dem Garten gerannt, hetzt bellend in Richtung Gassenzaun, doch zu sehen ist niemand. Jemand muß aber dagewesen sein, sonst hätte er nicht dieses Spektakel gemacht, bestimmt ein Gaffer, ärgert er sich, hört die Amei rufen. Ihr nichts sagen, nimmt er sich vor.

Er sieht, daß sie den Eimer mit dem Abwaschwasser

für die Schweine vor die Treppen zum Bodenaufgang stellt, von dort den Nachttopf nimmt und an die Wand im Hausgang lehnt.

Wo er denn bleibe, empfängt sie ihn, während sie die Tür zum Boden absperrt.

Ob es wo brenne, fragt er belustigt, doch inzwischen kann er an ihrem Gesicht ablesen, wann sie nicht zum Spaßen aufgelegt ist.

Sie habe die Kleine schon ins Bett gebracht, alles wäre soweit gemacht, nur noch das Essen für morgen abend müßte in den Keller gebracht werden, meint sie, folgt ihm in die Küche und legt den Schlüssel auf den Tisch.

Er hebt die Kellertür hoch, lehnt sie an die Wand, sie fragt, ob sie ihm leuchten solle.

Brauche sie nicht, er kenne den Keller wie seinen Hosensack, meint er.

Das sei schon gefährlich, zwei Schritte in die Küche und schon liege man unten, könne sich weiß Gott was brechen, meint sie besorgt und reicht ihm den Topf.

Noch nie sei etwas passiert, versichert er ihr, steigt hinab und stellt den Topf in die Mauernische am Ende der Treppe.

Vor allem wegen der Kleinen könnte man einen Stuhl in die Tür stellen, wenn der Keller offen sei, auch sie wüßte dann, daß sie Obacht geben müsse, meint sie.

Könnten sie ja machen, meint er und schließt die Kellertür.

Ob er dem Jakob und der Magda gesagt habe, wann sie morgen früh da sein sollen, fragt sie.

Habe er, spätestens halb sieben, damit sie um sieben losfahren könnten, und sie müßten auch früh raus, nach fünf, bis das Vieh versorgt, ausgemistet, gemolken und das Frühstück gemacht sei, wäre mir nichts dir nichts die Zeit davongelaufen, meint er.

Es wäre gut, wenn er ihr morgen früh noch Kleinholz machen würde, dann müßte sie sich mit dem Feuer nicht fretten, bis es richtig brenne, meint sie.

Das sei ja schnell gemacht, meint er.

Sie werde auch für den Jakob und die Magda Frühstück mitkochen, die hätten bestimmt schon wieder Hunger nach dem langen Weg zu Fuß, jetzt sollten sie aber, wenn sie ausgeschlafen kriegen wollten, meint sie, schraubt den Docht des Lichts kleiner und bläst es aus.

Von hinter dem Haus ist das wütende Bellen des Hundes zu hören, und sie fragt, was der heute abend nur habe.

Wahrscheinlich eine fremde Katze, beruhigt er sie.

Vielleicht eine auf zwei Beinen, meint sie, eher belustigt als verärgert.

Er komme dann auch gleich, meint er, sperrt die Tür ab und reicht ihr den Schlüssel.

Sie tritt bis an den Rand des Hausgangs, schaut in den Himmel und meint, daß es bei den vielen Sternen morgen bestimmt schönes Wetter geben werde.

Bestimmt auch die nächsten Tage, versichert er ihr, während er schon auf dem Weg in den Hof ist, um am Misthaufen zu pissen.

Intermezzi, Exkurse, Vorwegnahmen, Rückblicke (I)

Von Anfang an hatte Erika Wert auf die Feststellung gelegt, daß ihre Mutter die Bezeichnung Stiefmutter für die
zweite Frau ihres Vaters nie in den Mund genommen hätte.
Eine bessere Mutter hätte sie nicht haben können, habe sie
gesagt, auf die Frage, wann sie erfahren habe, daß es nicht
ihre leibliche Mutter sei, keinen genauen Zeitpunkt nennen
können, behauptet, sie hätte es seit jeher gewußt.

Ihre Mutter habe ihr gestanden, hatte Erika erzählt, daß
von ihrer leiblichen Mutter in der Familie nie die Rede
gewesen sei, ihr aber wäre schon mulmig gewesen, wenn
sie zu Allerheiligen auf den Friedhof gegangen seien, erst
als ungefähr Dreizehnjährige habe sie zum ersten Male den
Wunsch verspürt, wenigstens eine Vorstellung von ihrer
Mutter zu bekommen.

Sie sei allein zu Hause gewesen, habe zufällig auf dem
Tisch im Zimmer das Kästchen aus Holz stehen sehen, das
ihr Vater bestimmt vergessen gehabt habe in den Schrank
zurück zu stellen. Sie habe der Versuchung nicht widerstehen können, es geöffnet, obenauf habe das 1940 gemachte
Familienfoto gelegen, sie habe es herausgenommen, lange
betrachtet, dann sei ihr plötzlich ganz heiß geworden bei
dem Gedanken, in dem Kästchen könnte sie das Foto einer
Frau finden, die ja nur ihre leibliche Mutter hätte sein können, oder das Hochzeitsfoto ihrer Eltern.

Mit zitternden Händen habe sie die Akten herausgenommen, doch auf dem Boden des Kästchens und zwischen den Papieren zu ihrer Enttäuschung nichts gefunden. Sie habe wohl alles wieder so zurückgelegt, aber doch Angst gehabt, ihr Vater könnte merken, daß jemand an dem Kästchen gewesen wäre.

Da sie nicht habe glauben können, daß es kein Hochzeitsfoto ihrer leiblichen Eltern gebe, habe sie ihren Vater verdächtigt, es irgendwo versteckt zu haben, ihn oder ihre Mutter aber zu fragen, hätte sie nicht die Courage gehabt.

Nach dem Tod ihres Vaters habe sie der heimliche Wunsch, das Hochzeitsfoto doch noch zu entdecken, nicht mehr losgelassen. Sie sei bei einer ihrer Suchaktionen von ihrer Mutter erwischt worden, habe ihr weinend gestanden, was sie suche. Die habe ihr unter Tränen erklärt, daß es kein Hochzeitsfoto oder ein anderes Foto von ihrer leiblichen Mutter gebe, sie wisse es von ihrem Vater, auch, daß der nach ihrer Geburt ein Familienfoto habe machen lassen wollen, es aber leider nicht dazu gekommen wäre.

Sie habe bei aller Trauer tiefe Dankbarkeit empfunden, eine solche Mutter zu haben, weil die nicht gekränkt gewesen sei, habe ihre Mutter weinend gemeint.

Erika hatte mir das Familienfoto von 1940 gezeigt: ihre Großeltern auf Stühlen sitzend, dunkel gekleidet, steife Körperhaltung, strenger Gesichtsausdruck, stehend dahinter ein schüchtern wirkendes Mädchen in einem hellen Kleid, ihre Mutter.

Das Foto war anläßlich der Kirchweih gemacht worden. Bei dem Fest durfte ein Fotograf, der die teilnehmenden jugendlichen Paare fotografierte, nicht fehlen, die Gelegenheit nutzten die Leute, um Familienfotos zu machen.

Die Kirchweih, die drei Tage dauerte, war das größte Fest

des Jahres in den banatschwäbischen Dörfern, zu seinem festen Ablauf gehörten das Aufstellen des Kirchweihbaums, ein mit einer Krone und Bändern geschmückten Mastes, vor der Kirche, der Umzug der jugendlichen Paare, in der Regel in Tracht, unter den Klängen einer Blasmusikkapelle, angeführt vom sogenannten Geldherrenpaar mit geschmücktem Rosmarinstrauch, der Kirchgang, die Tanzunterhaltungen, die Festessen in den Familien.

Das Geldherrenpaar war sich versprochen und mit einer baldigen Hochzeit zu rechnen, doch auch bei den anderen Paaren, die jeweiligen Eltern mußten ihre Einwilligung gegeben haben, war es ein Zeichen dafür, daß die Familien einer Heirat nicht abgeneigt waren.

Ab 1929 wurde in W. das Kirchweihfest im neu errichteten Bauernheim gefeiert, es war das größte Gebäude im Dorf und der ganze Stolz der Leute, hatte einen großen Tanzsaal mit Bühne für die Kapelle. In den anderen Räumlichkeiten, je ein Zimmer für Männer und Burschen, wo die sonntags Karten spielten, war zu diesem Anlaß der Ausschank eingerichtet.

Das Kirchweihfest wurde zu Martini gefeiert, fiel der 11. November auf einen Werktag am darauffolgenden Sonntag. Es hätte eigentlich zu Josefi, dem Schutzpatron der Kirche von W., am 19. März stattfinden sollen, fiel dieser Tag auf keinen Wochentag, man hatte es aber auf Martini verlegt, weil um diese Jahreszeit mit besserem Wetter als im März zu rechnen war.

Mit dem Kirchweihfest vom 19. November 1940 hatte es eine besondere Bewandtnis: es ging als das sogenannte letzte in die Geschichte des Dorfes ein, da es ab 1941 ausfiel mit der Kriegsteilnahme Rumäniens als Verbündeter Deutschlands beim Überfall auf die Sowjetunion.

Die Leute aus W. hätten wahrscheinlich das kommende

63

Unheil geahnt, hatte Erika gemeint, sich auf die Beobachtung ihrer Großmutter berufen, von der diese ihr erzählt hatte: Wenn die Frauen ihre Finger in den Weihwasserkessel aus Marmor tauchten und sich bekreuzigten, richtete so manche noch einen verstohlenen Blick auf die Fototafel mit den Kriegsteilnehmern und Gefallenen des I. Weltkrieges, die über dem Weihwasserkessel angebracht war.

Daß die Kirchweih erst Mitte der fünfziger Jahre wieder gefeiert werden durfte, es war eine Konzession der neuen Machthaber an die bis dahin völlig entrechteten Deutschen, denen man nach dem Frontwechsel Rumäniens, August 1944, eine Kollektivschuld zugewiesen hatte, hätte man sich damals nicht vorstellen können.

Ihrer Mutter, hatte Erika erzählt, habe es ewig leid getan, nie Kirchweihmädchen gewesen zu sein. Damals bei der sogenannten letzten Kirchweih war sie noch viel zu jung und später, als das Fest wieder gefeiert werden durfte, längst verheiratet.

Ihre Teilnahme am Kirchweihfest, sie war in der 12. Klasse, hatte Erika nicht erwähnt, es wäre ihr bestimmt peinlich gewesen, die Rede darauf zu bringen, weil damals im Dorf gemunkelt worden war, daß es mit ihr und ihrem Kirchweihbub etwas hätte werden können, wäre sie nicht in die Stadt gezogen.

Stattdessen war sie auf ihren Großvater zu sprechen gekommen. Der sei wahrscheinlich nie Kirchweihbub gewesen, da es im Familienalbum kein Foto von ihm mit seinem Kirchweihmädchen gebe. Daß ihr Großvater kein Mädchen gefunden haben könnte, obwohl er ja später Schwierigkeiten gehabt hätte, eine Frau zu finden, war ihr dann doch eher unwahrscheinlich erschienen, plausibler hingegen, daß die Kirchweih während des I. Weltkrieges und in den ersten Jahren danach wahrscheinlich auch nicht gefeiert wurde, daß er später dann als Kirchweihbub schon zu alt gewesen wäre.

In den Nachkriegsjahren, als das Fest wieder gefeiert werden durfte, gab es immer wieder Schwierigkeiten, weil man den Kirchgang der Kirchweihpaare verbieten wollte. Beginnend mit den sechziger Jahren wurde das Kirchweihfest dann zeitweise am zweiten Wochenende im Oktober gefeiert, aber auch schon mal am ersten Wochenende im September, damit die Gymnasiasten, um eine Zeit 14, mitmachen konnten, da es mit Unterrichtsbeginn am 15. September nicht sicher war, ob sie von der Schule Samstag und Montag frei bekämen.

Mit dem Rückgang der Anzahl der Jugendlichen in den Dörfern und der massiv einsetzenden Auswanderung nach Deutschland fiel der Kirchweihumzug ab Mitte der achtziger Jahre in vielen Dörfern aus. In W. war die Kirchweih das letzte Mal 1983 groß gefeiert worden, das hatte Erika, obwohl damals bereits ausgewandert, noch gewußt.

Auf das Familienfoto von 1940 zurückkommend, hatte sie mich darauf hingewiesen, daß das Geflecht aus Ruten, am rechten oberen Rande des Fotos noch vage zu erkennen, die von ihrer Großmutter gepflanzten Heckenrosen seien. Sie erinnerte sich noch an die Rosen, ich nicht mehr, an den Kirschbaum am Ende des Gartens aber, von dem anschließend die Rede war, konnte auch ich mich noch erinnern, da wir Jungs ihn wegen seines geradezu idealen Standortes auf unseren Streifzügen im Visier hatten, waren die Kirschen reif.

Auf dem Fußweg, der am Ende der Gärten verlief und die Grenze zum Feld der Staatsfarm markierte, kamen wir daher, hielten Ausschau, ob die Luft rein war, streckten uns nach über den Weg ragenden Ästen, zogen sie herab, pflückten die Kirschen samt Blätter und Trieben, steckten alles unters Turnhemd und machten uns aus dem Staub, mit den Händen festhaltend, was wie ein dicker Bauch aussah.

Die Großeltern ihres Großvaters seien wohl keine reichen Leute gewesen, mit ihrem Enkel aber hätten sie sich fotografieren lassen, hatte Erika gemeint und mir noch drei Fotos gezeigt: die Großeltern väterlicherseits des Großvaters, er als junger Mann, dasselbe noch einmal mit den Großeltern mütterlicherseits, dann ein Foto mit allen fünf.

Auf einem der Fotos war auf der Rückseite in ungelenker Schrift mit Kugelschreiber das Jahr 1922 vermerkt. Erika hatte mich aufgeklärt: der Eintrag stamme von ihrer Mutter, als die in den siebziger Jahren die Familienfotos sortiert und mit Jahresangaben versehen habe, obwohl sie sich nicht mehr sicher gewesen wäre, ob die alle stimmten.

Ihre Mutter, hatte Erika erzählt, habe als Kind geglaubt, eines der Ehepaare wären die Eltern ihres Vaters, obwohl sie doch gleich alt aussahen. Wann sie die Wahrheit erfahren, habe sie sich nicht mehr erinnern können, das alles wäre für sie damals, habe sie gemeint, sowieso viel zu kompliziert gewesen.

Und bezüglich ihrer Großeltern mütterlicherseits habe ihre Mutter gemeint, daß ihr von der alten Raszkopf schon als Kind eingetrichtert worden sei, das wären schlechte Menschen, die ihnen nur Böses wollten, deshalb habe sie nichts von ihnen wissen wollen, später vielleicht, aber noch in den Kriegsjahren habe es sich auf tragische Weise erledigt, die Großeltern verstorben, der Sohn gefallen, auch von ihnen sei in der Familie nie die Rede gewesen.

Es hätte für sie nie eine Rolle gespielt, ob ihre Großmutter ihre richtige wäre oder nicht, hatte Erika von Anfang an klargestellt. Wenn meine Großmutter nicht gewesen wäre! Dieser Hinweis war wiederholt gefallen und mir klar geworden, welche Bedeutung diese Frau nicht nur für ihre Mutter gehabt hatte.

Erika war davon überzeugt, daß die Ehe ihrer Großeltern im Dorf ihresgleichen gesucht hätte. Ihre Großmutter hatte ihr, sie dürfte damals in der XI. Klasse gewesen sein, vom Freien des Großvaters erzählt, die Umstände der Eheschließung geschildert, die ersten Tage als Mutter, als Fremde im Dorf, dabei auch Mutmaßungen angestellt, wie der Großvater es erlebt, was er sich dabei gedacht haben könnte. Die spitzbübische Art und Weise des Erzählens ihrer Großmutter war Erika noch bestens in Erinnerung. Aber sie hatte mich auch darauf hingewiesen, wie wichtig es ihrer Großmutter gewesen war, nicht den Verdacht aufkommen zu lassen, es wäre nur eine Notheirat gewesen und mir die Geschichte mit der Inschrift am Hausgiebel erzählt.

Ihr Großvater hätte sie, laut Beteuerung ihrer Großmutter, am liebsten schon kurz nach ihrer Heirat ersetzen lassen wollen, um allen das Maul zu stopfen. Doch woher Maurer? Denen sei im Herbst die Arbeit auf dem Feld wichtiger gewesen, deshalb habe man es verschieben müssen bis ins Frühjahr nach Erledigung der Feldarbeiten.

Ursprünglich hätte neben der neuen gotischen Inschrift, Franz u. Anna Kornibe, das Jahr 1931 stehen sollen, da der Großvater aber vergessen gehabt habe, es den Maurern zu sagen, hätten die, wie bei Neubau oder Renovierung üblich, das Jahr angebracht, in dem die Arbeit gemacht wurde. Ihren Großvater habe das geärgert, das Gerüst sei aber bereits abgebaut gewesen. Daran sollte es doch nicht liegen, habe ihre Großmutter den Großvater getröstet.

Auf die Ehe ihrer Großeltern zurückkommend, hatte Erika erzählt, ihre Großmutter habe ihr versichert, daß sie und der Großvater von Anfang an Gefallen aneinander gefunden hätten. Allein schon mit dieser Aussage einer

Achtzehnjährigen gegenüber hätte sie nie gerechnet, schon gar nicht mit ihrem noch eindeutigeren Geständnis, sie hätte sich bis dahin nicht vorstellen können, wie schön das Zusammenleben mit einem Mann sein könnte.

Schockiert sei sie gewesen, als ihre Großmutter dann wie nebenbei die Bemerkung habe fallen lassen, sie hätte ihren ersten Mann aus ihrem Leben gestrichen, sich auch nicht mehr um sein Grab gekümmert, hatte mir Erika gestanden.

Damals habe ihre Großmutter ihr auch anvertraut, sie und der Großvater hätten sich gerne ein Kind genommen, aber Angst gehabt, da sie ja nicht mehr die jüngste gewesen sei, es könnte wieder ein großes Unglück passieren. An das Versprechen, das sie ihr habe geben müssen, ihrer Mutter nichts davon zu sagen, habe sie sich gehalten, hatte Erika mir versichert, das Thema gewechselt, gemeint, wenn der Krieg nicht gewesen wäre.

In dem Moment hatte das Telefon geläutet, das einzige mal an dem Nachmittag, Erika hatte sich entschuldigt und war verärgert in den Flur gegangen, wo das Telefon stand.

Ich hatte überlegt, ob nach ihrer Rückkehr die Rede auf die Umstände der Teilnahme der Deutschen aus Rumänien am Krieg zu bringen. Doch das hätte sie verunsichern können und als Wichtigtuer wäre ich auch noch dagestanden.

Durch das Dekret von November 1940 wurde die „Deutsche Volksgruppe in Rumänien" zur juristischen Person öffentlichen Rechts, ihr Willensträger war die „Nationalsozialistische Deutsche Arbeiterpartei (NSDAP) der Deutschen Volksgruppe in Rumänien". De facto wurden alle Deutschen aus Rumänien Mitglieder der Volksgruppe, sie waren in einem nationalen Kataster erfaßt und hatten sämtliche Erlasse der Volksgruppenführung zu befolgen.

In W. traten 4 Personen in die Partei ein, wurden hinter vorgehaltener Hand Parteileute tituliert, zu ihnen gehörten der damalige Richter und der Vizerichter. Die mußten dann an die Front, ihre Ämter übernahmen die zwei älteren Parteimitglieder, für die ein Fronteinsatz nicht mehr in Frage kam.

Im Mai 1943 kam es zwischen dem Deutschen Reich und dem Nationallegionären Staat Rumänien zu einem Abkommen, laut dem Deutsche aus Rumänien unter Beibehaltung ihrer Staatsbürgerschaft in deutsche Verbände eingezogen werden oder in diese wechseln konnten, was der Großteil auch tat und vorwiegend der Waffen-SS zugeteilt wurde. Von den 97 Kriegsteilnehmern aus W. waren zu dem Zeitpunkt 9 gefallen, 80 wechselten in deutsche Verbände, 8 blieben in der rumänischen Armee, insgesamt belief sich die Zahl der Gefallenen oder Vermißten nach Kriegsende auf 28. Mit dem Frontwechsel Rumäniens am 23. August 1944 standen die Deutschen aus Rumänien in den deutschen Verbänden nun auf der falschen Seite, sie wurden zu Deserteuren und ihrer Staatsbürgerschaft verlustig erklärt, diejenigen, die dem Druck der Volksgruppenführung und der Diffamierung durch Landsleute standgehalten hatten und im rumänischen Heer verblieben waren, wurden vorerst interniert. Im Januar 1945 gehörten sie zu den deutschen Zivilisten aus Rumänien, die auf Anordnung der Sowjets zur Zwangsarbeit in die Sowjetunion deportiert wurden.

Wie die Kletten, hatte Erika nach ihrer Rückkehr aufgebracht gemeint, erzählt, die Dame von der Telekom habe ihr einen neuen Tarif angeboten, sie fast schwindlig geredet, sie habe sie nur schwer abwimmeln können.

An dieser Stelle lauteten die Stichworte, die ich mir bei Erika notiert hatte: Telefon in Rumänien. Ich erinnerte mich, daß wir darüber gesprochen hatten, wie schwierig es in Rumänien war, einen Telefonanschluß zu kriegen, daß es auf dem Lande private Telefone kaum gab, daß bei uns im Dorf nur die Kollektivwirtschaft Telefon hatte, mit Einrichtung der Übernahmestelle für Gemüse ein zweites hinzukam, das dritte mit der Gründung der neuen Gemüsefarm, daß die Gespräche über die Telefonzentrale aus K. vermittelt werden mußten. Das hatte ja zum Thema gepaßt. Daneben aber standen Stichworte, die damit überhaupt nichts zu tun hatten. In welchem Zusammenhang wir das Thema gewechselt hatten, wußte ich nicht mehr.

Vor der Enteignung waren die Bauern aus anderen Dörfern wohlhabender als die aus W., hier galt schon als reich, wer 25 Joch Feld besaß, und das waren nur ein paar. Aber auch die hätten sich Dreschmaschinen, Mähbinder, Sämaschinen allein nicht leisten können, die wurden mit verwandten oder anderen Familien gekauft. Die Arbeiten wurden gemeinsam erledigt, vor allem bei der Ernte von Gerste und Weizen und beim Dreschen war man aufeinander angewiesen.

Ärmere Bauern säten Gerste und Weizen wie ehedem per Hand und walzten die Aussaat mit einer Holzwalze, vor die ein Pferd gespannt war, ein. Zum Maissetzen bedienten sie sich des Hackpflugs, an dem eine trichterförmige Vorrichtung aus Blech angebracht war, durch welche die Körner in Abständen einzeln eingeworfen und von dem hinter dem Pflug Gehenden in die Erde getreten wurden. Bei der Ernte von Gerste und Weizen taten auch sie sich zusammen, fürs Dreschen mieteten sie eine Dreschmaschine.

Erika und ich hatten uns erinnert, wie wir als Kinder immer bettelten, aus gebührender Entfernung beim Dreschen in der Kollektivwirtschaft auf der Hutweide zuschauen zu dürfen, daß uns die von einem Motor angetriebene Dreschmaschine wie ein Wunderwerk vorkam, daß wir fasziniert waren, wie reibungslos alles ablief: einer reichte mit einer langstieligen Gabel die Garben vom Schober auf die Dreschmaschine, ein anderer schnitt das Seil auf, der nächste ließ das Bündel mit den Ähren nach vorn ein, zwei Leute füllten die Säcke ab, andere schafften Spreu und Stroh beiseite. Das Stroh wurde zu Schobern aufgeschichtet, darin war die Spreu eingebettet.

Gerste und Weizen wurden auch in der Kollektivwirtschaft von W. bis Anfang der sechziger Jahre, als von Maschinen- und Traktorenstationen gemietete Mähdrescher zum Einsatz kamen, wie ehedem mit der Sense geerntet und mit Mähbindern, vor die Pferde gespannt waren. Die Ernte von Zuckerrüben und Mais erfolgte noch viele Jahre von Hand.

Im Unterschied zur Kollektivwirtschaft wurde der Mais im eigenen Garten nicht am Stock geliescht, sondern mitsamt den Lieschen geerntet. Die weichen aus den unteren Schichten wurden zum Auffüllen von aus groben Leinen gewebten Matratzen verwendet, die man, da sie früher mit Stroh angefüllt waren, noch immer Strohsäcke nannte, erst Mitte der sechziger Jahre schafften sich die Leute Sprungfedermatratzen an.

Erika war geradezu ins Schwärmen geraten, als sie erzählte, wie wohlig sich die Lieschen angefühlt hätten und wie gut man sich darin habe einkuscheln können. Und geschwärmt hatte sie vom dicken Ofen, gemeint, diese Art von Wärme vermisse sie noch heute und wie angenehm es gewesen wäre, aus der Kälte kommend, sich an den Ofen zu lehnen und sich aufzuwärmen.

Die sechseckigen Sockel dieser mannshohen Öfen waren aus gebrannten Ziegeln gemauert, die Wände aus Dachziegelteilen, sie waren innen und außen mit Lehm verputzt. Die Öfen, wie das Zimmer gemalt, standen an einer Wand zu einem Nebenraum, von wo aus sie mit Maisstengeln und Reisig in ganzen Bündeln befeuert wurden und mit dem, was sonst noch anfiel. Im Winter wurde in den Öfen Brot gebacken, sonst in Backöfen, auch aus Ziegeln errichtet und mit Lehm verputzt, die an geschützten Stellen im Hof standen.

Erika und ich hatten uns erinnert, wie hart es für uns Kinder war, mußten wir unseren Eltern in den Parzellen, ihnen von der Kollektivwirtschaft zugeteilte Flächen an Mais und Zuckerrüben, bei der Ernte helfen, wie unwillig wir oft beim Verrichten von Arbeiten zu Hause waren. Zu den unbeliebtesten Arbeiten gehörte auch für mich das Entkernen von Maiskolben mit dem Maishobel.

Das Rundholz war auf einer Seite in fast voller Länge tief eingekerbt, hatte im oberen Teil der Einkerbung ein Loch, über das eine spitze Eisenzunge angebracht war. Man legte sich eine Schürze um, setzte sich auf den Stuhl vor dem Weidenkorb, klemmte sich den Maishobel zwischen die Schenkel und ritze mit der Eisenzunge, indem man den Maiskolben in der Einkerbung nach unten führte, mehrere Reihen Körner vom Kolben. Durch Wiederholen des Vorgangs konnte der Kolben so entkernt werden, die haften gebliebenen Körner wurden mit der Hand entfernt.

Der Mais, der an Geflügel und Schweine verfüttert wurde, sollte für eine Woche reichen. Wollte man Mais schroten lassen, überschüssigen verkaufen, kam der Maisrebler zum Einsatz, ein Gerät, das einer Truhe aus Holz ähnelte, durch Eisenscharniere verstärkt war, solide Stempeln hatte, mit einem Schwungrad handbetrieben wurde und an dem mehrere Personen arbeiteten.

Durch eine trichterförmige Öffnung wurden die Maiskolben einzeln mit der Spitze nach unten eingelassen, von zwei rotierenden Walzen mit Stiften erfaßt und entkernt, die Körner fielen durch ein geneigtes Gitter in den unter dem Gerät stehenden Korb, während die Kolben durch eine Öffnung der Holzverkleidung nach draußen gelangten, die noch daran haftenden Körner wurden ebenfalls mit der Hand entfernt.

Auch an andere Geräte hatten Erika und ich uns erinnert. Rupfer war uns eingefallen, das Gerät mit hakenförmigem Metallteil an einem Holzstiel, das man in den Schober stieß und so Heu oder Stroh herauszog, Stehleiter, kleine Leiter, lange Leiter, die man zum Weißen der Hausgiebel benötigte oder zum Pflücken von Obst, Rebenspritze.

Der Markenname der vererbten Rebenspritzen, alle im Dorf hatten wohl dieselben, war uns dann schließlich doch noch eingefallen: Vermorel. Und Erika hatte sich an einen Ausspruch ihrer Großmutter erinnert: Ein Weingarten brauche keinen Herrn, der brauche einen Knecht.

Obwohl wie der Heurupfer zu unserer Zeit nicht mehr in Gebrauch, erinnerten wir uns an die Hanfbreche, wahrscheinlich, weil die Holzgeräte mit einem Klapphebel und mehreren Zungen zum Brechen der Hanfstengel noch immer in vielen Schuppen herumgestanden hatten.

In W. wurde Hanf zur Zeit unserer Großeltern nur unregelmäßig und auf kleinen Flächen für den Eigenbedarf angebaut, die Stengel wurden im Wasserloch, einem Teich am Rande des Dorfes gegen T. hin, geröstet, anschließend in der Sonne getrocknet und nach Hause gebracht, mit der Hanfbreche bearbeitet. Mit Hilfe einer Hechel, einem Brett mit Eisenstiften, wurden die letzten Stengelteile entfernt, die Hanffasern sozusagen gekämmt, bevor sie zum Seiler kamen, der Stricke aller Art und Halfter für die Pferde daraus machte.

Windmühle, eine handbetrieben Putzmühle für Getreide, noch so ein Gerät, das wie die Hanfbreche auch schon längst nicht mehr benutzt wurde und ebenfalls in Schuppen herumstand, war uns eingefallen.

Ein breiter Kasten aus Brettern mit Stempeln, am oberen und unteren Ende seitlich je zwei Handgriffe zum Tragen, oben eine Öffnung zum Einlassen, hinten eine Öffnung so breit wie der Kasten, in dessen bauchförmiger Wölbung auf einer Achse die Windblätter aus Holz angebracht waren, die den Luftzug erzeugten, durch den die Verunreinigungen an Spreu, Stroh nach draußen geblasen wurden.

Ich hatte mich erinnert, daß mein Kamerad Thomas und ich auf die Idee gekommen waren, ihre Windmühle in Gang zu setzen. Auf den Höllenlärm hin, den die Windblätter verursachten, war sein Großvater aus dem Haus gelaufen gekommen, hatte uns schimpfend verjagt und die Kurbel abmontiert. Alles, was als Versteck hätte dienen können, hatten wir in den nächsten Tagen durchstöbert, aber nichts gefunden, die Kurbel war für immer verschwunden geblieben.

Erika hatte erzählt, ihre Mutter habe beim Füttern der Hühner bemerkt, daß eines fehlte, im Garten nachgeschaut, bei den Nachbarn nachgefragt, da es ja irgendwie in deren Hof hätte gelangt sein können, Spuren von Federn, die auf einen Iltis hingedeutet hätten, habe sie auch nicht gefunden, sich nicht erklären können, wie das Huhn abhanden gekommen sei und es schon abgeschrieben gehabt, nach ein paar Tagen aber, wieder beim Füttern, habe sie nicht wenig gestaunt, daß es plötzlich da gewesen sei, als Glucke. Da war ihr ein Licht aufgegangen: es hatte irgendwohin seine Eier gelegt, wo es jetzt brütete. Und sie hatte nur noch beobachten müssen, wohin es verschwindet: in sein Versteck in der Windmühle.

Mit Verstecken hätten die Leute sich ausgekannt, hatte Erika dazu gesagt, und ich geahnt, worauf sie hinauswollte.

Glück im Unglück (II)

In W. lebt man wie der Herrgott! Über diese Einschätzung der Leute aus den Nachbardörfern ist man stolz. Die ungarische Familie und die zwei rumänischen Familien, die des Kuhhirten und Notars, sind es auch, da sie sich der banatschwäbischen Dorfgemeinschaft zugehörig fühlen. Nach Einberufung der ersten Jahrgänge hätte niemand mehr aus W. eine solche Schmeichelei unbedingt mit einem Kopfnicken und zustimmendem Lächeln quittiert. In das abgelegenen Dorf, wo die Leute mit den Richtern aus den eigenen Reihen und den rumänischen Notaren als Vertreter der Staatsmacht, Gendarmerie gibt es nicht, bisher gut ausgekommen sind, hat wieder die große Weltpolitik Einzug gehalten wie fast drei Jahrzehnte zuvor mit Ausbruch des I. Weltkriegs.

Damals waren 103 Männer aus W. für Österreich-Ungan und den Kaiser aus dem fernen Wien in den Krieg gezogen, diesmal geht es als Soldaten der rumänischen Armee im Bündnis mit dem im bisherigen Kriegsverlauf siegreichen Deutschen Reich in den Krieg gegen Rußland, wie die Sowjetunion genannt wird, für die Bewahrung und Stärkung des Deutschtums in Rumänien, im Namen der deutschen Sache überhaupt, wie die Volksgruppenführung nicht müde wird zu propagieren, sich siegessicher gibt und sich auf den Führer im weit entfernten Berlin beruft.

Ältere Männer, Soldaten im I. Weltkrieg, haben ihre Zweifel, meinen hinter vorgehaltener Hand, der in Berlin wisse doch gar nicht, wie groß Rußland sei und gegen die Russen habe schlußendlich noch niemand einen Krieg gewonnen.

Den zwei Gymnasiasten aus dem Dorf, die im Bauernheim der Propaganda das Wort geredet und bedauert haben sollen, noch nicht an die Front zu dürfen, soll der alte Lindenmayer prophezeit haben, sie würden schon beim ersten Schuß in die Hosen machen und nach der Mutter rufen. Ob sie sich überhaupt vorstellen könnten, was es für Eltern bedeute, ein Kind zu verlieren, was es für eine Frau heiße, ohne Mann zu bleiben, für Kinder, ohne Vater aufzuwachsen, soll er sie barsch gefragt und ihnen damit das Maul gestopft haben.

Die Lindenmayer bangen um ihren älteren Sohn, den Toni, und ganz schlimm für sie ist, wenn sie ihre Schwiegertochter nachts still vor sich hin weinen hören. Für ihren jüngeren Sohn, den Hans, ist, wenn auch zum Krüppel geschossen, er hinkt auf einem Bein, der Krieg wenigstens vorbei.

Hauptsache überlebt, meinen die Leute, ergehen sich in Überlegungen: trotz seiner Invalidität stünden die Chancen des bereits Vierundzwanzigjährigen, doch noch eine Frau zu finden, nicht schlecht, eine junge Kriegswitwe, eines der Mädchen, dessen Heirat wegen des Krieges aufgeschoben worden und dessen Auserwählter gefallen sei, und wenn, Gott bewahre, der Toni nicht mehr zurückkehren sollte, könnte er die Bawi heiraten, dagegen wäre doch nichts einzuwenden, die zwei Kinder seines Bruders hätten einen Ernährer, das Feld müßte nicht geteilt werden.

Die alte Raszkopf soll wegen früheren despektierlichen Äußerungen über ihren Schwiegersohn Abbitte bei ihrer Tochter getan und gemeint haben, sie werde erst dann zufrieden die Augen schließen können, wenn der Vater ihrer Enkelkinder wieder da wäre, wie auch immer, Hauptsache überlebt.

Hoffen und beten, der verfluchte Krieg möge bald zu Ende gehen, mehr bleibt den Leuten nicht übrig. Was der Mensch doch alles aushalten müsse, heißt es im Dorf, führt man sich das Leid derjenigen vor Augen, die das Unglück getroffen hat, lebt in ständiger Angst, es könnte morgen schon der eigenen Familie passieren.

Der Franz, die Amei und die Mari sitzen gerade beim Frühstück, als die Magda mit dem zehnjährigen Franz an der Hand in der Tür zur hinteren Küche erscheint.

Mit weit aufgerissenen Augen, am ganzen Leib schlotternd, streckt sie die Arme nach der Amei aus, kann noch gefallen und Odessa stammeln, bricht mit einem Schrei, der Steine hätte erweichen können, auf der Kellertür zusammen.

Die Amei springt auf, langt nach dem groben Handtuch aus Leinen am Waschtisch, taucht es in den Wassereimer, kniet neben der Magda nieder, befeuchtet ihr Gesicht und Arme, der kleine Franz steht dabei und ruft herzzerreißend nach seiner Mutter.

Er solle hier nicht herumstehen, den Kleinen von hier wegnehmen, fährt die Amei den Franz an, woraufhin der das strampelnde und schreiende Kind der vor Angst erstarrten Mari auf den Schoß setzt. Die drückt den kleinen Franz, als hielte sie sich an ihm fest, verängstigt an sich, der wehrt sich nicht mehr, schluchzt nur noch.

Sie komme wieder zu sich, meint die Amei mit weinerlicher Stimme, als die Magda mit einem lauten Stöhnen die Augen öffnet.

Was denn passiert sei, wo sie denn sei, fragt sie mit lallender Stimme.

Bei ihnen, sie müsse keine Angst haben, beruhigt die Amei sie und hilft ihr, sich aufzusetzen. Die Magda schlägt die Hände vors Gesicht, wimmert, sich hin und her wiegend, sie könne nicht einmal mehr weinen, habe keine Tränen mehr. Die Amei rückt rasch einen Stuhl zurecht, fleht den Franz an, ihr doch zu helfen, der ist im Nu zur Stelle, sie heben die Magda hoch und schleppen sie zum Stuhl. Der kleine Franz, der sich von der Mari losgemacht hat, nach seiner Mutter ruft, stürzt auf sie zu, fällt vor ihr auf die Knie und verbirgt weinend sein Gesicht in ihrem Schoß, sie streicht ihm mit zitternder Hand übers Haar.

Die Mutter müsse sich jetzt ausruhen, die Kirschen seien doch reif, er dürfe so viele essen, wie er wolle, redet die Amei auf den kleinen Franz ein und der wehrt sich nicht, als sie ihn an den Schultern faßt, ihn von seiner Mutter wegzieht und an sich drückt.

Sie macht der Mari mit dem Kopf ein Zeichen, bringt ihn bis zur Küchentür, die Mari, die ihnen gefolgt ist, ergreift seine Hand, und er folgt ihr willig.

Der Franz steht noch immer verdattert da, die Amei eilt zur Magda, fragt, ob sie Wasser wolle.

Kühle Milch wäre noch besser, meint der Franz, da die Magda aber den Kopf schüttelt, reicht die Amei ihr ein Töpfchen Wasser, das die Magda mit beiden Händen umfaßt und zitternd zum Mund führt.

So ein Unglück, murmelt der Franz, als die Magda ihm das Töpfchen reicht, und setzt sich mit einem Seufzer. Die Amei wirft ihm einen strafenden Blick zu, rückt mit ihrem Stuhl zur Magda und legt ihr den Arm um die Schulter.

Was sie jetzt nur anfange, sie wolle am liebsten nicht mehr leben, schluchzt die.

Sie solle sich nicht versündigen, an ihr Kind denken, mahnt die Amei.

Sie sei jetzt mutterseelenallein, keine Eltern mehr, keine Schwiegerleute, wimmert die Magda leise.

Sie solle nicht so herumreden, schimpft die Amei, meint tröstend, sie und der Franz seien doch da.

Sie würden helfen, wo sie könnten und wegen der paar Schulden, die sie noch bei ihnen habe, solle sie sich mal keine Sorgen machen, versichert ihr der Franz.

So werde es gemacht, bekräftigt die Amei, redet auf die Magda ein, das Leben müsse weiter gehen, bald sei ihr Bub groß, man sehe doch schon jetzt, wie geschickt er sich beim Arbeiten anstelle.

Wo die Kinder denn hingegangen seien, fragt die Magda plötzlich erschrocken.

Na, Kirschen essen, erinnert die Amei sie.

Wenn er nur nicht auf den Baum steige, herunterfalle, noch ein Unglück, das überlebe sie nicht, meint die Magda angstvoll.

Sie brauche sich keine Sorgen zu machen, die Mari passe schon auf, beruhigt die Amei sie.

Sie müßten jetzt wieder heim, in ihr Elend, schluchzt die Magda.

Doch nicht in dem Zustand, protestiert die Amei.

Sie müßten aber, beharrt die Magda.

Zu Fuß auf keinen Fall, er spanne ein, meint der Franz.

Und sie komme auf jeden Fall auch mit, meint die Amei.

Wenn sie bis Mittag nicht zurück seien, könne die Mari ja das Vieh füttern, schlägt der Franz vor und steht auf.

Die wolle jetzt bestimmt nicht allein zu Hause bleiben, sie werde die alte Raszkopf bitten, meint die Amei, fragt die Magda, ob sie sich denn nicht noch kurz im Zimmer auf den Diwan legen wolle.

Die schüttelt den Kopf, meint, sie bleibe lieber hier sitzen, die Kinder müßten ja auch gleich kommen.

Als die Amei in der Küche der alten Raszkopf erscheint und sie weinend bittet, am Mittag das Vieh zu füttern, rückt die ihr rasch einen Stuhl zurecht, meint mit weinerlicher Stimme, sie habe die Magda zu ihnen kommen sehen, gehört, wie sie geschrien habe, sie könne sich vorstellen, was passiert sei.

Die Amei nickt schluchzend, die Alte Raszkopf meint, der Jakob wäre doch schon so gut wie einer aus dem Dorf gewesen.

Für sie sei er wie ihr eigener Sohn gewesen, schreit die Amei auf, meint wimmernd, hier könne sie sich wenigstens ausweinen, um die Magda nicht noch mehr zu verstören, habe sie sich vor ihr zurückgehalten.

Die Arme, meint die alte Raszkopf.

Die Magda solle nicht sehen, daß sie geweint habe, meint die Amei und wischt sich mit mit dem Handrücken die Augen.

Sie komme mit rüber, der Magda kondolieren, meint die alte Raszkopf.

Lieber nicht, das wühle sie wieder auf, sie habe sich schon etwas beruhigt, wehrt die Amei ab, meint, sie hätte aber noch eine Bitte, den Loibl Karl verständigen, der solle nach dem Mittagsläuten für den Jakob wie für alle Gefallenen aus dem Dorf ausläuten.

In W. treffen Nachrichten stets verspätet aus den Nachbardörfern ein, sind es schlimme, tut man sie als Gerüchte ab. Seit langem sind keine aufregenden Neuigkeiten mehr bis W. gedrungen, deshalb sorgt die Heimkehr der ersten Männer im Mai 1943 kurz für Verwirrung: Nun doch Fronturlaub, wo es doch geheißen habe, es gebe keinen mehr? Oder ist der Krieg zu Ende und in W. hat man davon nichts mitgekriegt?

Rasch steht jedoch fest, daß die Männer, die nach Hause

gekommen sind, bald wieder in den Krieg müssen, diesmal aber bei den Deutschen, und daß diejenigen, die nicht nach Hause gekommen sind, in der rumänischen Armee bleiben werden.

Ehemalige Soldaten unter den älteren Männern, für die dieser Krieg der Hitlerkrieg ist, an dem sie teilgenommen haben der Weltkrieg, können es nicht glauben: Mitten im Krieg Soldaten von der Front abziehen? Sie bezweifeln, daß dies ein Beweis für Stärke ist, daß der von der Propaganda beschworene Endsieg bevorsteht, meinen hinter vorgehaltener Hand, daß die Volksgruppenführung dann doch nicht Siebzehnjährige dazu aufrufen würde, sich als Freiwillige zu melden.

Auch die zwei Gymnasiasten aus W. haben sich gemeldet, und sie sollen alle, die in der rumänischen Armee geblieben sind, als Verräter beschimpft haben. Zu ihnen zählt auch der ältere Sohn des alten Lindenmayer. Dem Alten ist das zu Ohren gekommen, doch diesmal hat er sich mit den Gymnasiasten nicht angelegt. Jeder wisse das Seine, soll er bloß gesagt haben.

Zu öffentlichen Beschimpfungen aber kommt es in W. nicht, auch zu keinen nächtlichen Aktionen wie in anderen Dörfern, wo man bei Familien sogenannter Verräter oder von Jugendlichen, die sich nicht als Freiwillige gemeldet haben, Fensterscheiben eingeschlagen, Hausgiebel mit Fäkalien beschmiert, mit faulen Eiern beworfen hat.

Er werde ja wissen, was er mache, hoffentlich gehe es gut aus, hat die alte Raszkopf zur Entscheidung ihres Schwiegersohns, in die deutsche Armee zu wechseln, der Amei und dem Franz gegenüber gemeint, die der anderer nicht kommentiert. Der verfluchte Krieg, hat die Amei bloß gesagt, der Franz gar nichts.

Es ist für ihn jedoch selbstverständlich, daß er den Thomas zur Sammelstelle an den Bahnhof nach S. fahren wird. Der hat den Vorschlag seines Sohnes, ihn hinzubringen, abgelehnt, das wäre nichts für einen jungen Kerl, den seiner Frau, ihn zu fahren, mit der Begründung, ihr könnten auf der Rückfahrt die Pferde durchgehen, von deren neuen Plan aber, sie würde den Josef mitnehmen, auch nichts wissen wollen. Dem Franz hat er unter vier Augen anvertraut, daß ihm so der Abschied leichter fallen würde.

Wie alle Familien, denen er bevorsteht, gehen auch die Laubs in der noch verbliebenen Zeit der Arbeit auf dem Feld nach. Man würde ja sonst verrückt werden, soll die alte Raszkopf gesagt haben.

Als der Tag des Abschieds gekommen ist, wäre es dem Franz lieber gewesen, wenn die Amei nicht mit zu den Laubs gekommen wäre, und daß sie die Mari auch noch mitschleppt, ist ihm überhaupt nicht recht, doch gegen ihr Argument, sie müsse der armen Eva in dieser schweren Stunde doch beistehen, die Mari ihrer Kameradin, hätte er nicht gewußt, was einwenden.

Die Laubs und die alte Raszkopf stehen bereits auf der Gasse, als er im kurzen Leiterwagen vorfährt, gefolgt von der Amei und der Mari.

Er komme bestimmt bald wieder heim, empfängt sie der Thomas und reicht den beiden die Hand zum Abschied.

Die Eva fällt ihm um den Hals, meint wimmernd, sie hätten sich ja schon verabschiedet, verspricht ihm schluchzend, nicht mehr zu weinen und läßt ihn los. Er umarmt seine Kinder, ermahnt sie, ihrer Mutter zu folgen.

Als er sich noch rasch von der alten Raszkopf mit einen Kuß auf die Wange verabschiedet, meint er, er hätte nicht gedacht, seine Schwiegermutter an einem Tag zweimal zu busseln, doch zum Scherzen ist niemandem zumute.

Du Narr, ruft die ihm, sich die Tränen wischend, nach, als er zum Wagen eilt.

Kaum daß er auf dem Sitz neben dem Franz Platz genommen hat, fährt der los und versetzt schon nach ein paar Schritten die Pferde in Trab. Der Thomas dreht sich noch einmal um und winkt kurz.

Er komme bestimmt zurück, tröstet die Amei die Eva, die, den Blick ins Leere gerichtet, neben ihr steht, meint, das beste wäre, sie komme mit zu ihr, dort könnten sie sich in Ruhe ausreden, faßt sie an der Hand und zieht sie mit sich.

Es wäre schön, wenn sie wie damals, als sie noch Kinder gewesen, mit zu ihr kommen würden, schlägt die alte Raszkopf den verdattert dastehenden Jugendlichen vor und verspricht ihnen Bonbons.

Die Mari faßt die Hand der Kathi, der Josef wehrt den Versuch seiner Schwester ab, sich bei ihm einzuhaken, schließt sich ihnen jedoch an, als die der alten Raszkopf folgen.

Bevor sie den Hof betreten, schauen sie, wie ihre Mütter auf der gegenüber liegenden Gassenseite, noch einmal dem Pferdewagen nach, der schon am Ende der Gasse angelangt ist.

Es ist der letzte, der an diesem Tag das Dorf in Richtung S. verläßt, und weil auch aus den umliegenden Dörfern die Männer vom dortigen Bahnhof wieder in den Krieg ziehen, bildet sich in Richtung der Kleinstadt die längste Kolonne Pferdewagen, die es in dieser Gegend jemals zu sehen gegeben hat.

W. scheint wie ausgestorben, die Arbeit auf den Feldern und in den Gärten ruht, nur das Vieh wird versorgt. Und die Frauen müssen an dem Tag nicht befürchten, daß die Männer, die Angehörige nach S. gebracht haben, nach ihrer Rückkehr schimpfen würden, weil es nichts Warmes zu essen gibt.

Als der Franz aus S. zurückkehrt, die Pferde schweißnaß, unter den Sielen Schaum, dämmert es bereits.

Sie hätten ihn kommen hören, empfängt ihn die Amei, die mit der Eva und der alten Raszkopf vor der Tür zur hinteren Küche steht und kommt mit den beiden, als er vor dem Schuppen hält, auf ihn zu.

Er wäre aber schön gejagt, meint die alte Raszkopf auf die Pferde deutend, die Amei schaut ihn fragend an, als er absteigt.

Der Thomas lasse noch einmal alle grüßen, und sie sollten sich keine Sorgen machen, meint der Franz zur Eva.

Die nickt mehrmals, meint dann leise, das sei leicht gesagt, sich keine Sorgen machen.

Sie seien ihm unendlich dankbar, daß er ihnen diesen schweren Weg abgenommen habe, meint die alte Raszkopf.

Wenigstens das, meint der Franz, und die Eva meint, das werde eine schwere erste Nacht.

Sie schlafe bei ihr, schlägt die alte Raszkopf vor.

Die Kinder seien ja da, wehrt die Eva ab.

Sie sollten jetzt heim gehen, meint die alte Raszkopf, da die Eva aber unschlüssig dasteht, faßt sie ihre Hand und geht mit ihr los.

Sie sollten die Mari heim schicken, ruft die Amei ihnen nach.

Jetzt aber, die Pferde müsse er dann abreiben, sonst werden sie noch krank, meint der Franz und will sich ans Ausspannen machen, doch die Amei fragt, was der Thomas noch gesagt habe.

Er mache sich halt auch Sorgen, meint der Franz verärgert, beginnt zu schimpfen: Dieser ganze Zirkus, Blasmusik, als ob es den mitgekommenen Leuten danach gewesen wäre, die hätten sich die Augen ausgeheult, ihm brauche niemand mehr was zu sagen und von wegen Volksgruppe, die hätten die Leute damals doch nicht einmal gefragt, ob sie Mitglieder werden wollen, aber ihnen das Geld abkassieren, das wüßten die wie, und wenn es nach ihm gegangen wäre, hätte die Mari bei diesen Jungmädels nicht mitgemacht.

Nicht so laut, er wisse doch, daß sie von dem allen auch nicht begeistert sei, doch was hätte man machen sollen, beschwichtigt die Amei.

Sie habe ja recht, räumt er ein, und sie meint, sie mache noch das Tor zu, binde den Rexi los, soweit wäre für heute dann alles erledigt.

Gut, meint er.

Ob sie ihm Eierspeise mit Speck machen solle, fragt sie.

Wäre nicht schlecht, meint er.

An dem Abend sitzen die Amei und der Franz nach dem Nachtessen noch lange in der hinteren Küche. Sie ziehen eine traurige Bilanz, wer bisher gefallen ist, gehen die Familien durch, die mit dem Schlimmsten rechnen müssen. Mit Schrecken stellen sie fest, daß es fast jedes Haus im Dorf treffen könnte. Und an dem Abend gesteht der Franz seiner Amei, wie froh er ist, daß sie ein Mädchen und keinen Jungen haben.

Im Unterschied zu anderen Familien, wo die Männer an allen Ecken und Enden fehlen, stellt sich bei ihnen nicht auch noch die Frage, wie es mit der Wirtschaft weiter gehen soll.

Die Vorstellung, das Schicksal könnte sie als nächste ereilen, bedrückt die Angehörigen derjenigen, die wieder in den Krieg gezogen sind, jetzt noch mehr. Lebenszeichen, die paar Sätze in krakeliger Schrift, von denen der wichtigste ist, daß man noch gesund sei, treffen wohl schon nach kurzer Zeit aus Wien ein, doch richtig freuen können sich die Angehörigen nicht, denn von dort geht es an die Front, und die Angst, es könnte nur eine Galgenfrist gewesen sein, sitzt tief.

Als die Eva von ihrem Mann ein erneutes Lebenszeichen erhält, von irgendwo aus Frankreich, bricht sie in Tränen aus. Es gibt nichts mehr zu deuteln, sie muß ihm schreiben, daß er noch einmal Vater wird. Ihren Kindern muß sie es irgendwie beibringen, ihrer Mutter kann sie es auch nicht mehr länger verschweigen.

In ihrer Verzweiflung geht sie zur Amei, die zum Glück allein zu Hause ist, vertraut sich ihr an, gesteht ihr, daß noch niemand etwas wisse, klagt, wieso ausgerechnet ihr ein solches Unglück passieren müsse, wer denn die Arbeit machen solle, wenn sie nicht mehr könne.

Die Amei redet ihr zu, es nicht als Unglück, sondern als Glück zu sehen, und sie hätte doch ihre erwachsenen Kinder, der Josef wäre doch schon jetzt so gut wie der Mann im Haus.

Sie schäme sich so, am meisten vor den Kindern, klagt die Eva weiter.

Sie solle sich das aus dem Kopf schlagen, seit wann es eine Schande sei, als verheiratete Frau ein Kind zu kriegen, schimpft die Amei, meint dann wehmütig, sie hätte, weiß Gott was gegeben, ein eigenes zu haben.

Sie habe ja recht, lenkt die Eva mit noch immer weinerlicher Stimme ein.

Die Amei faßt ihre Hand, meint entschieden, daß sie jetzt rüber zu ihrer Mutter gehen, es ihr sagen, und die Eva folgt ihr, ohne sich zu sträuben.

Erst auf der Gasse macht sie sich los, meint, es müsse ja nicht jeder sehen.

Ob sie allein gehen wolle, fragt die Amei etwas verärgert.

Es wäre schon gut, wenn sie mitkäme, bittet die Eva.

Als die beiden in der Küche der alten Raszkopf erscheinen, legt die erschrocken das blutige Messer beiseite, mit dem sie gerade das geschlachtete Huhn zerlegt, und fragt erschrocken, ob was passiert sei.

Sie werde noch einmal stolze Großmutter, teilt die Amei ihr ohne Umschweife lächelnd mit.

Ob sie sich sicher wäre, fragt die alte Raszkopf ihre Tochter entgeistert.

Als die mit Tränen in den Augen nickt, murmelt sie, jetzt müsse sie sich erst mal setzen.

Ob sie sich denn nicht freue, fragt die Amei.

Gott habe es gegeben, sie habe die Eva ja auch erst spät gekriegt, meint die alte Raszkopf.

Weil die zwei davor mit nicht einmal einem Jahr gestorben seien, wäre sie es doch auch, schreit die Eva verzweifelt.

So eine Dummheit und Schluß jetzt mit der Heulerei, das tue dem Kind nicht gut, fährt die alte Raszkopf sie an, meint dann tröstend, sie müsse jetzt stark sein.

Das habe sie ihr auch gesagt, pflichtet die Amei der Alten bei.

Die steht, sich mit den Händen auf den Oberschenkeln abstützend, auf, meint, es treffe sich ja gut, daß die Kinder in ihrem Garten arbeiten, die werden jetzt gerufen, sie sollten es auch wissen.

Die Eva will was sagen, doch ihre Mutter fragt sie barsch, ob sie wolle, daß sie es von Fremden hören, meint entschuldigend zur Armei, sie sei damit nicht gemeint gewesen.

Es ist Samstag und Kehrtag. Eine bessere Gelegenheit hätte sich der alten Raszkopf nicht bieten können, noch an dem Abend bis zur alten Lindenmayer zu gehen, die auch die Gasse kehrt, um der mitzuteilen, daß sie noch einmal stolze Großmutter wird.

Die muß sich von der Überraschung erst mal erholen, fragt dann flüsternd, ob man es weiter erzählen dürfe. Natürlich, tut die alte Raszkopf verwundert.

Es würde sie nicht wundern, wenn sich herausstellte, daß die Eva nicht die einzige wäre, die noch ein Kind kriege, meint die alte Lindenmayer.

Das findet die alte Raszkopf unanständig, muß erst mal schlucken, meint ,sie müsse weitermachen, auch noch den Hof kehren, und geht.

Sie ist trotz ihres Ärgers über die alten Lindemayer zufrieden, denn jetzt wäre niemand mehr auf die Idee gekommen, der Eva vorzuhalten, sie hätte es so lange wie möglich verheimlichen wollen. Und wenn sie nicht die einzige sein sollte, um so besser.

Der Tratsch über die Schwangerschaft der Eva, in ihrem Alter, die erwachsenen Kinder, ob der Thomas es schon wüßte und was er wohl sagen werde, hält sich in Grenzen, weil die Leute andere Sorgen haben.

Als die Eva bei der Arbeit auf dem Feld zusammenbricht und nach Hause gebracht werden muß, kommt das Gerede auf, ihr könnte dasselbe Schicksal passieren wie damals der Kornibe Vroni im fast gleichen Alter.

Die alte Raszkopf verdächtigt die alte Lindemayer, es in die Welt gesetzt zu haben, nur die inständige Bitte der Amei, der Eva diesen unnötigen Zirkus zu ersparen, hält sie davon ab, sich das Tratschmaul vorzuknöpfen.

Am 31. März 1944 bringt die Eva einen Jungen zur Welt. Ein so schönes und gesundes Kind, soll die Fränzi néni gestaunt und gemeint haben, sie werde wohl, wie es aussehe, so bald keinem Kind mehr auf die Welt helfen. Und sie soll bedauert haben, daß nach ihr keine Hebamme mehr im Dorf sein werde und die aus G. empfohlen haben.

Die alte Raszkopf aber habe nur interessiert, ob mit ihrer Tochter alles in Ordnung und ob ihr die Milch eingeschossen sei. Nachdem die Fränzi néni ihr das ausdrücklich bestätigt habe, soll sie gesagt haben, daß jetzt allen Angstmachern das Maul gestopft sei.

In anderen Zeiten, ohne die bedrückenden Sorgen, hätte die Entscheidung der alten Raszkopf und der Eva, den Franz und die Amei als Taufpaten zu nehmen, für mehr Ärger in der Verwandtschaft gesorgt, auch das Gerede, so alte Taufpaten, das hätte es im Dorf noch nie gegeben, legt sich rasch.

Für den Franz ist es selbstverständlich, daß der Junge nicht auf seinen Namen getauft wird, sondern auf den seines Vaters. Der Kleine wäre so sein Schutzengel, soll die alte Raszkopf gesagt haben.

In den darauffolgenden Monaten treffen in W. weder Todesnachrichten noch Lebenszeichen ein. Das ist bedrückend, da die Leute nur noch das Schlimmste vor Augen haben. Auch die viele Arbeit von morgens früh bis abends spät kann die Sorgen um die Angehörigen nicht völlig ausblenden, da sich immer wieder zeigt, wie bitter notwendig man sie gerade bei der Arbeit gebraucht hätte.

Keine Nachrichten aus den Nachbardörfern, nicht einmal Gerüchte, es ist zum Verzweifeln, selbst der Loibl Karl ist in seiner Funktion als Gemeindediener seit langem nicht mehr, die Trommel schlagend, durch die Gassen gezogen, um eine Mitteilung zu machen.

Als er dann am 25. August 1944, kurz nach dem Mittagsläuten, seines Amtes waltet, ist man verwundert, da er seine Mitteilungen in der Regel in den Abendstunden zu machen pflegt, was er dann verkündet, die Leute sollten sich ruhig verhalten, niemand dürfe das Dorf verlassen, sorgt vorerst mal für Verwirrung. Erst auf Drängen der Leute, was das

zu bedeuten hätte, rückt der Gemeindediener hinter vorgehaltener Hand mit der Sprache heraus: Rumänien hat am
23. August die Fronten gewechselt.

Nun hat man auch eine Erklärung dafür, warum in den
frühen Morgenstunden ein Gendarm aus G. beim Richter
zu sehen gewesen ist, warum der sich schon bald darauf mit
dem kurzen Leiterwagen nach G. aufgemacht hat und der
Notar mitgefahren ist.

Den Leuten, die beim Richter nachfragen, in der Hoffnung Näheres über die verworrene Lage zu erfahren, versichert der, daß er auch nicht mehr wüßte, sich in den nächsten
Tagen alles klären werde. Und nun kommt auch heraus, daß
er von Glück reden könne, denn der Gendarmeriechef hätte
ihn laut Befehl eigentlich verhaften müssen, der Notar aber
habe ein gutes Wort für ihn eingelegt.

Die Frage, wieso und unter welchen Umständen Rumä-
nien die Fronten gewechselt hat, steht für die Leute nicht im
Vordergrund, sie beschäftigt in erster Linie, welche Folgen
die völlig unerwartete Lage für sie haben könnte. Und das
Erschreckende ist, daß sie auf diese vielen Fragen keine
Antwort wissen.

Die, deren Angehörige in der deutschen Armee sind,
fragen sich, ob man sie ab nun auch als Feinde betrachtet,
ob man sie alle einsperren würde, ob wenigstens die Alten,
die Frauen und Kinder verschont bleiben würden. Und was
würde mit den Männern, sollten sie den Krieg überleben,
passieren?

Die, deren Angehörige in der rumänischen Armee geblieben sind, hoffen, verschont zu blieben, sicher sind sie
sich aber nicht. Und was würde mit ihren Angehörigen
passieren? Wäre für sie der Krieg aus? Und wenn nicht?
Müßten dann die eigenen Leute aufeinander schießen?

90

In den bisherigen Kriegsjahren haben die Leute im Dorf den Mangel an Arbeitskräften irgendwie immer wett machen können, durch Mithilfe der Alten sowieso, der Kinder, die schon wie die Großen mit anpacken müssen, durch Tagelöhner, die wie nie zuvor gefragt sind.

Jetzt steht mal wieder die Maisernte vor der Tür, doch das ist den Leuten unwichtig, denn die Frage, was kommen werde, steht wie noch nie in ihrem Leben so im Vordergrund. Wie solle der Mensch da noch Appetit auf Arbeit haben, soll die alte Raszkopf gesagt haben.

Abwarten! Diese Aussicht ist zermürbend, was anderes aber bleibt den Leuten gar nicht übrig, und der Wunsch, der Krieg möge jetzt nicht auch noch bis nach W. kommen, bleibt wegen der Abgelegenheit des Dorfes ihre einzige Hoffnung.

Der Franz und die Amei sitzen in der hinteren Küche und reden sich ein, weniger befürchten zu müssen als solche wie die Eva, zum Frohlocken ist ihnen aber nicht. Die Eva bedauern sie aufrichtig, wie ihr aber gegebenenfalls helfen, hätten sie nicht gewußt, müssen sie sich eingestehen.

Aber so herumsitzen und nur über Schlimmes nachdenken, mache ihn noch krank, sie werden morgen Klee holen fahren, verbieten lasse er sich das nicht, meint der Franz.

Die Amei will was entgegnen, als Hühnergegacker zu hören ist. Sie schauen sich fragend an, die Amei flüstert, da wäre bestimmt jemand Fremder im Hof.

Woher, sonst hätte sich der Rexi doch gemeldet, meint der Franz verärgert, will nachsehen gehen, wäre fast mit der Magda zusammengestoßen, die in die Küche huscht.

Von wo sie denn jetzt herkomme, fragt die Amei verwundert, eilt zur offen stehenden Tür und schließt sie.

Na, von wo schon, erwidert die Magda, beruhigt die beiden Überrumpelten: Es sei nichts Schlimmes passiert, sie habe sich Sorgen gemacht, mal schauen wollen, wie es bei ihnen stehe.

Das sei schön, meint die Amei und bittet sie, sich doch zu setzen.

Wie sie denn gekommen sei, fragt der Franz und nimmt auch am Tisch Platz.

Auf den Gewannenwegen, hier dann durch den Garten, damit man sie nicht sehe, erklärt ihnen die Magda.

Ob sie sich sicher sei, daß sie niemand von zu Hause habe weggehen sehen, fragt der Franz nachdrücklich.

Bestimmt nicht, versichert ihm die Magda.

Ob sie den kleinen Franz allein zu Hause gelassen habe, fragt die Amei besorgt.

Der fürchte sich nicht, sei doch schon ein großer Bub, meint die Magda beruhigend, die Amei aber schüttelt nur ungläubig den Kopf.

Zu zweit wäre es doch noch gefährlicher gewesen, meint der Franz und fragt, wann sie es denn erfahren hätten.

Gestern, meint die Magda.

Sie heute, soweit sei bei ihnen noch alles in Ordnung, niemand verhaftet, meint der Franz und fragt, wie es bei ihnen stehe.

Bei ihnen seien der Richter und der Schuldirektor verhaftet worden, geschehe ihnen recht, meint die Magda trocken, dann dem Weinen nahe, die hätten doch bestimmt, sie kriege keine Unterstützung, weil ihr Jakob nicht in der deutschen Armee gewesen wäre.

Na ja, seufzt die Amei, der Franz fragt, was man bei ihnen noch so höre.

Es heiße, die Deutschen würden schon wieder für Ordnung sorgen, meint die Magda.

Wer's glaube, murmelt der Franz.

Aber es heiße auch, die Russen könnten schon bald da sein, fährt die Magda besorgt fort.

Um Himmels willen, entfährt es der Amei.

Die Magda holt tief Luft, meint, die Leute redeten auch, sie würden flüchten, sollten die Russen kommen, vor allem deshalb sei sie hergekommen, um zu fragen, ob sie und der kleine Franz mit ihnen mitfahren könnten, da sie doch nicht einmal hätten, womit flüchten.

Flüchten komme für sie nicht in Frage, wohin denn, er lasse doch nicht alles stehen und liegen, das Vieh verhungern, braust der Franz auf, und die Amei ermahnt die Magda sofort, sich nicht zu unterstehen, mit dem Kind zu flüchten.

Jetzt auf keinen Fall mehr, versichert die Magda und meint erleichtert, sie habe bloß Angst gehabt, vielleicht allein zurück zu blieben, könne jetzt beruhigt wieder nach Hause gehen.

Er komme ein Stück mit, wisse einen Weg entlang des Kanals, schlägt der Franz vor.

Sie komme bis ans Gartenende mit, meint die Amei.

Es würde doch gleich auffallen, wenn sie zu dritt durch den Garten schlichen, und wenn die Mari von der Kathi nach Hause komme, niemand da wäre, würde die sich Sorgen machen, wehrt der Franz ab.

Er habe recht, gibt die Amei kleinlaut nach, umarmt die Magda und redet auf sie ein, auf sich und das Kind aufzupassen.

Sie müßten sich keine Sorgen machen, beruhigt die Magda, meint, was könnte einfachen Leuten wie ihnen schon passieren, fragt, wann sie dann kommen sollten.

Die Arbeit laufe nicht fort, sie solle sich von daheim nicht mehr weg rühren, wenn sich alles wieder beruhigt habe, komme der Franz sie holen, schärft die Amei ihr ein.

Sie sollten sich jetzt auf den Weg machen, drängt der Franz.

Das Abendessen ist vorbereitet: Brot, Speck, in einer Blech-schüssel Kuhkäse angerührt mit Rahm, gehackten Zwiebeln und rotem Paprika.

So, sagt die Amei, legt das große Messer neben den Brot-laib, die kleinen Messer neben die drei Brettchen und setzt sich auch an den Küchentisch.

Hoffentlich, meint die Mari.

Die Amei meint, sie könne ruhig mit dem Essen anfan-gen.

Sie warte auch, meint die Mari.

Gut, meint die Amei, tätschelt ihr die Hand, und weil die Mari nicht widerwillig reagiert, läßt sie die Hand auf ihrer liegen.

Sie hätte sich gerne mit ihr wie mit den Nachbarinnen die Zeit vertrieben, über Gott und die Welt geredet, doch das hat sie noch nie. Sie einfach fragen, was sie morgen kochen, welchen Kuchen sie am Sonntag backen sollten, doch die Mari hätte sich bestimmt gewundert, wenn sie ihr jetzt damit gekommen wäre.

Seit sie nicht mehr in die Schule geht, ist sie ganz schön bockig geworden. Kurz bevor sie vorigen Sonntag in die Kirche gegangen sind, hat sie ein anderes Kleid anziehen wollen. Fast hätte sie ihren Dickkopf durchgesetzt. Zum Glück hat der Franz nichts mitgekriegt.

Ihm Widerwort geben, traut sie sich nicht, aber wenn er sie schimpft, streckt sie ihm neulich hinter seinem Rücken die Zunge heraus. Wenn sie bemerkt, daß sie es mitgekriegt hat, setzt sie auch noch ein trotziges Gesicht auf. Daß sie vor ihrem Vater nichts sagen würde, weiß der Frechdachs. Geschlagen hat er sie, Gott sei Dank, noch nie, aber wenn er sie erwischen und ihr eine langen würde, dürfte sie sich auch nicht beklagen. Mein Gott, so schmächtig wie sie ist. Die Kathi ist viel kräftiger, schaut schon nach Weib aus.

Sie sieht einen Schatten in der Tür, auch die Mari schreckt auf.

Sie hätten ihn gar nicht kommen hören, meint die Mari erleichtert, und die Amei meint, sie hätte nie gedacht, mal so ängstlich zu werden, es komme noch soweit, daß man sich vor seinem eigenen Schatten fürchte.

Die Magda müßte jetzt auch schon daheim sein, meint der Franz.

Was denn jetzt passieren werde, fragt die Mari verängstigt.

Das wisse nur der liebe Herrgott, erwidert der Franz barsch.

Er solle dem Kind nicht auch noch Angst machen, schimpft die Amei.

Ob das Vieh versorgt sei, fragt der Franz im selben barschen Ton.

Nein, sie hätten geschlafen, erwidert die Amei.

Er brauche jetzt einen Schnaps, meint der Franz und nimmt die fast noch volle Flasche aus dem in die Wand eingelassenen Regal.

Bevor sie es vergesse, die alte Raszkopf sei hier gewesen, meint die Amei, doch der Franz läßt sie nicht ausreden, fragt, ob sie ihr gesagt habe, daß die Magda bei ihnen gewesen sei.

Was sie denn hätte machen sollen, verteidigt sich die Amei.

Sei ja auch egal, meint der Franz und zieht den Korken, die Spitze eines entkernten Maiskolbens, aus der Flasche.

Sie habe hoch und heilig versprochen, niemandem etwas zu sagen, und sollte doch jemand etwas bemerkt haben und sie fragen, werde sie behaupten, nichts zu wissen, versichert ihm die Amei.

Schon gut, wiegelt der Franz ab und will die Flasche ansetzen.

Sie haben von der alten Raszkopf die traurige Nachricht erfahren, daß die Fränzi néni gestorben sei, jetzt gebe es im Dorf keine Hebamme mehr, das habe sie ihm eigentlich sagen wollen, meint die Amei.

Das auch noch, meint der Franz und nimmt einen tiefen Schluck.

In den nächsten Wochen passiert in W. nichts, das ist bedrükkend. Die verzweifelte Frage, was kommen werde, stellen die Leute einander nicht mehr, jeder stellt sie sich nur noch für sich und seine Familie.

Zu beunruhigenden Nachrichten, die man von Leuten aus den Nachbardörfern erfährt, deren Felder an die von W. grenzen und die sich auch nicht von der Arbeit haben abbringen lassen, heißt es: Sich nicht verrückt machen lassen!

Doch auch die Leute aus W. haben erfaßt, daß nichts mehr so sein wird, wie es gewesen ist, vorstellen aber können sie es sich nicht.

Mitte September bestätigen sich die Gerüchte, daß die deutschen Truppen in der Gegend sich zurückziehen, Leute aus den Nachbardörfern flüchten. Das Gejammer einiger, der Richter wolle nicht, behaupte er wäre schon zu alt, aber auch sonst finde sich niemand, der es in in die Hand nehme, ist nur von kurzer Dauer, denn insgeheim sind die Leute aus W. froh, daß niemand zur Flucht drängt, man sich vielleicht aus Angst auch Hals über Kopf angeschlossen hätte.

Die Maisernte ist beendet, nur noch das Maislaub steht auf den Feldern, vor den Schuppen in den Höfen türmen sich die Maishaufen, die Leute sitzen wie jedes Jahr um diese Zeit beim Lieschen. Es ist jedoch alles anders.

Die Amei erinnert sich an den Herbst, als sie nach W. gekommen ist, daß sie schon ein paar Tage darauf das Laub gebunden haben, daß der Jakob und die Magda mitgeholfen haben, daß sie noch einen schönen Kolben mit Lieschen dran gefunden, der Mari eine Puppe daraus gemacht hat, wie die sich gefreut und der Franz gestaunt hat.

Und was sie sich damals für Sorgen gemacht hat: das Kind könnte sie nicht mögen, die Leute aus dem Dorf ihr schlecht gesinnt sein. Die Sorgen hätte sie jetzt haben wollen. Nichts im Vergleich zu dem, was noch kommen könnte. Aber darüber reden, hätte alles noch schwerer gemacht.

Sie schaut verstohlen zur Mari, die Lieschen für den Strohsack aussortiert. Der Franz scheint in Gedanken auch wo anders zu sein, sonst hätte er sie doch schon längst angeschnauzt, das später zu machen, wenn sie mit der Arbeit fertig wären. So in Gedanken versunken, hat sie ihn noch nie gesehen, ihr scheint, als ob er die Lippen bewegen und mit sich selbst reden würde.

Der Kolben, den sie in den Schuppen wirft, trifft sich im Flug mit dem seinen, Körner spritzen. Er schaut zu ihr, und sie meint scherzend, hoffentlich würden sie sich heute nicht noch keppeln.

Er kommt nicht dazu, etwas zu erwidern, denn die Mari schreit auf, so laut, daß die Hühner gackern, der Hund anschlägt, steht, die Hände vors Gesicht geschlagen, wie angewurzelt da. Maus, bringt sie schließlich mit weinerlicher Stimme hervor.

Sie tue ja so, als hätte sie noch keine gesehen, schimpft der Franz, steht von seinem Schemel auf und tritt mehrmals in den Haufen Maiskolben, während die Amei, die auch aufgestanden ist, den Haufen Lieschen um den Schemel der Mari entfernt, tröstend meint, sie müsse sich doch vor so einer kleinen Maus nicht fürchten, die hätte doch noch mehr Angst als sie.

Sie habe nicht gleich gewußt, was es sei, sagt die Mari

entschuldigend, dann vorwurfsvoll, als sie sich wieder setzt, jetzt seien die Lieschen für den Strohsack mit den anderen durcheinander geraten.

Das habe später dann ja Zeit, meint die Amei und macht sich wieder an die Arbeit.

Der Franz liescht einen Kolben im Stehen, meint, er habe das ungute Gefühl, die Magda könnte die Dummheit doch gemacht haben. Die Amei ahnt, was er vor hat, wundert sich aber auch, da sie doch mitten in der Arbeit sind.

Was sie meine, ob er gehen sollte, um mal nachzuschauen, fragt er.

Ja, schon, meint sie, unterläßt es, ihn auf die Gefahren hinzuweisen, da sie bemerkt hat, daß der Mari die Angst ins Gesicht geschrieben steht.

Daß er sich mal wie ein Räuber durch die Felder schleichen würde, hätte er nicht gedacht, meint der Franz, versichert ihnen aber, er passe schon auf, kenne sich ja aus.

Ohne sich groß zu verabschieden, macht er sich auf den Weg nach T., um wenigstens in der einzigen Ungewißheit, die zu klären in ihrer Hand liegt, Gewißheit zu haben. Am Ende des Hausgartens angelangt, vergewissert er sich, ob die Amei und die Mari ihm nicht nachschauen, ob kein Nachbar zu sehen ist, reißt einen Pfahl von einem der Rebstöcke im Weingarten heraus und nimmt ihn mit.

Die Befürchtung des Franz hat sich als unbegründet erwiesen, die Magda hat es sich nicht anders überlegt gehabt. Daß er in T. gewesen ist, hätte er lieber nicht an die große Glocke gehängt, aber die Nachricht, daß aus T. nur ein paar Familien geflüchtet sind, ist es ihm dann doch wert.

Die Leute aus W. fühlen sich dadurch in ihrer Entscheidung, nicht ins Ungewisse geflüchtet zu sein, bestätigt. Die, deren Angehörige in der rumänischen Armee geblieben sind um so mehr, als der Brief des Lindenmayer Toni aus dem rumänischen Lager eintrifft.

Kriegsgefangener bei den Rumänen, das wäre nun der Dank, heißt es. Doch das erregt nur für kurze Zeit die Gemüter, und die Angehörigen der Betroffenen trösten sich: Wenigstens nicht mehr an der Front.

Ihr Toni müsse arbeiten, aber das wäre er ja gewohnt, Hauptsache er sei gesund, habe genug zu essen, er werde gut behandelt und hoffe, bald nach Hause zu kommen, hat die alte Lindenmayer der alten Raszkopf als ersten mitgeteilt.

Aber ohne Schadenfreude, sonst hätte sie was zu hören gekriegt, hat die der Amei versichert und sie gebeten, mit der Eva zu reden, die wäre nur noch am Heulen, weil der Thomas und andere wie er seit Monaten nichts von sich haben hören lassen.

Das müsse noch lange nichts bedeuten, hat die Amei gemeint.

Das habe sie ihr auch gesagt, und daß sie nicht immer an das Schlimmste denken sollte, hat die alte Raszkopf seufzend gemeint, die Amei ihr versprochen, mit der Eva zu reden.

Bangen um die Angehörigen, das gehört schon zum Alltag der Leute, doch nun quält sie seit Wochen auch noch die Frage, was ihnen hier daheim bevorsteht. Daß die Deutschen sich zurückziehen, die Russen auf dem Vormarsch sind, bezweifelt niemand mehr. Den Leuten aus W. bleibt nur noch die Hoffnung, daß die nicht bis in ihr abgelegenes Dorf kommen.

Sollten sie es doch, hofft man, sie milde stimmen zu können, wenn sie jemand in ihrer Sprache anredet. Der Sechzigjährige Loibl Peter, Scheckig gerufen, der als neuer Richter eingesetzt worden ist, aus seiner Zeit als Kriegsgefangener im I. Weltkrieg noch ein paar Brocken Russisch kann, hat sich dazu bereit erklärt.

Dann gelangen beunruhigende Nachrichten nach W: Russen, so an die dreißig Mann, wären auf Pferdewagen, ganz anders als hier, niedrig, je ein Pferd zwischen zwei Stangen eingespannt, in G. eingerückt, hätten in Häusern Quartier bezogen, die Leute rausgeschmissen, die müßten sie aber verköstigen und vor allem mit Schnaps versorgen. Sie hätten Pferde requiriert und die rekrutierten Männer müßten ihnen bei der Demontage von Schienen an der Bahnlinie zwischen G. und K. helfen, um den Rückzug eventuell noch versprengter Deutschen mit einem letzten Zug zu verhindern.

Über den Schwager des Notars, der in G. wohnt, seine Frau und die erwachsene Tochter zur Sicherheit heimlich zu den Verwandten gebracht hat, ist man verärgert, da man befürchtet, die Russen könnten Wind davon bekommen haben und hier nach ihnen suchen.

Nun droht der Krieg W. doch noch zu erreichen, und die Angst geht um. Würden die Russen, sollten sie kommen, sich wegen der Geflüchteten jetzt rabiat aufführen, alle Häuser, Höfe, Gärten nach versteckten Frauen und jungen Mädchen aus dem Dorf durchsuchen? Würden sie ihnen auch nichts tun? Würden sie die paar noch kräftigen Männer aus dem Dorf verschleppen? Würden wenigstens die Alten und die Kinder nichts zu befürchten haben? Am meisten befürchtet man, die Russen könnten nachts kommen.

Als am Tag darauf, Samstag, den 7. Oktober 1944, in den frühen Abendstunden in der Hauptgasse Schüsse zu hören sind, besteht kein Zweifel mehr: Die Russen sind im Dorf.

Auch die Amei und der Franz sind darauf vorbereitet, mit der Eva und der alten Raszkopf ist alles besprochen: der Franz bleibt, komme was wolle, daheim, die Amei und Mari treffen sich mit der Kathi und dem Josef im Garten, die Amei geht mit ihnen ins Ried, sie bleiben so lange dort im Schilfrohr versteckt, bis der Franz sie holen kommt, die alte Raszkopf geht zu ihrer Tochter, einer Alten und einer Frau mit einem Kleinkind tue bestimmt niemand etwas an. Die Amei hat schon Tage davor gemahnt, den Kopf nicht zu verlieren, sollte es soweit sein, daß aber von nirgends woher Geschrei zu hören ist, wundert sie dann doch. Sie faßt die Mari an der Hand, die folgt ihr willig, der Franz begleitet sie wortlos bis in den Garten, wo die Kathi und der Josef bereits warten, sie verabschieden sich durch Kopfnicken, die Kathi und der Josef durch Handzeichen in Richtung ihres Gartens. Der Franz schaut hin, sieht die alte Raszkopf und die Amei mit dem Kind auf dem Arm am Gartenzaun stehen, dann beginnt der kleine Thomas zu weinen, und die beiden verschwinden rasch im Hof.

Er schaut, während er das Gartentürchen zumacht, den Flüchtenden nach, sieht sie im Gänsemarsch durch den Garten eilen, die Amei voran. Jetzt tut es ihm leid, daß er sich heute nacht schlafend gestellt, als sie ihn flüsternd beim Namen gerufen hat. Und heute nach dem Mittagessen hat sie ihm unter vier Augen gesagt, man dürfte nicht daran denken, was alles passieren könnte, sonst könnte man sich gleich aufhängen.

Kaum daß er sich an den Tisch in der Küche gesetzt hat, hört er einen Wagen im Trab durch die Gasse kommen. Daß es jemand aus dem Dorf sein könnte, wo man doch seit gestern um jede Zeit mit den Russen hat rechnen müssen, kann er sich nicht vorstellen. Oder ist doch jemand verrückt geworden und will ausgerechnet jetzt noch flüchten? Er schleicht zur Tür, der Wagen ist schon ganz nahe zu hören, doch wie sich das anhört bestimmt keiner aus dem Dorf, ist er sich sicher. Und dann kommt der Wagen auch schon vorbei, er zieht sich blitzschnell von der Tür zurück, wagt erst wieder richtig zu atmen, als er hört, wie er sich entfernt. Mit einem Stoßseufzer setzt er sich an den Küchentisch. Was, wenn man ihn gesehen hätte? Er hätte sie alle in Gefahr bringen können. Sich weiter über seine Unvorsichtigkeit zu ärgern, kommt er nicht, er hört das Gassentürchen gehen, den Hund kurz anschlagen, dann schnelle schlurfende Schritte. Noch ehe er sich fragen kann, wer das sein könnte, huscht die alte Raszkopf in die Küche.

Ob sie von allen guten Geistern verlassen sei, fährt er sie an.

Doch die Alte, noch außer Atem, fragt, ob er sie auch gesehen habe.

Sie hätten doch abgemacht gehabt, daß er vorbeikomme, wenn die Luft rein sei, weist er sie zurecht, doch die Alte fährt unbeirrt fort, sie habe die Russen in diesem komischen Wagen von hinter dem Vorhang am Gassenfenster gesehen, sie seien zu dritt gewesen, der Kutscher und zwei mit Gewehren hinten im Wagen, fragt, ob er glaube, daß jetzt alles vorüber sei, da sie sich ja hätten überzeugen können, daß hier alles ruhig und in Ordnung wäre.

Ob er in die Hauptgasse gehen solle, um nachzuschauen, fragt er verärgert.

Sie habe ja nur gemeint, entschuldigt sie sich.

Die Eva mache sich bestimmt schon Sorgen, sie solle nach Hause gehen, dort auf ihrem Arsch sitzen bleiben und nicht mehr so vorwitzig sein, schimpft er.

Und wann er sie dann holen gehe, fragt sie.

Bevor es richtig dunkel sei auf keinen Fall, meint er mürrisch.

Es werde bestimmt spät, sie komme dann melken, schlägt sie vor.

Die Amei mache das dann schon, lehnt er entschieden ab.

Wie er meine, gibt sie nach.

Seinen Hund lasse er angebunden, sie solle der Eva sagen ihren auch nicht los zu lassen, sonst machten die noch mehr Krach, wenn sie dann im Dunkeln durch den Garten kommen, schärft er ihr ein.

Der Franz sitzt im Dunkeln am Tisch in der hinteren Küche, die Stille erinnert ihn an jenen Sonntagnachmittag, als er allein auf weiter Flur nach T. gefahren ist, um die Amei zu freien. Was ihm damals alles durch den Kopf gegangen ist, doch besser hätte es nicht kommen können. Und das alles sollte jetzt nicht mehr wahr sein? Nichts zu hören, nicht einmal das Bellen eines Hundes, und dunkel genug ist es auch. Er steht auf, den Gedanken, die Sturmlaterne mitzunehmen, verwirft er. Dann hätte sie doch jeder sehen können!

Er hört das Gassentürchen gehen, hält erschrocken inne. Der Hund schlägt nur kurz an, und als er dann die schlurfenden Schritte vernimmt, ist er sich sicher, daß es nur die alte Raszkopf sein kann.

Doch keine Ruhe gehabt, er habe gerade die Amei und die Kinder holen gehen wollen, empfängt er sie in der Küchentür, aber nicht verärgert.

Sie seien weg, flüstert sie verängstigt und zieht ihn in die Küche.

Woher sie das wissen wolle, fragt er argwöhnisch.

Vorhin sei ihre Schwester dagewesen und habe ihr und der Eva alles erzählt, meint sie noch immer ganz aufgeregt.

Jetzt auf einmal und in der Nacht, fragt er verwundert, weil er weiß, daß sie sich mit ihrer Schwester nicht gut versteht.

Die habe sich halt Sorgen gemacht, meint sie, erklärt ihm, ihre Schwester sei über die Hutweide gekommen, habe bei ihr ans Gassenfenster geklopft und leise gerufen, weil sie aber nicht aufgemacht habe, sich gleich gedacht, daß sie nur bei der Eva sein könnte, er könne sich gar nicht vorstellen, welche Angst sie ausgestanden hätten, als sie dort geklopft habe, beteuert sie.

Könne er sich vorstellen, murmelt er.

Sie sei noch immer ganz zittrig, meint sie.

Ob sie Wasser wolle, fragt er.

Nein, nein, wehrt sie ab, rückt sich aber einen Stuhl zurecht, holt tief Luft und berichtet, ihre Schwester habe erzählt, Soldaten und ein Offizier hätten mit zwei von den komischen Wagen vor der Kirche angehalten und in die Luft geschossen.

Das hätten sie ja gehört, meint er.

Der alte Scheckig und der Notar seien im Gemeindehaus gewesen, fährt sie fort, hätten sich verängstigt auf der Gasse gezeigt, der russische Offizier habe sie zu sich gewunken. Noch bevor der alte Scheckig auf Russisch Guten Tag hätte sagen können, habe der Offizier in gebrochenem Deutsch gefragt, wer sie wären, da wäre der alte Scheckig noch verdatterter gewesen, habe sich und den Notar vorgestellt, der Offizier habe gefragt, ob sich deutsche Soldaten im Dorf versteckt hätten, der Scheckig habe geschworen, daß nie deutsche Soldaten im Dorf gewesen seien. Der Offizier habe mit dem Revolver in der Hand gedroht, ihn auf der Stelle zu erschießen, sollte sich herausstellen, daß er gelogen hätte, den Soldaten etwas gesagt, die seien losgefahren, einen Wagen habe man ja dann in ihrer Gasse sehen können.

Der Offizier sei mit dem Richter und dem Notar ins Gemeindehaus gegangen, was er mit ihnen dort geredet habe, wisse man nicht, denn darüber habe der alte Scheckig nichts erzählt, nachher, präzisiert sie, er habe bloß gesagt, die Leute müßten keine Angst haben, niemandem passiere etwas, die Leute würden es aber nicht ganz glauben, befürchten, die Russen könnten wieder kommen, weil sie ja jetzt gesehen hätten, daß sie in ihrem kleinen Dorf machen könnten, was sie wollten.

Na ja, meint er.

Jetzt bleibe nur zu hoffen, daß sie nicht wieder kommen, meint sie, denn wie es scheine, hätten der alte Scheckig und der Notar den Offizier friedlich stimmen können, der habe, wie Leute aus der Nachbarschaft hätten verfolgen können, mit den zurückgekommenen Soldaten nur kurz geredet, sei wieder zurück ins Gemeindehaus gegangen, dann sei der alte Scheckig von dort gekommen und habe den Soldaten zwei Flaschen Schnaps gegeben, die hätten ihn wie Wasser getrunken, sich aber friedlich verhalten, trotzdem hätten die Leute Angst gehabt, weil es noch eine Ewigkeit gedauert habe, bis sie dann endlich in der Dunkelheit weggefahren seien.

Heute passiere bestimmt nichts mehr, er gehe jetzt die Amei mit den Kindern holen, meint er zuversichtlich.

Vor den Kindern nicht alles erzählen, bittet sie ihn, steht ächzend auf, und er hofft, daß sie ihn nicht fragen würde, was er mit dem Pfahl vorhabe, der draußen neben der Küchentür an die Wand gelehnt steht.

Kurz nach Neujahr, eine Woche vor Ostern, nach Pfingsten, noch vor Weihnachten. Anhand von Feiertagen pflegen die Leute Ereignisse aus dem Dorf oder aus ihrem Leben zeitlich einzuordnen, erzählen sie davon.

In den letzten Jahren sind traurige Bezugspunkte hinzugekommen: als der Krieg ausgebrochen ist, als die Männer an die Front sind, als die Kinder ohne Vater geblieben sind, als sie den Sohn verloren haben.

Und zwei Daten, 23. August und 7. Oktober 1944, innerhalb von nur ein paar Wochen haben sich die Leute eingeprägt, weil sie ahnen, daß ihr Leben sich grundlegend ändern wird, andere das Sagen haben werden, wie sie zu sagen pflegen. Alles sei aus dem Takt geraten, soll die alte Rastkopf geklagt haben.

In den letzten Jahren hat keine Prozession zu Fronleichnam mehr stattgefunden, wenn zu diesem Anlaß die Frauen und Mädchen aus Grün und Blumen Hausaltäre in der Frühlingsgasse, der Hauptgasse, dem Reichen Eck und der Neuen Gasse errichtet haben, in den in die Fassaden eingelassene Rundbögen mit Türen, durch die man über Stufen den Hausgang von der Gasse aus betreten kann.

Seit Jahren ist es zu keiner Wallfahrt in das über 100 Kilometer entfernte Maria Radna mehr gekommen, wohin die Leute aus allen banatschwäbischen Dörfern pilgern, in Begleitung von Pferdewagen, von wo sie sich gerahmte Heiligenbilder und bemalte Maria Statuen aus Gips mitbringen, die in keinem Haus fehlen.

Zu den beliebtesten Festen gehört das Abhalten von Namenstagen, wie man zu sagen pflegt, es ist nur bei Männern und Burschen üblich, Geburtstage werden nicht begangen. Die Männergesellschaft kommt abends ins Haus, man sitzt bei Wein und Salzkipfeln, erzählt, nach ein paar Gläsern Wein wird gesungen, das klingt schon viel besser, wenn es zur Überraschung ein Ständchen von einigen Musikanten gibt. Ist der Gefeierte Musikant, spielt auch schon mal die Kapelle auf. Die Namenstage der abwesenden Männer feiern, wäre ja nicht in Frage gekommen, aber auch die daheim gebliebenen Männer feiern nicht mehr.

Kirchweih ist seit 1940 nicht mehr gefeiert worden, Bälle finden keine mehr statt, der letzte Ball hat Juli 1943 stattgefunden, eine Woche bevor die Männer von S. aus wieder in den Krieg gezogen sind.

Nun, nach Neujahr 1945, ziehen die Leute aus W. die

traurigste Bilanz: acht Männer sind im vergangenen Jahr gefallen. Und obwohl an Gerüchte gewohnt und wie mit ihnen umgehen, jagt das, was jetzt so zu hören ist, den Leuten Entsetzen ein: die Deutschen würden in Arbeitslager kommen, nicht nur die jungen Leute, sondern auch alte, die noch arbeiten könnten.

Das Argument der alten Raszkopf, aber doch nicht mitten im Winter, wenn es Stein und Bein friere, was könnte man denn da arbeiten, wäre ein handfestes Argument gewesen, hätten die Leute nicht das Gefühl gehabt, daß alles unberechenbar geworden ist.

Es läutet zu Mittag, der Topf mit der dampfenden Kartoffelsuppe steht schon auf dem gedeckten Tisch, das Töpfchen mit Rahm, neben dem bereits angeschnittenen hohen Brotlaib liegt das große Messer. Zum Essen gibt es Krapfen, denn es ist Dreikönig.

Die Amei rückt die gußeiserne Rein vom Feuer, nimmt die zwei letzten Krapfen aus dem Fett, legt sie zu den anderen in die bereitstehende Schüssel, zählt sie nach, fordert dann die Mari auf, die bereits am Tisch sitzt, aus der Speisekammer ein Glas Marmelade zu bringen. Die steht widerwillig auf und verläßt murrend die Küche. Jetzt sei aber genug, ruft die Amei ihr verärgert nach.

Heute scheint auch alles wie verhext. Der Josef ist heute morgen umsonst mit dem Schlitten nach G. gefahren, um den Pfarrer zu holen. Kein Wunder, daß der in seinem Alter krank ist nach den vielen Messen dort und hier in den bitterkalten Kirchen zu den Feiertagen. Aber eine Andacht hat es auch getan.

Und im Haus sind heute auch alle schlecht aufgelegt. Am Morgen beim Schneeschippen muß der Franz ganz schön wütend gewesen sein, warum, weiß der Teufel. Eine Holzschaufel bricht doch nicht von allein. Über all die Jahre hat die Brotbackschaufel gehalten. Dazu wäre sie noch immer gut, hat er gemeint und erst dann den Heurechen mit einem Brett adjustiert. Warum denn nicht schon längst, wie sonst auch jedes Jahr?

Den Schnee von der Gasse hat er bis an die Bäume geschoben, als ob ein breiter Fußweg nicht gereicht hätte. Und seit einer Ewigkeit macht er jetzt schon im Hof weiter, hoffentlich nicht auch noch den Heurechen kaputt.

Das habe aber lange gedauert, empfängt die Amei die zurückgekehrte Mari und fragt, ob die Marmelade gefroren sei.

Man sehe nichts, meint die.

Sie solle das Glas trotzdem in eine kleine Rein mit warmen Wasser stellen, meint die Amei, aber nicht in allzu heißes, sonst zerspringe noch das Glas, warnt sie.

Wisse sie auch, entgegnet die Mari trotzig.

Ihr Vater habe doch zu Mittag läuten hören, der brauche heute eine Extraeinladung, ärgert sich die Amei, fährt zusammen, sieht, daß die Mari vor Schrecken die Hand auf den Mund gepreßt hat, denn gleichzeitig mit dem Stampfen im Hausgang ist auch der Hund zu hören.

Das sei doch ihr Vater, meint die Amei erleichtert, als zu vernehmen ist, daß er den Hund schimpft.

So vermummt, habe der Hund sie nicht erkannt, ist eine Frau zu hören, und wie sie und noch jemand nachträglich ein gutes neues Jahr wünschen, wie der Franz sich bedankt und das Gleiche wünscht.

Die Magda Tante, staunt die Mari.

Hoffentlich sei nichts passiert, meint die Amei, und sie eilen beide zur Tür.

Das sei aber eine Überraschung, und der kleine Franz auch mitgekommen, begrüßt die Amei die Gäste, die vor der Tür ihre Schuhe abstampfen.

Man wünscht sich gegenseitig ein gutes neues Jahr, die Amei und die Magda küssen sich, die Mari läßt sich von der Magda nur widerwillig küssen. Das sei ja ein Gebussel, meint der Franz amüsiert, als die Amei den kleinen Franz küßt, der noch rasch seine Ohrenkappe abgenommen hat.

Die Amei bittet durch eine einladende Handbewegung herein, meint, das treffe sich ja gut, sie könnten gleich mitessen, es sei ja Feiertag, aber Samstag groß kochen habe sie gelassen, nach den Essen von Weihnachten und Neujahr wünsche man sich sowieso etwas Leichteres, es gebe eine gute Suppe und natürlich Dreikönigskrapfen, wenn sie gewußt hätte, daß sie kommen, hätte sie Geld in den Krapfen versteckt.

Aber ihr Franz sei doch kein Kind mehr, werde im März doch schon dreizehn, meint die Magda belustigt, reicht der Amei das schwarze Wolltuch, der kleine Franz ihr seine Ohrenkappe und die knielange Stoffjacke.

Die Amei bringt das Gewand zum Zapfenbrett, an dem der Franz seine Ohrenkappe und dicke Jacke schon aufgehängt hat, bittet die Gäste, sich doch an ihren alten Platz zu setzen.

Die nehmen auf der Bank an der Längsseite des Tisches mit dem Rücken zur Wand Platz, der Franz auf seinem Stuhl am oberen Tischende mit dem Gesicht zur Tür, die Mari will sich auf ihren Stuhl am anderen Tischende setzen, doch die Amei, die noch zwei Teller aus der Stellage genommen hat, sie mit ihrer Schürze ausputzt, fordert sie auf, für die Gäste doch zwei Löffel aus der Tischschublade zu nehmen, meint, immer müsse man ihr alles sagen.

Schon lange hätten sie nicht mehr zusammen zu Mittag gegessen, meint die Magda, bedankt sich, als die Amei die zwei Teller auf den Tisch stellt, die Mari die zwei Löffel dazulegt und schubst mit dem Ellbogen den kleinen Franz an, der sich verlegen auch bedankt.

So jung kämen sie bestimmt nicht mehr zusammen, scherzt der Franz, die Amei wirft der Mari einen strafenden Blick zu, da diese die Schublade offen gelassen hat, schiebt sie zu, rückt ihren Stuhl davor zurecht, meint, während sie sich setzt, Suppe sei genug da, es sollte ja für einen Hungrigen auch noch immer was übrig sein, faltet die Hände, die anderen tun es ihr nach, und spricht das Tischgebet.

... bescheret hast, murmeln alle gleichzeitig und bekreuzigen sich. Der Franz langt nach dem großen Messer, legt sich den Laib in die Armbeuge und beginnt Brot zu schneiden, die Amei bittet die Magda, sich doch zu nehmen, und die bedient zuerst ihren Sohn.

Sie wolle kein Brot, sagt die Mari.

Wer nicht wolle, der habe schon, meint der Franz, legt den Brotlaib und das Messer beiseite, die Amei nickt dem kleinen Franz zu, da der zögert sich vom geschnittenen Brot zu nehmen, meint, seine Mutter habe aber gespart, und gibt ihm mit ihrem Löffel zusätzlich Rahm in die Suppe.

Sie verwöhne ihn aber ganz schön, meint die Magda scherzend und nimmt sich ein Stück Brot.

Wenigstens das, meint die Amei seufzend und schöpft dem Franz Suppe.

Der nimmt sich vom Rahm und meint zum kleinen Franz, das sei das beste von der Kuh.

Aber den angerührten Käse esse er doch auch gern, meint die Amei und bedient die Mari.

Von dem Rahm, den sie ihr zuschiebt, nimmt die sich nur eine Löffelspitze, und die Magda meint, das sei aber wirklich wenig.

Flöhe, ärgert sich die Amei und wünscht, während sie sich nimmt, einen guten Hunger.

Den habe er, meint der Franz, ebenfalls, murmeln die anderen.

Schmecke sehr gut, meint die Magda, der kleine Franz, der vom Brot in seiner Hand abbeißt, nickt zustimmend. Noch ein bißchen Essig wäre nicht schlecht, krittelt der Franz.

Den könne er sich gefälligst selber holen, entgegnet die Amei und fragt in die Runde, ob die Suppe denn wirklich nicht sauer genug wäre.

Sie sei so gerade gut, stellt die Magda fest, und die Amei meint zum Franz, der sich die Essigflasche aus dem Wandregal genommen hat, er tue ja so, als könne sie nicht mehr kochen.

Ob ihr heute eine Laus über die Leber gelaufen sei, fragt der belustigt.

Nicht eine, ein ganzer Haufen, kontert die Amei.

Sie sei noch immer böse, weil er heute morgen beim Schneeschippen ihre Brotschaufel gebrochen habe, erklärt der Franz der Magda, rührt den Essig, den er sich auf seinen Löffel geschüttet hat, in die Suppe und stellt die Flasche auf den Tisch.

Komme halt vor, meint die Magda.

Genau das habe er ihr auch gesagt, meint der Franz, die Amei geht darauf aber nicht ein, fragt die Magda, ob ein Weg getreten gewesen wäre, bei dem Schnee könne man ihn ja kaum sehen.

Fußspuren habe man keine gesehen, aber frische Schlittenspuren, darin seien sie gegangen, die hätten bis vors Dorf geführt, dann von der Hutweide in die andere Gasse, erklärt die Magda.

Da müsse jemand schon früh unterwegs gewesen sein, frage sich nur wer, rätselt die Amei.

Das sei doch jetzt nicht wichtig, meint der Franz, und sie essen stillschweigend weiter.

Er sei aber gut bei Appetit, meint die Amei zum kleinen Franz, der seinen Teller als erster leer gegessen hat, und fordert die Magda auf, ihm doch noch zu geben.

Ob er noch möchte, müsse sie ihn gar nicht fragen, meint die Magda und schöpft ihm.

Er solle sich nur trauen, ermutigt die Amei ihn, und er nimmt sich vom Rahm, der Franz meint, einen halben Teller Suppe könne er auch noch ertragen, seine sei doch ein bißchen zu sauer gewesen.

Aber immer contra geben, bemerkt die Amei.

Sie wolle nicht mehr, freue sich schon auf die Krapfen, meint die Magda.

Sie auch, meint die Mari und löffelt ihren Teller aus.

Sie habe ja mehr als genug, meint die Amei sich lächelnd an die Hüfte fassend, aber bei der Mari würde schon noch etwas auf die Rippen passen.

Aber sie sei doch nicht mager, tröstet die Magda, streicht ihr übers Haar und meint, ihre Zöpfe seien noch schöner geworden.

Und die wolle sie sich abschneiden lassen, wer ihr und der Kathi nur diesen Floh ins Ohr gesetzt habe, schimpft die Amei, nimmt den Topf vom Tisch und stellt ihn auf dem Herd ab.

Ob sie was helfen könne, fragt die Magda.

Sie sei heute doch Gast, meint die Amei, wirft der Mari, während sie das Glas mit der Marmelade, das sie aus der Rein mit dem Wasser genommen hat, mit einem Geschirrtuch abtrocknet, einen auffordernden Blick zu. Die macht ein mißmutiges Gesicht, steht auf und bringt die Schüssel mit den Krapfen zum Tisch.

Wenn sie schon dabei sei, ein sauberer Löffel wäre auch nicht schlecht, mahnt die Amei sie an.

Die Mari öffnet die Schublade, entnimmt ihr einen, schiebt sie demonstrativ zu und reicht ihrer Mutter den Löffel. Die steckt ihn in die Marmelade, stellt das Glas zur

Schüssel mit den Krapfen und meint zum kleinen Franz, da der sich beeilt, seinen Teller leer zu essen, er solle sich nur Zeit lassen.

Sie würden sich bestimmt fragen, warum sie gekommen seien, meint die Magda verlegen.

Ja, schon, murmelt der Franz, wirft der Amei, während er den Teller anhebt, um ihn auszulöffeln, einen verstohlenen Blick zu.

Die zögert einen Augenblick, fragt dann aber entschieden, ob es wegen des Geredes sei, und die Magda nickt ihr mit zusammen gepreßten Lippen zu.

Jetzt komme auch sie noch mit diesen Dummheiten, braust der Franz auf.

Ob man sich denn keine Sorgen machen dürfe, fragt die Amei bissig.

Schon gut, wiegelt der Franz ab.

Die Amei bittet die Magda und den kleinen Franz, sich doch zu bedienen, entschuldigt sich, daß es für jeden nur drei Krapfen gebe, da sie mit Gästen ja nicht gerechnet habe.

Das lange doch, meint die Magda.

Streiten würden sie sich ja nicht, wirft der Franz ein.

Um die Marmelade bestimmt nicht, es sei ihr ein Rätsel, warum Männer Marmelade nicht schmecke, meint die Amei amüsiert.

Ihrem Jakob habe sie geschmeckt, meint die Magda seufzend.

Das habe sie gar nicht gewußt, meint die Amei bekümmert.

Er solle doch Obacht geben, fährt die Magda ihren Sohn an, da dem mit dem letzten Stück vom Krapfen, den er sich in den Mund geschoben hat, Marmelade auf die Finger getropft ist, die er, über den Suppenteller geneigt, noch rasch ableckt.

Als Kind habe er mal zehn Krapfen verdrückt, damals noch mit Marmelade, meint der Franz belustigt und fragt den kleinen Franz, auf wie viele er es denn schon mal gebracht habe.

Sechs, antwortet der und nimmt sich noch einen.

Der Franz meint, während er sich auch noch einen nimmt, er gebe ihm einen ab, ihm würden heute zwei reichen.

Sie sei satt, beteuert die Mari.

Sie habe sich doch auf die Krapfen gefreut, aber bemußt werde niemand, ärgert sich die Amei.

Sie sei eigentlich auch satt, damit aber der Friede im Haus bleibe, nehme sie noch einen, meint die Magda lächelnd.

Dann bleibe eben ihnen zwei mehr, und um den letzten würden sie sich nicht streiten, meint die Amei augenzwinkernd zum kleinen Franz.

Das sei der letzte, ermahnt die Magda ihren Sohn.

Sie solle den Bub doch essen lassen, mischt sich die Amei ein.

Aber doch nicht mit Gewalt, und er tue ja so, als kriege er zu Hause nicht genug zu essen, verteidigt sich die Magda.

Jetzt blieben für den Hungrigen auch noch Krapfen übrig, meint der Franz.

Das hätte er sich sparen können, erwidert die Amei, fragt die Mari, ob sie der Magda Tante denn nicht ihre Stickerei zeigen wolle.

Die habe sie bei der Kathi gelassen, entschuldigt die sich.

Was sie denn sticke, fragt die Magda.

Nichts Großartiges, einen Wandschoner, meint die Mari.

Wenn du im Herzen Frieden hast, wird dir die Hütte zum Palast, stehe drauf, beeilt sich die Amei zu sagen.

Das sei wirklich wahr, bemerkt die Magda.

Vor allem, wenn es so schön warm sei wie hier in der Küche, meint die Amei.

Sie habe zu Hause den dicken Ofen gut eingeschürt, hoffentlich sei es noch warm, wenn sie halb erfroren wieder daheim seien, meint die Magda.

Er fahre sie dann mit dem Schlitten, schlägt der Franz vor.

Sie wolle keine Umstände machen, wehrt die Magda ab.

Aber woher, versichert ihr der Franz.

Sie hätte keine Ruhe, würde sich Sorgen machen, ob sie gut heim gekommen seien, redet die Amei auf die Magda ein.

Gut, gibt die nach.

Den ganzen Tag herum sitzen, sei doch nichts, ein bißchen an die frische Luft kommen, würde ihr nicht schaden, sie solle doch mitfahren, meint die Amei zur Mari.

Sie fahre gerne mit, kontert die.

Dann sei ja alles in Ordnung, meint Amei.

Sie wolle ja nicht lästig werden, möchte mit ihnen aber noch was besprechen, entschuldigt sich die Magda.

Die Amei schaut kurz zum Franz, meint dann zur Mari, sie könne doch ihre Handarbeit von der Kathi holen gehen, damit die Magda Tante sie sehe.

Die Kathi komme vielleicht auch mit, meint die Mari, steht auf und nimmt ihr Wolltuch vom Zapfenbrett.

Er könne doch mitgehen, die Zauche der Laubs habe Junge gekriegt, der Josef habe zwei liegen gelassen, zeige sie ihm bestimmt gerne, meint die Amei zum kleinen Franz

Junge mitten im Winter, das sei schon komisch, kommentiert der Franz.

Ein Hund komme für sie aber nicht in Frage, macht die Magda ihrem Sohn klar, der seine Ohrenkappe vom Zapfenbrett nimmt.

Als ob sie nicht hätte auf ihn warten können und die Tür habe sie auch nicht zugemacht, ärgert sich die Amei über die Mari, der kleine Franz eilt ihr nach, seine Mutter mahnt ihn, die Tür nicht offen zu lassen.

Jetzt könnten sie ja ruhig reden, meint die Amei und fragt die Magda, was man bei ihnen denn so höre.

Die Leute würden halt reden, was man so erzähle, bringe sie zur Verzweiflung, sie finde Tag und Nacht keine Ruhe mehr, klagt die Magda.

Manche Leute redeten so lange vom Unglück, bis es dann wirklich komme, dumm zur Welt gekommen und nichts dazugelernt, schimpft der Franz drauf los.

Nur nicht gleich aufregen, beschwichtigt die Amei.

Aber es sei doch wahr, verteidigt sich der Franz.

Wenn es wirklich soweit komme, sollten sie wenigstens vorbereitet sein, meint die Amei.

Wie sie sich das vorstelle, ob sie glaube, daß die austrommeln lassen werden, wer sich zu melden hätte, um verschleppt zu werden, fährt der Franz sie an.

Er müsse nicht schreien, sie sei nicht taub, schimpft die Amei.

Sie hätte lieber nicht kommen sollen, habe jetzt nur Unruhe gestiftet, entschuldigt sich die Magda dem Weinen nahe.

Sie solle keine Dummheiten reden, weist die Amei sie zurecht und fragt, ob sie was Genaueres gehört habe.

In so einem großen Dorf müßte man das doch wissen, mischt der Franz sich ein.

Es heiße, daß die mit französischem Namen verschont bleiben würden, meint die Magda vorsichtig.

Das könnte denen so passen, jetzt wollten sie lieber Franzosen als Deutsche sein, macht die Amei ihrem Ärger Luft.

Gerade das zeige doch, daß an dem ganzen Gerede nichts dran sei, triumphiert der Franz.

Aber wenn man doch endlich was Genaueres wüßte, meint die Amei besorgt.

Sie frage sich, was mit ihrem Franz passiere, wenn man sie verschleppe, meint die Magda verzweifelt.

Sie gebe ihr Mädel nicht her, nur über ihre Leiche, meint die Amei mit weinerlicher Stimme.

Wenn überhaupt, dann kämen doch nur Männer in Frage, versucht der Franz zu beruhigen.

Die Amei macht ein entsetztes Gesicht, beginnt zu schluchzen, die Magda weint hemmungslos, der Franz schlägt die Hände vors Gesicht.

Intermezzi, Exkurse, Vorwegnahmen, Rückblicke (II)

Nach dem Frontwechsel Rumäniens wußten die Leute, daß keine leichten Zeiten auf sie zukommen werden. Was aber dann mit Beginn des Jahres 1945 innerhalb kürzester Zeit passierte, hätten sie in ihren schlimmsten Alpträumen nicht für möglich gehalten: die auf Anordnung der Sowjets im Januar erfolgte Deportation der Deutschen aus Rumänien zur Zwangsarbeit in die Sowjetunion und das im März vom neuen Regime verabschiedete Bodenreformgesetz, durch das deutsche Bauern unabhängig von der Größe ihres Besitzes enteignet wurden.

Die Deportation von Zivilisten deutscher Volkszugehörigkeit zur Zwangsarbeit in den auf ihrem Vormarsch unter ihre Herrschaftsgewalt geratenen Staaten war von den Sowjets stabsplanmäßig und unter Täuschung der Alliierten in die Wege geleitet worden, die mit der Durchführung vor vollendete Tatsachen gestellt wurden. Obwohl Rumänien durch den Frontwechsel im August 1944 Verbündeter der Sowjetunion geworden war, spielte das für die Deutschen aus Rumänien keine Rolle.

Als die Sowjetunion der rumänischen Regierung Anfang Januar 1945 die Anordnung zur Deportation der Staatsbürger deutscher Nationalität überreicht hatte, die Deportation in den anderen von ihr de facto besetzten Staaten war bereits angelaufen, unternahm diese den Versuch, durch die diplomatischen Vertretungen der USA und Großbritanniens noch zu intervenieren, daß die darauf an die Sowjets gerichtete Protestnote nichts bringen würde, mußte ihr auch und von vornherein klar gewesen sein.

Die Aushebung in den abgeriegelten Ortschaften fand unter Mithilfe des rumänischen Militärs und der Gendarmerie statt, überfallartig in den frühen Morgenstunden, in benachbarten Ortschaften gleichzeitig.

Die Listen der zur Deportation Bestimmten hatte man einerseits anhand des Personenkatasters der Deutschen Volksgruppe in Rumänien erstellt, das den neuen Machthabern in die Hände gefallen war, andererseits anhand einer Registrierung November 1944, bei der nicht nur alle Personen fremder Staatsangehörigkeit auf dem Gebiet Rumäniens erfaßt worden waren, sondern auch die Deutschen in Rumänien.

Die Betroffenen wurde aufgefordert, sich an den genannten Orten, meistens Schulen, einzufinden mit Kleidern zum Wechseln und mehrwöchiger Verpflegung für einen Arbeitseinsatz unter Androhung von Erschießen bei Nichtbefolgung. Daß es zur Zwangsarbeit in die Sowjetunion gehen würde, sickerte erst allmählich durch.

Bei der rumänischen Bevölkerung löste die Aushebung Argwohn aus, da man ähnliche Repressalien befürchtete, es kam unter eigener Lebensgefahr zu Solidaritätsbekundungen, man half Deutschen unterzutauchen, sie bekamen aber auch zu hören, daß es ihnen ganz recht geschehe.

Die Möglichkeit sich der Deportation zu entziehen, bestand im Grunde nur bei Frauen, wenn in letzter Minute örtliche Standesbeamten bei der Notheirat mit Rumänen mitspielten. Wer sich versteckt hatte, stellte sich letztendlich, da Familienangehörige in Geiselhaft genommen wurden. Die Anzahl der Personen laut Liste für die jeweilige

Ortschaft mußte stimmen, andernfalls spielte die Altersgrenze, Männer zwischen 17- 45 Jahren, Frauen zwischen 18-30 Jahren, keine Rolle.

Bei den etwa 70.000 Deportierten traf das in mehr als 10% der Fälle zu, die ältesten waren 55, die jüngsten 13 Jahre alt. Auch Kranke, Schwangere, Frauen mit Kindern unter einem Jahr, die eine Ausnahme machen sollten, wurden deportiert, selbst geistig Behinderte, stimmte die Anzahl der Personen nicht. Annähernd 15% der Deportieren starben an Unterernährung und Krankheiten, der Großteil in den ersten zwei Jahren der fünf Jahre dauernden Deportation.

Die rumänische Eisenbahn war für den Transport von den Sammelbahnhöfen bis an die sowjetische Grenze zuständig. Die Deportierten, zwischen 40-50 Personen, Frauen und Männer nicht getrennt, wurden in Viehwaggons gesteckt, als Sitzgelegenheit dienten Bündel und Koffer.

In einer Ecke des Waggons war in den Boden ein Loch zur Verrichtung der Notdurft gesägt, die schirmten die Leute, so gut es eben ging, mit Decken oder sonst was ab. Gegen die Kälte hätten die in den Waggons installierten Öfen, selbst wenn der Vorrat an Holz nicht schon kurz nach der Abfahrt verbraucht gewesen wäre, nichts ausrichten können.

So ging es bei eisiger Kälte in tagelanger Fahrt, während der die Deportierten noch näher zusammenrückten, um sich gegenseitig zu wärmen, bis an die Grenze. Hier wurden sie wegen des breitspurigeren Schienennetzes in sowjetische Viehwaggons verfrachtet, bis zu 70 Personen, in noch eisigerer Kälte ging es in wochenlanger Fahrt, auf der die ersten starben, ihre Leichen wurden neben den Schienen abgelegt, in die Arbeitslager im Donbass.

Aus W. wurden 86 Personen deportiert, davon 53 Frauen, 7 der Deportierten waren 16 Jahre alt, 2 geistig behindert, 8 Männer und 7 Frauen gingen elend zugrunde.

Erika hatte erzählt, ihre Großmutter habe sich an den Beginn der Verschleppung nach Rußland noch genau erinnern können, Sonntag, 14. Januar 1945, kurz nach fünf Uhr morgens, auf ihre Frage, wie sie sich das so genau gemerkt habe, gemeint, daß man so etwas doch nicht vergessen könne, und daß die Leute es in jenen Tagen geahnt, sozusagen im Urin gespürt hätten.

Sie sei wie so oft in den letzten Tagen auch an dem Morgen schon lange wach gewesen, habe um eine Zeit bemerkt, daß der Großvater nur so tue, als schliefe er noch, bestimmt wären ihm wie ihr tausend Gedanken durch den Kopf gegangen. Sie habe das Gassentürchen gehen hören, den Hund kurz anschlagen, wie jemand auf ihn einredete, dann schlurfende Schritte.

Als es kurz darauf am Schlafzimmerfenster geklopft habe, hätten sie schon beide aufrecht im Bett gesessen. Amei, Franz hätten sie leise rufen gehört, der Großvater habe, während sie so leise wie möglich aufgestanden seien, flüsternd gemeint, es wäre vielleicht die Magda, sie habe ihn flüsternd darauf hingewiesen, daß die sie doch nicht so rufen würde.

Sie hätten ihre Kleider von den Stühlen neben dem Bett gerafft, seien mit denen auf dem Arm und den Schuhen in der Hand zum Fenster geschlichen und, obwohl durch die leicht vereisten Scheiben die alte Raszkopf zu erkennen gewesen wäre, zurückgeschreckt, da die wie ein Gespenst ausgesehen hätte.

Da die Alte durch erneutes Klopfen und Rufen die Mutter hätte wecken können, habe sie ihr durch Zeichen zu verstehen gegeben, zur Tür am mittleren Zimmer zu kommen, sei dem Großvater nachgeschlichen, der die innere Tür bereits aufgesperrt gehabt habe und gerade dabei gewesen sei, die Wintertür aufzusperren.

Jesus, Maria und Josef, habe die Nachbarin, in der Tür stehend, gewimmert, vor Angst kaum reden können, sie hätten aber von ihrem Geflüster verstanden, daß man angefangen habe, die Leute aus den Häusern zu holen, die ersten in der Frühlingsgasse, Nachbarn hätten das mitgekriegt, andere verständigt, ihre Schwester aus der anderen Gasse sei hergelaufen gekommen, um es ihnen zu sagen, die Eva habe ihre Kathi schon versteckt.

Geschrei, Hunde, seien in der nächtlichen Stille aus der anderen Gasse zu hören gewesen, die Nachbarin sei davongelaufen, der Großvater habe rasch die Türen abgesperrt, sie beide sich noch geschwind fertig angezogen.

In der Eile und Aufregung habe sie die Tür zum Schlafzimmer hinter sich nicht ganz zugezogen gehabt, aber die Mutter wäre wahrscheinlich auch so aufgewacht, jedenfalls habe die wie ein Stein auf dem Bettrand gesessen, als sie und der Großvater zurück ins Zimmer geeilt seien.

Es wäre soweit, habe sie der Mutter zugeflüstert, die sich aber nicht gerührt, sie hätte vor Schmerz schreien können, ihr aber nicht noch mehr Angst machen wollen und mit zusammengebissenen Lippen begonnen, sie wie ein kleines Kind anzuziehen: über das Nachthemd noch eines, die dicke knielange Unterhose, Winterstrümpfe und -socken, das Barchentkleid, den dicken Sweater.

Dann habe der Großvater, auch ohne ein Wort zu sagen, ihr die Winterschuhe angezogen, sie ihr noch das dicke Kopftuch aufgesetzt und das große wollene Tuch umgehängt. Erst dann habe die Mutter reagiert, das Tuch von innen mit einer Hand über der Brust zusammengehalten, ihr, ohne einen Laut von sich zu geben, die andere Hand gereicht, sie habe gespürt, wie die Arme zittere.

Der Großvater habe die Türen aufgesperrt, einen Blick hinausgeworfen, ihnen zugewinkt, und sie hätten sich geduckt in den hinteren Hof geschlichen, zum Versteck im Stengelhaufen, mit Stroh ausgelegt und gerade so groß, daß man darin habe sitzen können.

Wie sie denn darauf gekommen wäre, habe sie ihre Großmutter gefragt, hatte Erika erzählt, die ihr erklärt, daß der Großvater vorgehabt hätte, die Mutter hinter der Treppe im Keller oder hinter der Selchkammer auf dem Aufboden zu verstecken, sie es ihm aber habe ausreden können. An den Plätzen hätte man doch bestimmt zuerst gesucht, auf den Stengelhaufen aber wäre so rasch niemand gekommen, da man doch jeden Tag Maislaub verfüttert, die Bündel mit den abgefressenen Stengeln dazu gestellt habe, und weil der Haufen noch nicht gesetzt gewesen sei, alles unordentlich ausgesehen habe, hätte doch niemand hier ein Versteck vermutet.

Die Mutter habe ja gewußt, was machen, sei nicht bockig gewesen und willig hinein geschlüpft, sie habe ihr so leid getan, der Großvater habe ihr noch zugeflüstert, sie müsse keine Angst haben, sie wären ja da, die Mutter habe bloß genickt. Sie hätten dann, ohne noch ein Wort zu sagen, das Loch zugestellt und sich davongemacht, da schon von überall her Krawall zu hören gewesen wäre.

Im nachhinein sei man immer gescheiter, aber gut, daß weder sie noch der Großvater damals daran gedacht hätten in der Aufregung, denn was hätten sie auf die Frage, wo ihre Tochter denn sei, sagen sollen, sie hätten doch nicht sagen können, sie wäre fortgelaufen, wohin wüßten sie nicht, das hätte ihnen doch niemand geglaubt, dem Großvater müsse das nachher bestimmt auch durch den Kopf gegangen sein, darüber geredet aber hätten sie nie.

Und geredet sei auch nichts geworden, als sie im Dunkeln in der hinteren Küchen gesessen hätten. Wie auch mit der Angst auf dem Herzen? Sie hätten keine Ahnung gehabt, wen und welche Jahrgänge man abholen, wohin es gehen würde.

Dann habe man sie kommen hören, die Hunde in der Nachbarschaft hätten wie verrückt gebellt. Als ihrer dann bellend an den Gassenzaun gelaufen sei, habe der Großvater ihre Hand gefaßt, sie habe kaum noch zu atmen gewagt. Ihr sei vorgekommen, als wäre es in der Küche hell geworden, sie habe nur noch daran gedacht, daß man doch jetzt sehen könnte, daß sie hier sitzen.

Ein Schuß sei gefallen, sie habe sich fast angemacht, kein Hund wäre mehr zu hören gewesen, schier eine Ewigkeit lang nichts als Stille. Dann habe man sie wieder gehört, an eine Wintertür schlagen, auch ohne das Rufen vom Loibl Karl, die Eva solle aufmachen, sonst würden man die Tür einschlagen, hätten sie gewußt, daß es nur bei ihr sein könne.

Jetzt hätten sie nur noch hoffen und beten können, daß sie zu ihnen nicht mehr kommen würden, und so sei es ja auch gekommen. Sie hätten aber noch lange mucksmäuschenstill in der hinteren Küche gesessen, bis von draußen nichts mehr zu hören gewesen sei als das Vieh in den Ställen, das gefüttert werden wollte. Der Großvater habe gemeint, sie sollten wie jeden Morgen füttern, ganz normal, als hätten sie vor niemandem etwas zu verstecken.

Er sei zum Ausmisten in den Stall, sie habe das Geflügel in den Hof gelassen, gefüttert und so getan, als würde sie noch Schnee kehren. Am Stengelhaufen angelangt, habe sie der Mutter zugeflüstert, sie brauche keine Angst mehr zu haben, müsse aber noch versteckt bleiben, bis sich alles beruhigt habe.

Ihre Großmutter habe sie darauf hingewiesen, hatte Erika erzählt, daß der Josef gar nicht versucht habe, sich zu verstecken, wie die anderen Burschen oder Männer auch, weil er ebenfalls geglaubt habe, Mutter und Schwester würde nichts passieren, wenn er sich stellte im Bauernheim laut Befehl. Die Kathi sei aber auch auf der Liste gewesen, man habe nach ihr gar nicht gesucht, sondern gedroht, die Eva, kleines Kind hin oder her, abholen zu kommen, sollte die Kathi nicht erscheinen.

Weil sie und andere sich nicht gestellt hätten, habe man den Loibl Karl mit einer letzten Aufforderung noch einmal zu den Familien geschickt: Wenn sich derjenige nicht stelle, hätten alle mit dem Schlimmsten zu rechnen.

Der Loibl Karl sei beschimpft und verflucht worden, aber was hätte der arme Mann denn machen sollen, sich erschießen lassen? Die hätten nichts gekannt. Später hätten die Leute ja eingesehen, daß er unschuldig gewesen sei, er habe aber bis an sein Lebensende darunter gelitten.

Die Eva habe die Kathi noch immer nicht gehen lassen wollen, doch die hätte nicht gewollt, daß sie an ihrer Stelle abgeholt werde und habe sich gestellt, in letzter Minute auch zwei ihrer Kameradinnen, deren Väter fast abtransportiert worden wären.

Die Männer habe man noch am selben Tag zur Sammelstelle in die Klosterschule von K. gebracht, mit Wagen durch den hohen Schnee, weil man auf Schlitten nicht so viel hätte laden können. Denen, die hätten anspannen müssen, zum Glück der Großvater nicht, sei das sehr schwer gefallen, schlimm sei es für die Leute gewesen, die ihre Angehörigen hätten wegfahren sehen, sich den Wagen zu nähern, sei strengstens verboten gewesen.

Von den zurückgekehrten Kutschern hätten die Leute endlich erfahren, daß es nach Rußland gehe. Nach Bitten und Betteln habe man den Angehörigen erlaubt, den noch immer im Bauernheim gefangenen Weibern neben dem gekochten Essen, das sie ihnen hätten bringen dürfen, aber wer habe schon Hunger gehabt, noch zusätzlich Speck,

Brot, Decken und Kleider mit auf den Weg zu geben, denn viele seien auf so eine lange Fahrt mitten im Winter gar nicht vorbereitet gewesen. Bei der Gelegenheit habe man für die bereits abtransportierten Männer auch noch Essen und Kleider durch die Weiber mitgeschickt, die Kathi habe für den Josef noch Vieles mitgeholt.

Der Abtransport am nächsten Tag sei das Schlimmste gewesen, das könne man gar nicht beschreiben. Als die Wagen losgefahren seien, habe der Loibl Karl, obwohl noch nicht Mittag, die Glocken geläutet, das ganze Dorf habe geweint, die kleinen Kinder, von ihren Großmüttern festgehalten, hätten nach ihren Müttern geschrien, zurückgebliebene Mütter sich an Torposten geklammert, klagend den Tag ihrer Geburt verwünscht, weil sie ein solches Elend erleben müßten. Die Eva habe über Nacht graue Haar gekriegt, ein paar Tage später sei sie ganz weiß gewesen.

Was das Geburtsjahr im Leben eines Menschen doch ausmache, die Mutter zwei Jahre älter, der Großvater und sie ein paar Jahre jünger, und sie wären alle in Rußland gelandet, habe ihre Großmutter seufzend gemeint, eine lange Pause gemacht, ihr dann erklärt, hatte Erika erzählt, daß bis um die Mittagszeit klar gewesen sei, welche Jahrgänge in Frage kämen, doch trauen hätte man denen nicht können, deshalb wäre ihnen gar nicht eingefallen, die Mutter vor Abgang des zweiten Transports aus dem Versteck zu holen.

Damit nichts auffalle, sei sie mit der Schubkarre zum Schober mit Maislaub gefahren, habe beim Aufladen mit der Mutter im Stengelhaufen nebenan geredet, ihr nicht alles erzählt, ihr aber gesagt, daß sie erst heraus könne, wenn alles endgültig vorüber wäre.

Sie und den Großvater hätte fast der Schlag getroffen, als die kurz darauf ganz verstört in der hinteren Küche erschienen sei. Sie wären gar nicht auf die Idee gekommen, sie zu schimpfen, wie die ausgeschaut habe. Sie hätten sie rasch ins warme Zimmer gebracht, der Großvater sei wieder hinaus, ihr wäre das auch recht gewesen, da die Mutter zu weinen angefangen habe.

Da die über Bauchweh geklagt habe, hätte sie geglaubt, das käme von der Angst im Versteck, doch dann habe die Mutter ihr schluchzend gestanden, daß sie unten blute, gefragt, ob sie jetzt sterben müsse.

Erst dann habe sie es trotz der schwächlichen Konstitution der Mutter geahnt, die Verzweifelte in die Arme genommen und ihr erklärt, daß sie ihre Sache gekriegt habe. Die Mutter habe noch stärker geweint, sie habe ihr alles noch einmal erklärt und sie beruhigen können, beim Wechsel der Unterwäsche aber habe sie auf sie einreden müssen, sich vor ihr doch nicht zu schämen, als sie ihr gezeigt habe, wie die selbst genähten Binde anbringen.

Die Mutter wieder zu verstecken, wäre für sie überhaupt nicht mehr in Frage gekommen, Gefahr hin oder her. Sie habe dem Großvater zu verstehen gegeben warum, und die Erschöpfte ins Bett gebracht und so lange, ihre Hand haltend, bei ihr gesessen, bis die Arme eingeschlafen sei.

Sie hätten dem Herrgott gedankt, verschont geblieben zu sein, habe ihre Großmutter gemeint, erst mal, bereits mit Tränen in den Augen hinzugefügt, hatte Erika erzählt und gemeint, sie habe diesen Hinweis sofort verstanden und gewußt, daß ihre Großmutter die Tränen nicht mehr werde zurückhalten können, wie immer, wenn sie auf die Toten der Familie zu sprechen gekommen sei, sie habe sich aber damals beim Anblick der Weinenden so hilflos wie nie zuvor gefühlt. Und sie hatte mich darauf hingewiesen, daß ihre Großmutter, sei von den Großeltern väterlicherseits die Rede gewesen, immer vom Jakob und der Magda gesprochen habe.

Ihre Großeltern hätten sich wegen der Magda große Sorgen gemacht, ihr Großvater habe vorgehabt, als nach einer Woche der Transport mit den Verschleppten aus K. abgefahren gewesen sei und keine Gefahr mehr bestanden habe, mit dem Schlitten nach T. zu fahren, um mal nachzuschauen, doch an dem Tag sei ihr Vater schon früh am Morgen bei ihnen aufgetaucht.

Ihre Großeltern seien schon verwundert gewesen, hätten im ersten Moment aber an nichts Schlimmes gedacht, bis ihr Vater zu weinen angefangen habe. Er habe kaum reden, doch noch herausbringen können, daß seine Mutter aus Angst, doch noch verschleppt zu werden, sich tagelang in einer Hütte in den Weingärten versteckt gehalten habe, jetzt sehr krank sei, sie habe ihn geschickt und lasse ausrichten, sie sollten kommen, wollte man sie noch einmal sehen.

Nach dem Weinkrampf habe ihr Vater nichts mehr geredet, auf Fragen nur noch durch Nicken oder Kopfschütteln geantwortet. Ihre Großeltern seien, auf alles vorbereitet, gleich losgefahren, doch, wie befürchtet, zu spät gekommen.

Den Vater verloren, dann als noch nicht einmal Dreizehnjähriger die Mutter, an Lungenentzündung gestorben, das habe ihr Vater nie verwunden und doch Glück im Unglück gehabt, denn für ihre Großeltern habe von Anfang an festgestanden, daß er mit zu ihnen komme, hatte Erika gemeint, mich darauf hingewiesen, daß ihre Großeltern ihn schon gleich nach dem Begräbnis mitgenommen hätten mitsamt seinen Habseligkeiten, das bißchen an Gewand und dem Bettzeug, und erzählt, daß ihre Großmutter wegen der Ausstellung des Todesscheins verzweifelt nach den Akten der Magda gesucht habe, die dann in einer Blechschachtel unter deren Strohsack gefunden habe, in der Schachtel sei auch Geld gewesen, das aber für das Begräbnis bei weitem nicht gereicht hätte.

Da die Wirtschaft von heute auf morgen nicht hätte aufgelöst werden können, habe man Nachbarn gebeten, auf das Haus aufzupassen, sich um das Geflügel und die Geiß zu kümmern, sich dafür in den nächsten Tagen nach Käufern umzuhören. Ihre Großeltern hätten sowieso vorgehabt, sich den Nachbarn erkenntlich zu zeigen, daß sie alles andere würden verscherbeln müssen, sei ihnen klar gewesen. Haus und Feld zu verkaufen, wäre in den unsicheren Zeiten aussichtslos gewesen, deshalb hätten ihre Großeltern beschlossen gehabt, das Feld zu verpachten und jemanden ins Haus zu setzen mit der Auflage, es instand zu halten, später wollte man weiter sehen.

Um ihrem Vater das schmerzvolle Wiedersehen zu ersparen, seien die Großeltern nach ein paar Tagen allein hingefahren, mit dem langen Leiterwagen, um auch noch einiges mitbringen zu können. Was sie aber dann dort vorgefunden hätten, sei ihnen wie ein Alptraum erschienen: alles aus dem verwüsteten Haus und Hof gestohlen, außer der Geiß. Die müsse den Räubern durchgegangen sein, ein Nachbar habe sie am Morgen eingefangen und in den Stall zurückgestellt gehabt.

Die noch immer verängstigten Nachbarn hätten ihren Großeltern berichtet, daß die Räuber an dem Tag kurz nach Mitternacht mit Beilen und Knüppeln bewaffnet auf zwei Pferdewagen angerückt seien, und gleichzeitig beteuert, daß sie um ihr Weniges an eigenem Hab und Gut oder gar um ihr Leben hätten bangen müssen, wäre jemand von ihnen eingeschritten. Die Nachbarn wären sich sicher gewesen, daß die Räuber nicht aus dem Dorf stammten, es sich aber herumgesprochen gehabt haben müsse, daß das Haus herrenlos wäre, und sie hätten nur hoffen können, daß die Banditen an diesem Ende des Dorfes nicht wieder zuschlagen würden.

Unter den damaligen Umständen den Raub anzuzeigen, wäre zwecklos gewesen, außerdem hätten ihre Großeltern keine Scherereien haben wollen, ihr Vater aber habe, wenn auch arm wie eine Kirchenmaus, wenigstens ein neues Zuhause gehabt, hatte Erika gemeint und mir vorgreifend erklärt, daß aus dem Plan mit dem Haus und dem Feld ihres Vaters nichts geworden sei, denn schon kurz darauf habe die neue Gemeindeverwaltung das Haus einfach konfisziert, die Familie des Schafhalters hinein gesetzt und ihr dann mit den Enteignungen auch das Stück Feld zugeschlagen, im Falle ihres Vater gesetzwidrig, wie sich herausgestellt habe, doch auch daran wäre nichts mehr zu ändern gewesen.

Die nächtlichen Raubüberfälle durch Banden in banatschwäbischen Dörfern hatten nach der Deportation zur Zwangsarbeit in die Sowjetunion zugenommen. Beim ersten Überfall in W. wurde der Nachtwächter, der die Räuber aufzuhalten versucht hatte, totgeschlagen, bei den nächsten Raubzügen hätte es niemand mehr gewagt, sich ihnen entgegen zu stellen. Vor allem auf Weizen, Mais und wertvolle Pferde, besonders Stuten, hatte man es abgesehen, wo, was zu holen war, wußten die Räuber genau.

Notdürftig in ihren Häusern verbarrikadiert, durchlebten die Überfallenen Todesängste, mußten mit anhören, wie sie ausgeraubt wurden und konnten nur hoffen, mit dem Leben davon zu kommen.

Erika hatte erzählt, ihre Großmutter habe sie mit Stolz darauf hingewiesen, daß ihr Großvater ein noch kräftiger Mann gewesen sei, ihr Vater ja fast noch ein Kind, aber auch schon kräftig genug, und sie wäre überzeugt gewesen, daß diese Nichtsnutze von ihren zwei Männern im Haus gewußt, es deshalb bis dahin nicht gewagt gehabt hätten, sie oder jemanden in der Nachbarschaft zu überfallen.

Doch dann, wochenlang sei nichts mehr passiert, und alle hätten geglaubt, es wäre, Gott sei dank, vorbei, müsse es denen egal gewesen sein und ausgerechnet sie habe es getroffen, am hellichten Tag, das solle man sich mal vorstellen, habe ihre Großmutter mit erstickter Stimme gemeint und erzählt, ihr Vater sei an dem Tag mit dem einen Pferd, Feri habe der Wallach geheißen, beim Schmied gewesen, um ihn beschlagen zu lassen, sie, der Großvater und die Mutter hätten die Furchen im Garten zugezogen, seien am Ende angelangt gewesen, der Großvater habe noch gesagt, sie müßten sich unbedingt wieder einen Hund anschaffen, da hätten sie die alte Raszkopf schreien hören und einen Wagen im Galopp davonfahren.

Der Großvater habe einen Pfahl aus dem Weingarten gerissen, sei nach oben gerannt, sie und die Mutter hätten im ersten Moment wie angewurzelt dagestanden, dann sei sie auch losgerannt, die Mutter, weinend nach ihr rufend, hinterher.

Oben angekommen, habe ihr im Vorbeilaufen ein Blick in den Stall genügt, die Fuchsstute weg, sie habe gesehen, wie der Großvater, an den Torpfosten gelehnt, sich ans Herz gegriffen habe und zusammengesackt sei.

Diesen Tag, den 3. April 1945, einen Tag nach Ostermontag, habe ihre Großmutter als den schwärzesten Tag ihres Lebens bezeichnet, hatte Erika gemeint und erzählt, ihre Großmutter habe ihr gestanden, daß es ihr noch Jahre nach dem Tod des Großvaters schwer gefallen sei, ihren Vater beim Namen zu nennen, weil es ihr jedes Mal einen Stich ins Herz versetzt habe, daß sie den Namen der Stute nie werde vergessen können, denn die in dem Gespann, mit dem ihr Großvater sie damals abgeholt habe, habe auch Liska geheißen, der Tag sei der schönste ihres Lebens gewesen.

Niemand im Dorf habe das Schicksal so schwer getroffen

wie sie, habe ihre Großmutter geklagt, den Jakob verloren, die Magda, dann der schwerste Schlag, den Großvater, doch dann gemeint, Gott möge ihr verzeihen, aber sie hätte nicht gewollt, daß er die Enteignung erlebe.

Die Männer im Krieg, in Gefangenschaft oder gefallen, fast ein Drittel der Zivilbevölkerung zur Zwangsarbeit deportiert, die verschont Gebliebenen praktisch rechtlos. Das war die Lage der Deutschen in Rumänien Anfang 1945. Zu fast 80% Bauern, versetzte ihnen das Bodenreformgesetz vom 23. März 1945 den letzten Schlag und beraubte sie durch die Enteignung ihrer Lebensgrundlage. Laut den Durchführungsbestimmungen vom 11. April 1945 zum verabschiedeten Gesetz wurde auch die Mitgliedschaft in der Deutschen Volksgruppe als Kollaboration mit Hitlerdeutschland eingestuft, so daß die Enteignung praktisch alle deutschen Bauern betraf, unabhängig von der Größe ihres Besitzes, weil durch das Volksgruppen-Dekret der rumänischen Regierung vom 20. November 1940 alle Deutschen aus Rumänien zu Mitgliedern der Deutschen Volksgruppe erklärt worden waren. Die Anzahl der Nichtmitglieder, derjenigen, die beweisen konnten, ausgetreten zu sein oder ihren Beitrag nicht bezahlt zu haben, war gering. Die Deutschen, deren Angehörige in der rumänischen Armee gefallen oder zu Kriegsinvaliden geworden waren, diejenigen, die nach dem Abkommen von 1943 zwischen Rumänien und dem Dritten Reich in der rumänischen Armee verblieben waren, sollten auch unter die Ausnahmeregelungen fallen und nicht enteignet werden, was in vielen Fällen nicht geschah, zudem hatte man fast alle in der rumänischen Armee Verbliebenen nach dem 23. August 1944 interniert und im Januar 1945 zur Zwangsarbeit in die Sowjetunion deportiert.

Das Gesetz sah vor, Besitzlosen und Kleinbauern bis zu 5 ha Boden zuzuteilen, landwirtschaftliche Gerätschaften sowie Vieh. Da in den mehrheitlich von Deutschen bewohnten Gebieten Siebenbürgens und des Banats die Anzahl derjenigen, die für eine Zuteilung in Frage gekommen wären, gering war, wurden hier rumänische Kolonisten aus anderen Landesteilen angesiedelt und in die Häuser der Deutschen eingewiesen, die ihnen ebenfalls enteignet worden waren.

Die Enteigneten konnten von Glück reden, ließ der neue Besitzer sie entweder in einer Räumlichkeit des Hauses wohnen bleiben, in einer Sommerküche oder einem Schuppen, wo sie sich notdürftig einrichteten.

Die Bestimmungen des Gesetzes räumten den ehemaligen Besitzern wohl das Recht ein, die Ernte des Jahres noch einfahren zu dürfen, doch das konnten die sich wegen herrschender Willkür kaum zunutze machen. Hinzu kam, daß sie an Gerätschaften und Zugtieren nur noch das besaßen, was sie irgendwie vor der Enteignung hatten retten können, und der Mangel an Arbeitskräften wegen der Deportation konnte durch Nachbarschaftshilfe nur schwer wett gemacht werden. War es trotz alldem gelungen, etwas zu ernten, mußten die Erträge fast vollständig abgeliefert werden, zu einem Spottpreis.

Fast die Hälfte des insgesamt enteigneten Grundbesitzes entfiel auf ehemals selbstständige deutsche Bauern. Die schlugen sich als Pächter der neuen Besitzer durch, als Tagelöhner in den auch aus ihrem Besitz gegründeten Staatsfarmen, wurden schließlich Mitglieder der staatlichen Kollektivwirtschaften. Die in der Nähe von Städten Lebenden versuchten, in Fabriken Arbeit zu finden.

Der Hauptwirtschaftszweig Rumäniens war die Landwirtschaft, zu deren Rückgrat gehörten die deutschen Bauernwirtschaften. Durch die Enteignung stürzte das Land in eine tiefe Krise, hinzu kamen Dürreperioden, die in einigen Landesteilen zu regelrechten Hungernöten führten.

Sie könne sich noch genau auf die Reaktion ihrer Großmutter, auf die Enteignung angesprochen, erinnern, hatte Erika mir versichert. Das Feld hätte man ja nicht im Hosensack verstecken können, was solle man ansonsten viel dazu sagen, von heute auf morgen mit dem nackten Arsch dagestanden, wäre sie aufgebraust.

Schlimmer als der Weltuntergang, habe sie dann seufzend gemeint und erzählt, daß in W. bis Mitte April alles ruhig geblieben sei, die Leute aber hätten geahnt, was kommen würde, weil aus den Nachbardörfern Fürchterliches zu hören gewesen sei. Dort hätten walachische Vagabunden und Zigeuner aus den Orten schon Kommissionen gebildet und begonnen, sich und ihresgleichen nicht nur das Feld der im Herbst Geflüchteten und bereits Ausgeraubten aufzuteilen, sondern auch das anderer, dazu sich auch noch in die Häuser einquartiert.

Und weil man gehört gehabt habe, die würden im Namen von wer weiß wem nicht alles, den Leuten sogar das Essen wegnehmen, hätten auch sie so viel wie möglich versteckt: Speck, Schinken, einen Ständer mit Schmalz, Mehl.

Ein Roß oder eine Kuh noch zu verkaufen, habe man vergessen können, denn wer wäre so blöd gewesen, für etwas Geld hinzulegen, das man ihm dann weggenommen hätte, doch noch schnell ein Kalb oder Rind schlachten, hätten Leute gemacht.

Einfach zuschauen, wie die sich alles in den Rachen stekken? Nein, habe auch sie sich gesagt. Alles verstecken wäre ja nicht gegangen, aber wer von denen hätte denn von ihren zwei Wagen wissen können, deshalb habe sie sich gedacht, den kleinen Leiterwagen auseinander zu nehmen und die einzelnen Teile zu verstecken, im Stroh- und Maisschober, im Stengelhaufen.

Doch wohin mit dem schweren Wagengestell? Da habe ihr Vater die gute Idee gehabt, sie hätten den Wagen in den Garten geschoben, ganz nahe an den Zaun, dort alles ab- montiert und dann das Gestell an den Gartenzaun gelehnt und mit Maislaub zugestellt. Damals hätte sie nicht einmal im Traum daran gedacht, daß der Wagen ihnen noch einmal von Nutzen sein werde.

Schon früh am Morgen sei dann auch nach W. so eine Kommission gekommen. Aus der Stadt, habe man ge- sagt, jedenfalls wären es Fremde gewesen, ein Chef mit Adjutanten, zusammen mit zwei Wagen voll Gesindel, bewaffnet mit Knüppeln und Eisenstangen. Das sei mit der Kommission von Haus zu Haus gegangen, niemand habe mehr was machen können, die Leute hätten wie bei der Rußlandverschleppung nur noch geweint. Ihnen habe man den langen Leiterwagen, Ackerplug, Egge, den Feri und die Kuh genommen.

Ein Glück mit der Geiß von der Magda, sie hätten we- nigstens Milch gehabt. Auch die Eva habe Glück gehabt, nach Bitten und Betteln, was sie denn mit dem kleinen Kind ohne Milch machen solle, habe man ihr die Kuh gelassen. Bis am Abend sei das ganze Dorf ausgeraubt gewesen, alles habe man zur Sammelstelle nach G. gebracht.

Bereits kurz nach der Enteignung seien Zigeuner mit Rössern ins Dorf gekommen, woher die stammten, habe man sich denken können, weil sie nicht viel verlangt und sie schnell hätten loswerden wollen. Sie und die Eva hätten einen Wallach gekauft, und weil der Zigeuner nicht gewußt habe, wie er heiße, hätten sie ihn Gidran getauft.

Ein Roß kaufen, sei schon gefährlich gewesen, noch gefährlicher dann mit Gemüse aus dem Garten auf den

Markt zu fahren. Woher Roß und Wagen, hätte man sie ja fragen können. Ihr und der alten Raszkopf aber sei nie was passiert, zwei Weiber hätten die wohl gedacht und ein Auge zugedrückt. Nicht viel, aber immerhin etwas Geld gemacht, als das dann siebenundvierzig verfallen sei, habe es sich nicht mehr gelohnt. Roß und Wagen hätten sie dann fünfundfünfzig in die Kollektiv geben müssen.

Von dem, was an enteignetem Feld, enteignetem Vieh, Pferden und Kühen, enteigneten Gerätschaften nicht den Kolonisten zugeteilt worden war, wurden Staatsfarmen gegründet. In W. wurde keine gegründet, der Besitz der Leute, darunter auch zwei Traktoren, zwei Dreschmaschinen, mehrere Sämaschinen und Mähbinder, ging an die in den Nachbardörfern eingerichteten Staatsfarmen.

Da in W. und Umgebung der Gemüseanbau Tradition hatte, machte sich der Staat das zunutze. In T. wurde eine Gemüsefarm, Ferma genannt, gegründet, deren Felder sich entlang des Kanals erstreckten und bis nach W. reichten. Zum Glück, sagten die Leute im Dorf. Der Tagelohn war gering, wurde aber wenigstens jede Woche ausbezahlt und zum Glück gab es Bezugsscheine für Brot. Zweimal die Woche konnten die Leute so Brot in der Bäckerei von T. kaufen, das für sie bis dahin völlig ungewohnte Schwarzbrot. Vor allem die Frauen und die herangewachsenen Kinder arbeiteten in der Ferma, wurden zur wichtigsten Stütze ihrer Familien.

Kinder hatten auch bis dahin zu Hause mit anpacken müssen, aber nicht zur Schule gehen, wäre nicht in Frage gekommen. Unter den gegebenen Umständen, dazu kam auch der zeitweilige Unterrichtsausfall, machten viele, die in jener Zeit noch ein oder zwei Jahre hätten zur Schule gehen müssen, keinen Schulabschluß.

Wegen der Abgelegenheit hatte man gehofft, daß keine

Kolonisten ins Dorf kommen würden. 20 Familien kamen dann doch, da in den umliegenden Dörfern kein Platz mehr war, wurden mit ihrem Hab und Gut, das zum Großteil aus Enteignungen stammte, überwiegend in Häuser älterer Ehepaare oder Alleinstehender eingewiesen.

Die beklagten, doppeltes Unglück gehabt zu haben, da die Kolonisten auf wenigstens die Hälfte des Hausgartens auch Anspruch erhoben. Die verschont Gebliebenen konnten von Glück reden, da sie ihre Hausgärten, die in W. recht groß waren, manche bis zu 2 Joch, weiterhin ganz nutzen konnten, da deren Enteignung in der Schwebe geblieben war. Und weil die Kolonisten sich im Weinanbau nicht auskannten, durften die Leute vorerst auch ihre Weingärten, die in W. nicht groß waren, behalten.

Kolonisten im eigenen Haus. Das war für die Leute noch schlimmer als die Enteignung. Im Unterschied zu anderen Dörfern kam es in W. aber zu keinen Gewalttätigkeiten oder gar Totschlag.

Mit Bangen sahen die Leute ihre Vorräte an Mehl fürs tägliche Brot schwinden, die an Mais für Geflügel und Schweine. Es kostete sie Überwindung, aber es blieb ihnen gar nichts anderes übrig, als sich mit den neuen Besitzern zu arrangieren und für sie zu arbeiten in der Hoffnung, daß die sich an die Vereinbarung der Entlohnung in Naturalien, Weizen und Mais, auch halten würden. Mit Gerätschaften, die sie vor der Enteignung hatten retten können, und Pferden, die sie sich schwarz gekauft hatten, bewirtschafteten sie ihre Hausgärten, von rumänischen Kriegswitwen aus K. pachteten sie Feld um einen Teil des Ertrags, gingen in die Gemüsefarm zu Arbeit.

Angehörige im Krieg verloren, die Deportation, die Enteignung, Kolonisten im Haus, der Kampf ums tägliche

Überleben, hinzu kam die Ungewißheit über das Schicksal ihrer Angehörigen in Kriegsgefangenschaft, über das der Angehörigen, die wegen Arbeitsunfähigkeit aus der Deportation nicht nach Hause entlassen worden waren, sondern in die sowjetische Besatzungszone nach Deutschland.

Wie hatten die Leute das alles verkraftet? Erika und ich hatten uns eingestehen müssen, daß wir uns nicht vorstellten konnten wie. Sie hatte mir erzählt, daß ihre Großmutter, wollte die zum Ausdruck bringen, wie schlimm das gewesen war, kopfschüttelnd zu sagen pflegte, das könne man ja gar nicht sagen, und das würde man nicht einmal seinem ärgsten Feind wünschen.

Bis 1947 waren die in amerikanische, englische oder französische Kriegsgefangenschaft Geratenen entlassen worden, die sowjetische Gefangenschaft hatte nur einer aus W. überlebt, er kehrte erst 1955 nach Hause zurück.

Nach Hause zurückkehren war für die von den Alliierten Entlassenen nur illegal möglich, da man sie nach dem Frontwechsel Rumäniens zu Deserteuren erklärt hatte und ihnen die Staatsbürgerschaft aberkannt worden war. Wer beim Grenzübertritt erwischt wurde, kam in Arbeitslager, diejenigen, die es bis nach Hause geschafft hatten, hielten sich versteckt, in ständiger Angst von Kolonisten verraten zu werden oder von Angehörigen derer, die nicht das Glück gehabt hatten, bis nach Hause zu gelangen. Gefürchtet waren die Razzien, die es speziell auf illegale Heimkehrer abgesehen hatten. Durch Bestechung versuchten die Heimgekehrten in den Besitz gültiger Papiere zu gelangen.

In W. hatten die Leute Glück mit dem Notar, dem es unter Mithilfe eines Advokaten sogar gelang, ältere inhaftierte Heimkehrer frei zu bekommen, seine Bemühungen um die zwei Gymnasiasten jedoch blieben erfolglos. An den Notar sollten sich die Leute noch viele Jahre voller

Hochachtung erinnern. Ihm war es auch gelungen, nach der Enteignung eine Dreschmaschine und zwei Sämaschinen zurück zu kriegen. Man müsse die neuen Bürger im Dorf unterstützen, dürfe sie nicht so dastehen lassen, er schlage vor, die Maschinen zum Eigentum der Gemeinde zu erklären, sie zu verleihen, soll er argumentiert haben, die Enteignungskommission sich wegen der politischen Argumente gebeugt haben, um keinen Fehler zu machen. Auf dieselbe Weise, indem er ihn für die Gemeinde beanspruchte, war es ihm auch gelungen den leistungsstarken Deutz- Motor des einzigen Maisschroters im Dorf vor der Enteignung zu retten. Dank seiner Beziehungen hatte er dann einen Stromgenerator aufgetrieben und im Dorf elektrisches Licht einziehen lassen.

Das war ganz im Sinne des neuen Regimes, das die Elektrifizierung des Landes auch bis ins kleinste Dorf zur nationalen Aufgabe erklärt hatte. Für die Leute aus W. war es eine Sensation. Ältere hatten noch nie elektrisches Licht gesehen und ließen sich auch keines einziehen.

Als der Notar mit Auflösung der Dorfverwaltung Ende 1950, W. war an G. angegliedert worden, eine Stelle in einer anderen Gemeinde bekam, bedauerten die Leute aus W. das sehr, und wenn die Gemeindeverwaltung aus G. Entscheidungen zu ihrem Nachteil traf, sollten sie sagen, daß ihnen das mit ihrem Notar in der Gemeinde nicht passiert wäre.

Aus W. blieben 10 der aus der Kriegsgefangenschaft Entlassenen in Deutschland, darunter drei Verheiratete. Daß ein Familienvater Frau und Kinder sitzen und nichts mehr von sich hören läßt, hätte sich niemand vorstellen können.

Von den aus der Deportation in die sowjetische Besatzungszone nach Deutschland Verbrachten, kehrten fünf Frauen nicht mehr nach W. zurück. Sie waren, nach

140

Genesung wieder zu Kräften gelangt, aus der Sowjetzone geflüchtet, hatten sich bis nach Österreich durchgeschlagen und sich schließlich entschlossen, dort zu blieben.

Erst 1955 erschien in Rumänien ein Dekret über die Erleichterung der Repatriierung rumänischer und ehemaliger rumänischer Staatsbürger. Im Falle der Deutschen sicherte es ehemaligen Soldaten in den deutschen Verbänden Straffreiheit zu, jenen, die mit Einmarsch der Sowjets aus dem Land geflüchtet und nicht zurückgekehrt waren, jenen, die aus der Deportation in die Sowjetzone Deutschlands verbracht worden und von dort geflüchtet waren. An die 3000 Deutsche kehrten infolge dieses Dekret noch nach Rumänien zurück, darunter etwa 400 aus dem Banat.

Von den in der Fremde Gebliebenen, wie die Leute sagten, wagten sich Ende der fünfziger Jahre die ersten, als Touristen getarnt, zu Besuch nach Rumänien zu kommen. Sie trafen sich heimlich mit Angehörigen, Waghalsige ließen es darauf ankommen, machten einen kurzen Abstecher nach Hause.

Anfang der sechziger Jahre dann konnten die im Ausland Verbliebenen problemlos zu Besuch kommen. Sie kamen, der Großteil aus Deutschland, mit ihren inzwischen gegründeten Familien, die Ehepartner stammten zumeist auch aus Rumänien.

In den darauffolgenden Jahren prägten in den Sommermonaten die Besucher aus Deutschland nicht nur wegen ihrer Autos das Erscheinungsbild der Dörfer. Oft war nun das Verhältnis zu Familienangehörigen von Spannungen geprägt, da die erwarteten, daß die Deutschländer, wie sie genannt wurden, sie bei der Auswanderung unterstützen.

Im Rahmen der sogenannten Familienzusammenführung war eine Auswanderung in die Bundesrepublik möglich, die in Rumänien aber nur schwer erwirkt werden konnte.

Durch Geheimabkommen zwischen der Bundesrepublik und Rumänien, sie wurden immer wieder erneuert, laut denen Deutschland an Rumänien für jeden Ausgewanderten in Valuta bezahlte, kam die Auswanderungswelle dann aber ins Rollen.

Durch Bestechung in Valuta, von Mittelsmännern des Geheimdienstes kassiert, versuchten die Leute ihre Auswanderung zu beschleunigen. Da der Besitz von Valuta verboten war, brachten Verwandte anläßlich ihrer Besuche das Geld. Sie hatten es in der Regel als Kredit aufgenommen, den die Verwandten nach ihrer Auswanderung abzubezahlen hatten.

Nicht selten wurde die Ausreise auch nach Entrichtung des Bestechungsgeldes nicht genehmigt, weshalb so mancher Besucher aus Deutschland zögerte, dieses Vabanquespiel einzugehen. Diejenigen, die es nicht eingingen, hatten damit zu rechnen, daß sich die Verwandtschaft von ihnen abwandte.

Die Frauen, die sich in ihr Schicksal gefügt hatten, daß ihre Männer in Deutschland geblieben waren und sich anderweitig versorgt hatten, wie das hieß, gerieten in Konflikt mit ihren Kindern, wenn diese Kontakt zu ihren Vätern, die es in den meisten Fällen bis dahin nicht gegeben hatte, aufnahmen, um mit ihren Familien nach Deutschland auswandern zu können.

Jugendliche, deren Familien keine Aussicht hatten, im Rahmen der Familienzusammenführung nach Deutschland auszuwandern, versuchten über die grüne Grenze nach Jugoslawien und von dort nach Deutschland zu gelangen, nahmen in Kauf, an der rumänischen Grenze erschossen zu werden. Das nahmen auch diejenigen in Kauf, denen die Ausreise nicht genehmigt worden war, obwohl sie die Voraussetzung der Familienzusammenführung erfüllten und Bestechungsgelder gezahlt hatten.

Mit Zunahme des wirtschaftlichen Niedergangs An-

fang der achtziger Jahre stellte sich für die Deutschen aus
Rumänien nicht mehr die Frage, ob sie nach Deutschland
auswandern sollten, sondern nur noch, wann es ihnen gelingen würde. Nach der Wende in Rumänien 1989 kam es
zum Exodus.

Mit der Heimkehr der letzten Deportierten Dezember 1949
aus der Sowjetunion glaubten auch die Leute aus W., das
Schlimmste überstanden zu haben. Doch dann traf sie erneut
ein Unheil.

Im Juni 1951 wurden entlang der gesamten rumänisch-
jugoslawischen Grenze in einer Breite von 25 Kilometer aus
nahezu 300 Ortschaften fast 13.000 Familien, etwa 40.000
Personen, darunter an die 10.000 Deutsche, aus W. waren
es 110, in den Bărăgan zwangsumgesiedelt, ein zwischen
der Hauptstadt Bukarest und der Donau gelegenes dünn
besiedeltes Steppengebiet.

Die Abspaltung Jugoslawiens unter Tito vom sozialistischen Lager war für das moskautreue Rumänien ein
willkommener Anlaß sich sogenannter unzuverlässiger
Elemente entlang des Grenzstreifens durch Verbannung zu
entledigen. Im Falle der Rumänen waren das zum Großteil
Bauern, die sich der beginnenden Kollektivierung wider-
setzten, Flüchtlinge, die mit dem Vormarsch der Roten
Armee aus Bessarabien geflohen waren, das in seiner wech-
selhaften Geschichte wieder zur Sowjetunion gehörte, hinzu
kamen ehemalige Beamte, Anwälte, entlassene Militärs, im
Falle der Deutschen war die ehemalige Mitgliedschaft in
der Waffen-SS ausschlaggebend, im Falle der Serben, ob
sie als Titosympathisanten eingestuft wurden, sie waren
wie die Deutschen vorwiegend Bauern. Außerdem wurde
deportiert, wer ins Ausland geflüchtete Verwandte hatte,
wer verurteilte Verwandte hatte, die politisch aktiv gewesen

waren. Im Grunde konnte jeder als unzuverlässiges Element, potentieller Staatsfeind oder Ausbeuter, eingestuft werden, so daß der Willkür Tür und Tor geöffnet waren.

Im Unterschied zur Deportation in die Sowjetunion gelang es bei der Zwangsumsiedlung in den Bărăgan Familien durch Protektion örtlicher Behörden, sich von den Listen streichen lassen, an ihrer Stelle wurden ursprünglich nicht Vorgesehene deportiert.

Diese Machenschaften führten zu Feindschaften über Generationen wie im Falle der in die Sowjetunion Deportierten, wenn Leute, die eine Funktion im Lager gehabt, die aus ihrem Dorf auch schikaniert hatten.

1951 fiel das orthodoxe Pfingstfest auf den 17. Juni, in der Nacht darauf begann die Zwangsumsiedlung, die geheim und stabsplanmäßig vorbereitet worden war und bei deren Durchführung mit Truppen des Innenministeriums und der Armee unter Mithilfe der örtlichen Miliz man sich die Erfahrung der Deportation der Deutschen im Januar 1945 in die Sowjetunion zunutze machte.

Anzeichen für etwas Bevorstehendes hatte es gegeben, doch über die Konzentration von Truppen in der Gegend hatte es geheißen, daß dies in Verbindung mit einem bevorstehenden Militärmanöver stünde, und weil wegen der großen Anzahl von Viehwaggons in den Bahnhöfen kein Verdacht aufkommen sollte, hatte man sie, die Gerstenernte stand an, mit einer Aufschrift bepinselt: Geeignet für den Transport von Getreide.

Von den mit Gewalt nachts in ihre Häuser Eingedrungenen erfuhren die Überrumpelten nur, daß sie laut Beschluß des Innenministeriums umgesiedelt werden, sich mit ihrem Hab und Gut innerhalb der genannten Frist am Bahnhof einzufinden hätten, wo Viehwaggons für den Abtransport bereit stünden. Für die Deportierten aus W. war es der Bahnhof von G.

Wohin es gehen sollte, wurde den Verzweifelten nicht mitgeteilt, die Deutschen befürchteten deshalb, sie könnten wieder in die Sowjetunion deportiert werden. Die Unglücklichen wurden außerdem oft im unklaren gelassen, was sie an Hab und Gut mitnehmen dürften.

Mitgenommen werden durften Kleider, Bettzeug, Lebensmittel aller Art, Hausrat, Möbel, Werkzeug, ein Pferdegespann und eine Kuh, das besaßen die Deutschen kaum noch, eine Ziege, ein Schwein, fünf Hühner, dazu in begrenzter Menge Futter für das Vieh.

Was die Leute an Weizen, Futtermitteln und Vieh zurücklassen mußten, ging an den Staat, landwirtschaftliche Gerätschaften, Häuser und Feld, die Deutschen waren bereits März 1945 enteignet worden, ebenfalls.

Was jede Familie in dem ihr zur Verfügung gestellten Viehwaggon mitnehmen durfte, bestimmten letztendlich eigens dafür gebildete Kommissionen, denen von der Partei Delegierte vorstanden. Wertvolle Möbel, wertvolles Geschirr und Eßbesteck, Teppiche, Gemälde, Klaviere wurden inventarisiert, mit einem Spottpreis entschädigt und zu Sammelstellen gebracht, um verkauft zu werden, nicht selten rissen sich Mitglieder der Kommissionen oder örtliche Machthaber die wertvollsten Stücke unter den Nagel.

Da die Viehwaggons für den Abtransport meistens nicht ausreichten, lagerten die Ausgehobenen mit ihrem Hab und Gut noch tagelang in brütender Hitze um die von Militär abgeriegelten Bahnhöfe. In Glücksfällen durften ihnen Verwandte oder Nachbarn warmes Essen bringen, mit Wasser versorgten sie sich und das Vieh von den Brunnen in den Bahnhöfen oder mit einem Wachposten zur Seite von Brunnen in nahegelegenen Häusern.

Erst auf der Fahrt, die mehrere Tage dauerte, erfuhren die zwischen ihre Habseligkeiten und den Kisten mit Kleinvieh Eingepferchten, Großvieh wurde in separaten Waggons mitgeführt, von ihren Bewachern, wohin die Reise ostwärts ging. Nur wenn die Dampfloks mit Wasser betankt werden mußten, große Bahnhöfe wurden nicht angefahren, wurden die Deportierten und ihr Vieh auch mit Wasser versorgt.

An Bahnhöfen in der Region war Endstation. Von hier wurden die Verbannten mit ihrem Hab und Gut an ihre Bestimmungsorte in der Gegend verbracht: offenes Feld, wo ihnen Parzellen für den Bau von Häusern zugewiesen worden waren.

Mit Ästen, Gestrüpp, mit Schilf aus Flußauen und was sich sonst noch eignete, errichteten sie sich Behausungen, in Erdlöchern, die sie gruben und abdeckten, suchten sie Schutz vor der Hitze. Trinkwasser für die unter freiem Himmel Ausgesetzten wurde in Zisternen herangeschafft, auf Ochsenwagen in Fässern heran gekarrt, so daß die Flußauen, bis dann Brunnen gegraben waren, für die Deportierten nicht nur der wichtigste Lieferant an Baumaterial waren, sondern auch an Wasser für die Tiere und zum Waschen.

Die Deportierten wurden zur Arbeit in den hier gegründeten Staatsfarmen eingesetzt, ihre Bewegungsfreiheit war auf einen Umkreis von 15 Kilometern beschränkt, zudem wies ein Stempel in ihren Ausweisen auf ihren Status hin: Zwangsaufenthalt.

Bis zum Winter, der in dem Jahr mit den berüchtigten Schneestürmen für jene Gegend zum Glück erst später einbrach, bauten die Deportierten in Nachbarschaftshilfe aus gestampfter Erde und Lehmziegeln Häuser, ein Zimmer und Küche, Ställe für die Tiere, die Dächer, Holz für Dachstuhl, Fenster und Türen wurden gestellt, waren mit Schilfrohr gedeckt.

18 Dörfer errichteten die Deportierten letztendlich und machten die gottverlassene Gegend durch ihrer Hände Arbeit fruchtbar. Anfang Dezember 1955 wurde der Zwangsaufenthalt aufgehoben, nicht aber für politisch Verurteilte, die erst 1964 im Rahmen einer Generalamnestie frei kamen.

Die nach Hause Entlassenen mußten ihre Rückfahrt aus eigener Tasche bezahlen, für den Rücktransport von Hab und Gut in Güterwaggons ebenfalls. An die 1.700 Personen, davon fast 200 Kinder, starben in der Deportation. Aus W. war eine Frau verstorben, von den sieben im Bărăgan geborenen Kindern zwei. Die von den Deportierten gegründeten Dörfer wurden der Wüstung überlassen, dann eingeebnet, die Friedhöfe auch.

Ein Beschluß des Ministerrates, den bei der Zwangsumsiedlung Enteigneten einen Teil ihres Feldes zurück zu geben, hatte sich als Makulatur erwiesen, so daß die Heimkehrer notgedrungen Mitglieder in den durch Zwangsmaßnahmen gegründeten Kollektivwirtschaften wurden. In die durfte nun jeder eintreten, was die neuen Machthaber als Entgegenkommen hinstellten.

Derselbe Beschluß des Ministerrates hatte den Zwangsumgesiedelten auch die Rückerstattung ihrer Häuser zugesichert, was für die Heimkehrer jedoch mit vielen Schikanen verbunden war. Für die Deutschen, die ihre ihnen 1945 enteigneten Häuser durch einen anderen Beschluß auch zurückerhielten, war es noch schwieriger, wieder zu ihrem Recht zu kommen. Häuser, in die Behörden eingezogen waren, in denen Staatsfarmen und Kollektivwirtschaften ihren Sitz hatten, blieben enteignet.

In W. war die Kollektivwirtschaft 1953 gegründet worden mit Kolonisten und Deutschen, die in der rumänischen Armee gedient hatten und denen Feld rückerstattet worden war. Die Leitung hatten Deutsche inne, eine Konstellation, die auch nur in W. möglich war.

Der Vorsitzende, den die Leute in Ermangelung der Benennung seiner Funktion in der Mundart als Preschedinte bezeichneten, wie es auf rumänisch hieß, war 1943 in der rumänischen Armee geblieben, wo er in einem Büro seinen Dienst versehen hatte, war dank der Protektion durch Vorgesetzte nicht in die Sowjetunion deportiert worden. Als ehemaliges Mitglied der rumänischen Armee war er auch nicht in den Bărăgan zwangsumgesiedelt worden.

Bauer, ein bißchen Erfahrung in Büroarbeit, diese Voraussetzungen hätten für die Ernennung zum Vorsitzenden nicht gereicht, wären die zwei Voraussetzungen nicht gegeben gewesen, die für die Bekleidung auch eines solchen Postens notwendig waren: politisch nicht belastet und eine sogenannte gesunde soziale Herkunft. Letzteres bedeutete, daß man nicht als ehemals reich und somit nicht als Ausbeuter eingestuft worden war.

Diese Voraussetzungen brachten auch der Brigadier und der Buchhalter mit. Der Buchhalter war der jüngste in der Leitung der Kollektivwirtschaft, hatte nach Absolvierung des Lyzeums einen Lehrgang in Buchhaltung gemacht.

Ihren Sitz hatte die Kollektivwirtschaft im ehemaligen Gemeindehaus, Vieh und Gerätschaften waren bei einst wohlhabenden Bauern im Dorf untergebracht, bis Ställe, Schuppen, Magazine und der neue Sitz auf der Hutweide errichtet waren.

Mit Rückkehr der Zwangsumgesiedelten und der Rückerstattung der Häuser verließen fast alle Kolonisten W., zogen in die umliegenden Dörfer mit einem bereits größeren Anteil rumänischer Bevölkerung. In W. blieben vier Familien, die von Erben der verstorbenen Besitzer die Häuser, in denen sie als Kolonisten gewohnt hatten, kauften. Drei rumänische Männer hatten deutsche Frauen geheiratet, einer war der Elektriker des Dorfes.

Nicht nur in W. wäre vor dem Krieg eine Heirat zwischen Deutschen und Rumänen noch unvorstellbar gewesen. Mischehen blieben auch bei den nachfolgenden Generationen die Ausnahme.

In W. erwies sich nach Eintritt fast aller in die Kollektivwirtschaft die Ackerfläche der alten Kollektivwirtschaft als zu klein, deshalb erhielt sie von dem Feld zurück, das an die Staatsfarmen in den Nachbardörfern gegangen war, weil es nach der Enteignung auf die wenigen Kolonisten, die ins Dorf gekommen waren, nicht hätte aufgeteilt werden können.

Der Besitz an Feld der Kollektiv aus W., wie die Leute die Kollektivwirtschaft nannten, verlief nun ungefähr in den Grenzen der ehemaligen Gemarkung des Dorfes und nach all den Jahren kam unter den Leuten wieder so etwas wie Lokalpatriotismus auf. Wenn das Feld auch nicht mehr ihnen gehöre, dann wenigstens wieder zum Dorf, meinten sie.

Doch einfach so in die Kollektiv eintreten, ging nicht. Alles, was bei der Enteignung hatte gerettet werden können, mußte mit eingebracht werden, auch Pferde, die man sich in der Zwischenzeit schwarz gekauft hatte.

Wenn der Teufel die Kuh geholt habe, könne er auch das Kalb haben, hatten die Betroffenen dazu gesagt. Da es in der Kollektivwirtschaft von W., außer Pferden, noch keinen Viehzuchtsektor gab, wie das hieß, durften die Eingetretenen ihre Kühe, die ihnen geblieben waren oder die sie sich in der Zwischenzeit angeschafft hatten, behalten.

Die Aussicht auf eine Entlohnung hauptsächlich in Naturalien, Weizen und Mais, hinzu kam die Zuteilung von Zucker durch den Anbau von Zuckerrüben, hatte die meisten Leute schließlich bewogen, in die Kollektivwirtschaft einzutreten. Es wäre ihnen auch gar nichts anderes übrig geblieben, hätten sie nicht für einen kargen Lohn weiterhin in der Gemüsefarm arbeiten, vor allem aber bangen müssen, daß es wieder, wie siebenundvierzig und zweiundfünfzig, zu einer Inflation kommen könnte. Dann lieber in der Kollektiv, als mit weniger als gar nichts dastehen, hatten sie sich gesagt.

Die neuen Herren, hieß es despektierlich im Dorf vom Vorsitzenden, dem Brigadier und dem Buchhalter, weil die nicht mehr auf dem Feld arbeiteten, man tröstete sich aber damit, daß sie wenigstens aus dem Dorf stammten. Daß sie Parteimitglieder waren, Parteileute nannte man sie hinter vorgehaltener Hand wie damals die Parteimitglieder zur Volksgruppenzeit, wurde ihnen, dem Lehrer und der Kindergärtnerin nicht besonders angekreidet. Jemand habe es doch machen müssen, übte man Nachsicht.

Sich aber vom Brigadier, der die Arbeit zuteilte, schaffen zu lassen, wie sie es nannten, fiel den Leuten nicht leicht, mit den Equipe-Chefs, die die Arbeiten leiteten, kam es nicht selten zum Streit, denn welcher Bauer hätte sich von einem anderen Bauern vorschreiben lassen wollen, wie er zu arbeiten habe, dazu auch noch kontrolliert zu werden.

Vier Familien, im Besitz von Pferd und Wagen, waren nicht in die Kollektivwirtschaft eingetreten, sie nutzten ihren Hausgarten und den ihrer betagten Eltern zum Anbau von Gemüse, fuhren mit der Ware auf den Wochenmarkt von H., betrieben das Fratscheln, wie man sagte, bis ins hohe Alter, ihre Kinder aber traten später der Kollektivwirtschaft bei.

1962 wurde die aus W. mit der aus G. zusammengelegt, hatte ab dann Rumänen von hier als Vorsitzende, die sich ebenfalls abwechselnden Brigadiers der Zweigstelle W. waren immer Deutsche, der Buchhalter blieb stets derselbe. 1965 erhielten die Kollektivwirtschaften die Bezeichnung Landwirtschaftliche Produktionsgenossenschaften, LPG.

Die Arbeit in der Kollektivwirtschaft war nach einem Punktesystem normiert, 100 Punkte waren eine sogenannte Norm, norma sagten die Leute in Anlehnung an die rumänische Bezeichnung. Bei Feldarbeiten, noch viele Jahre weiterhin zum Großteil manuell und mit Pferden durchgeführt, schaffte man nicht jeden Tag eine Norm, bei den großen Arbeiten aber, wie die Ernte und das Einfahren von Gerste, Weizen, Mais und Zuckerrüben genannt wurden, kamen die Leute auch bis auf zwei Normen pro Tag. Wer als Feldarbeiter Ende des Jahres 250 Normen schaffte, konnte von sich sagen, fleißig gewesen zu sein. Entlohnung in Geld gab es zweimonatlich als Vorschuß, die Abrechnung Ende des Jahres. Und wenn die sich auf 20 Lei pro Norm belief, konnten die Leute froh sein. Was sie wohl heuer kriegten, fragten sie sich mit Bangen Ende des Jahres und meinten ihren Hauptverdienst, Weizen, Kolbenmais, Zucker. Und wenn sie pro 100 Normen, die als Richtmaß galten, 250 Kilogramm Weizen, 300 Kilogramm Mais, 15 Kilogramm Zucker erhielten, konnten sie sich glücklich schätzen.

Die Anbauflächen mit Mais, Zuckerrüben und Tabak wurden an die Mitglieder aufgeteilt, bei den Pflegearbeiten und der Ernte half die ganze Familie mit, die Alten, die nicht Mitglieder der Kollektivwirtschaft waren, und die herangewachsenen Kinder.

Die Köpfe der Zuckerüben mit den Blättern dran, getrocknet waren sie ein ausgezeichnetes Futtermittel, durften sich die Leute für ihre Kühe nehmen, sahen das aber nicht als Geschenk an, es wäre sowieso alles eingeackert worden, argumentierten sie. Das ihnen zugeteilte Maislaub und Stroh hingegen war Teil ihres Lohns.

Am besten verdienten die Kutscher, wie die Männer genannt wurden, die ein Pferdegespann übernommen hatten und die allein oder mit einem Gehilfen Arbeiten erledigten. Stallknechte, Männer, die einen Stall mit Pferden betreuten, verdienten nicht weniger gut, da sie das ganze Jahr über Arbeit hatten. Da man aber in Kauf nehmen mußte, keine Sonntage und Feiertage zu haben, und weil diese Arbeit in den Augen der Leute eine niedrige war, riß man sich nicht darum.

Zu den besser Verdienenden gehörten auch die zwei Wagner und die zwei Schmiede, ehemals selbständig. Die Werkstätten in der Kollektivwirtschaft waren mit dem ausgestattet, was sie hatten mit einbringen müssen.

Schneider, Schuster, Friseure waren gezwungen worden, in staatliche Genossenschaften einzutreten, in einem kleinen Dorf wie W., wo diese Berufe schon immer nebenbei betrieben worden waren, wäre das nicht möglich gewesen.

Die zwei Damenschneiderinnen, hinzu war der rumänische Herrenschneider gekommen, der mit seiner Familie im Dorf geblieben war, die zwei Schuster verdienten sich ihr Haupteinkommen weiterhin durch Feldarbeit, jetzt als Kollektivbauern, arbeiteten nebenbei in ihrem Beruf, schwarz.

Bloß der Dorfbarbier hatte sein Gewerbe angemeldet, arbeitete nebenbei aber auch auf dem Feld, da er von seinem Beruf allein nicht hätte leben können. Mit den Kunden, zu denen er wie schon immer nach Hause kam, war der Wochentag und eine ungefähre Uhrzeit nach Beendigung der Feldarbeit ausgemacht, die Entlohnung für Rasieren erfolgte, wie bisher, hauptsächlich in Naturalien, fürs Haareschneiden wurde bezahlt.

Eine Friseurin hatte es nie im Dorf gegeben. Unsere

Großmütter trugen weiterhin unter ihren dunklen Kopftü-
chern den hochgesteckten Zopf, sich ihn abschneiden lassen, wäre für sie nicht in Frage gekommen. Unsere Mütter
trugen schon keinen Zopf mehr, gingen zweimal im Jahr zur
Friseurin nach G. oder T., um sich Frisur machen zu lassen,
Dauerwelle. Ein Großteil der Mädchen unserer Generation
trug, wie ehemals ihre Mütter, bis zur Absolvierung der
Pflichtschuljahre Zöpfe, Dauerwelle ließen die sich im
Dorf Gebliebenen aber erst als verheiratete Frauen machen.

Im Zuge der Nationalisierung war auch der Gemischtwa-
renladen verstaatlicht worden, der ehemalige Inhaber, von
dem niemand geglaubt hätte, daß er die Rußlanddeportation
wegen seiner schwächlichen Konstitution überleben würde,
war nun Verkäufer, der Laden war mit dem Mobiliar seines
ehemaligen Geschäfts ausgestattet.

Das Wirtshaus, in der Mundart Wertshaus genannt,
war auch verstaatlicht worden. Den Ausschank hatte der
Präses, wie es im Dorf hieß, des nach der Bărăgan Deportation wieder gegründeten Sportvereins, Handball in elf,
übernommen.

Das Bauernheim, von den Leuten auch Wertshaus
genannt, hieß jetzt offiziell Cămin cultural und gehörte
nun ebenfalls dem Staat. Im Sprachgebrauch der jüngeren
Generation setzte sich neben der deutschen Entsprechung,
Kulturheim, allmählich die verkürzte rumänische Bezeichnung Cămin durch.

Die Leute freuten sich, daß es wieder eine Handballmannschaft im Dorf gab, besonders stolz waren sie auf
die wieder ins Leben gerufenen Kapelle, auch wenn die
Feste und Bälle ihnen immer wieder den Verlust ihrer
Angehörigen im Krieg und in den Deportationen in Erinnerung riefen.

Mit der Einstellung eines Lehrers, ab 1948 hatten nur

noch Lehrer in Vertretung an der Dorfschule unterrichtet, der Unterricht war oft ausgefallen, kam, wenigstens was die Schule betraf, ein kleiner Hoffnungsschimmer auf. Endlich wieder einen Lehrer, wenn auch nur noch eine Vierklassenschule, hieß es.

Doch der Achtzehnjährige, er gehörte zu den ersten Jahrgängen von Absolventen der nach dem Krieg wieder ins Leben gerufenen deutschen Lehrerbildungsanstalt, hatte anfangs keinen leichten Stand, wurde er doch von den Leuten an ihrem Lehrer gemessen, der fast fünfzig Jahre allein alle sieben Klassen unterrichtet hatte, in manchen Jahren bis zu 60 Schüler, zudem aus dem Dorf stammte.

Das sei ein Lehrer gewesen, streng, aber man habe bei ihm wenigstens etwas gelernt, hieß es von ihm. Daß es schon beim kleinsten Vergehen Prügelstrafe gesetzt hatte, blieb nicht unerwähnt, doch das war für die meisten selbstverständlich.

Die Generation unserer Großeltern war bei ihm in der ungarischen Zeit, als welche sie jene der k.u.k. Monarchie bezeichneten, in der Ungarisch Unterrichtsprache war, zur Schule gegangen. Mit der Angliederung dieses Teils des Banats an Rumänien wurde wieder in der Muttersprache unterrichtet, hinzu war Rumänisch als Pflichtfach sowie Erdkunde und Geschichte des neuen Vaterlandes in Rumänisch in der Abschlußklasse gekommen.

Schon mit der Umstellung des Unterrichts auf Deutsch hatten die Lehrer, sie waren in Ungarisch ausgebildet worden, ihre Probleme, Rumänisch mußten sie erst mal lernen. Bestanden sie nach einer Schonfrist von einigen Jahren die Eignungsprüfung in Rumänisch nicht, wurden sie aus dem Schuldienst entlassen.

Wie vormals die Generation unserer Großeltern sich das Ungarische nicht angeeignet hatte, so lernte die Generation unserer Eltern nie richtig Rumänisch. Erst für unsere Generation wurde es auch zur Umgangssprache.

Da in W. nur die paar Kolonisten geblieben waren, hörte man kaum rumänisch sprechen. Die Generation unserer Eltern konnte sich in ihrem dürftigen Rumänisch mit ihnen verständigen. Die Kinder der Kolonisten hatten im Umgang mit Gleichaltrigen unserer Generation, obwohl der sich wie bei den Erwachsenen auch in Grenzen hielt, banatschwäbisch gelernt. Und weil es im Dorf keine rumänische Grundschule gab, besuchten sie die deutsche, erst in den weiterführenden Klasse wechselten sie auf rumänische Schulen in den Nachbardörfern.

Nach dem Besuch der Grundschule kriegten wir deutschen Kinder kaum einen rumänischen Satz zusammen. Unser Lehrer hatte sich umsonst bemüht, sich schließlich damit begnügen müssen, daß wir es irgendwie hinkriegten, die jeweilige Tageslektion aus dem Schulbuch zu lesen, was wir da lasen, verstanden wir bloß in ungefähr.

Mit dieser Mogelei war es ab der 5. Klasse vorbei und Rumänisch, das von rumänischen Lehrern unterrichtet wurde, unser Angstfach. Und wir machten die Erfahrung, was es hieß, sich nicht verständlich machen zu können, wie weh es tat, von rumänischen Schülern verspottet, von älteren auch schon mal als Hitleristen beschimpft zu werden.

Unsere Eltern hatten andere Sorgen, sie stellten sich die quälende Frage, ob es gelingen würde, uns Kinder nach den Pflichtschuljahren was lernen zu lassen, womit sie einen Beruf oder eine weiterführende Schule meinten, und ob sie das nötige Geld haben würden, um die weitaus höheren Internatskosten zu zahlen. Daß wir dasselbe Schicksal wie sie haben, womit sie die Arbeit in der Kollektivwirtschaft meinten, hätten sie nicht gewollt. Und wenn die Leistungen in der

Schule zu wünschen übrig ließen, hatten sie die effizienteste Drohung parat: Wer nicht lerne, den erwarte die Kollektiv.

Erika hatte noch, wie die Jahrgänge vor ihr mit Auflösung der Siebenklassenschule im Dorf, die deutsche Sektion der Schule in T. besucht, wo in einem enteigneten Bauernhaus das Internat untergebracht war. Als mein Jahrgang in die 5. Klasse kommen sollte, für uns waren schon 8 Klassen Pflicht, wurde das Internat in T. aufgelöst.

In G., wo es auch nur noch eine deutsche Vierklassenschule gegeben hatte, war wohl eine weiterführende deutsche Abteilung gegründet worden, aber es gab kein Internat. Zum Glück gelang es unseren Eltern die alleinstehende ehemalige Hochzeitsköchin zu überreden, uns bei sich aufzunehmen, in zwei Zimmern ihres großen Hauses. Eine kleine Miete wurde bezahlt, alles ansonsten Notwendige, auch zum Kochen, von unseren Eltern gestellt.

Als nach einigen Jahren eine Buslinie zwischen der Kreisstadt und G. eingerichtet wurde, der Bus brachte Angestellte in die Ortschaften entlang der etwa 60 Kilometer langen Strecke, erwirkten die Eltern, daß der Bus auf der inzwischen errichteten 5 Kilometer langen Schotterstraße zwischen G. und W. als Schulbus verkehrte.

Anfang der achtziger Jahre wurde nicht nur die Buslinie nach G. wegen Treibstoffmangels eingestellt. Ein Traktor mit überdachtem Anhänger brachte nun die Schüler nach G., es waren mehrheitlich die Kinder der sich im Dorf inzwischen angesiedelten rumänischen Familien.

Nichts Sichereres auf der Welt als Feld, hatte es noch in der Generation unserer Großeltern und Eltern geheißen. Unsere Generation war die erste, bei der sich das Problem Berufswahl gestellt hatte.

Erika und ich waren die Namen der zwischen 1949-

1954 Geborenen, die wir zu unserer Generation zählten, durchgegangen. Und was war aus dieser kinderreichsten Generation der Nachkriegszeit aus unserem Dorf geworden?

Nach den Pflichtschuljahren waren 15 zu Hause geblieben, in die LPG zur Arbeit gegangen, einige hofften aber mit Erreichen der Volljährigkeit in einer Fabrik irgendeine Arbeit zu finden.

Von der LPG aber wieder loszukommen, war nicht einfach, hatte sich die Möglichkeit einer Arbeit in einer Fabrik durch Vermittlung von Bekannten ergeben, da die Jugendlichen hier eine Bestätigung vorzulegen hatten, laut der sie von der Arbeit in der LPG abkömmlich waren, herrschte doch durch die vorangetriebene Industrialisierung ein Mangel an Arbeitskräften in der Landwirtschaft.

Diejenigen, die diesen Sprung nicht geschafft oder gewagt hatten, blieben durch Heirat für immer im Dorf. Die jungen Männer wechselten Ende der siebziger Jahre zur im Dorf neu gegründeten staatlichen Gemüsefarm, die ausschließlich für die Konservenfabrik in der Kreisstadt produzierte, wurden Traktorfahrer, weil man in der LPG nichts mehr verdiente, sie praktisch bankrott war. Auch die Frauen gingen hier als Tagelöhner zur Arbeit, für die Ernte in der Hauptsaison wurden Soldaten eingesetzt, die in Baracken auf der Hutweide untergebracht waren und für die man eine Küche eingerichtet hatte.

Um diese Zeit war auch die Haupteinnahmequelle der Leute seit Anfang der sechziger Jahre versiegt, das für den Export nach Deutschland in den Hausgärten gepflanzte Gemüse, Tomaten und Paprika.

5 unserer Altersgenossen hatten die Aufnahmeprüfung an eine Berufsschule geschafft, waren Eisendreher, Fräser, Mechaniker geworden, arbeiteten und lebten in der Stadt, 14 hatten die Aufnahmeprüfung in ein deutsches Lyzeum

geschafft und Abitur gemacht, 6 hatten die Aufnahmeprüfung an eine Hochschule bestanden und studiert.

Die anderen Lyzeumsabsolventen hatten wohl ihr Abitur in der Tasche, standen jedoch ohne Beruf da, doch auf dem Lande leben bleiben, wäre auch für ihre Eltern nicht in Frage gekommen. Sie zogen es deshalb vor, erst mal als unqualifizierte Arbeiter in einem Betrieb in der Stadt unterzukommen, dann die Möglichkeit einer Qualifizierung am Arbeitsplatz zu nutzen oder eine Umschulung zu machen.

Zwischenbilanz Glück im Unglück

Damals, nach dem kleinem Requiem für den am 3. April 1945 verstorbenen Franz, war die Amei ins Gerede gekommen. Selbst keine Kinder gekriegt, jetzt habe sie sogar zwei, und wäre die Enteignung nicht gewesen, würde sie auch noch auf der Erbschaft sitzen, hatten Böswillige gemeint. Damit die Mari und der kleine Franz nichts mitkriegten, hatte die alte Raszkopf auf eine Gelegenheit unter vier Augen gewartet, um die Amei zu trösten. Diese Unverschämtheit, wie manche Leute nur auf solche Gedanken kommen könnten, als ob sie mit ihrem eigenen Elend nicht genug gestraft wären, hatte sie geschimpft.

Sie hatte der Amei anvertraut, daß sie die alte Lindenmayer verdächtige, diese Unverschämtheit in die Welt gesetzt zu haben, vorgehabt hätte, es bei einer Gelegenheit aus ihr herauszukitzeln, es aber habe bleiben lassen, weil sie ihr leid tue: der Toni in Rußland gestorben, dazu das Gerede, die Ungeheuerlichkeit, besser so, weil der Hans und die Bawi doch schon so gut wie Mann und Weib miteinander leben würden.

Die alte Raszkopf, die vor der Nachricht vom Tod des Toni in der Deportation keine Gelegenheit ausgelassen hätte, gegen die Lindenmayers zu sticheln, weil dem Hans als Kriegsinvalide der rumänischen Armee ein Teil des Feldes seiner Eltern geblieben war, hatte der Amei zudem versichert, daß sie auf die Lindenmayers nicht mehr neidisch sein könne, denn jetzt wollte sie nicht in ihrer Haut stecken. Und ihr müßte sie auch was beichten, solange der Franz gelebt habe, hätte sie es sich nicht getraut, hatte sie der verblüfften Amei gestanden.

So war herausgekommen, warum im Taufschein der Mari der Doppelname Maria Theresia stand. Die Schwester der Vroni hieß Theresia, und weil die Vroni der von der Familie Verstoßenen ein Andenken hatte bewahren wollen, war die Mari auf den inständigen Wunsch ihrer leiblichen Mutter auf den Doppelnamen getauft worden, damals bei der Nottaufe. Und die Amei hatte der alten Raszkopf versprechen müssen, es auch der Mari nicht mehr länger zu verschweigen.

Als es nach der Enteignung dann Mitte April 1945 geheißen hatte, daß nun doch Kolonisten ins Dorf kommen würden, war die alte Raszkopf zu ihrer Tochter gezogen, weil sie hoffte, daß man der Eva dann nicht auch noch einen Kolonisten ins Haus setzen würde, sie bei allem Unglück doch noch Glück haben könnten. Ihre Rechnung war aufgegangen, der Neid anderer aber, die nicht das Glück hatten, war nicht ausgeblieben.

Den hatte auch die Amei zu spüren bekommen, der man zudem unterstellte, sie habe etwas gedreht, sonst wäre der kleine Franz doch nie und nimmer als zweite Partei in Betracht gekommen. Die alte Raszkopf hatte die Amei getröstet: Mit dem Neid könne man gut leben, die Neider könnten ihnen gestohlen bleiben.

Und die Zuversicht, daß der Thomas wieder heim kommen würde, hatte sie nie aufgegeben, die verzweifelte Eva geschimpft: Wenn man die Hoffnung aufgebe, könne man sich gleich begraben lassen. Und sie hatte ihr ausgemalt, wie es kommen könnte: Es werde eines Nachts ans Fenster im Gang klopfen, und sie werde leise ihren Namen rufen hören. Anfang September 1947 war es dann tatsächlich so gekommen eines Nachts. Die Eva wäre vor Freude und Herzweh beinahe ohnmächtig geworden, der Thomas hätte sie mit ihren weißen Haaren fast nicht mehr erkannt. Und der kleine Thomas war unters Bett gekrochen und hatte wie am Spieß geschrien.

Der Bub werde sich schon an ihn gewöhnen, hatte die alte Raszkopf ihren Schwiegersohn getröstet, hatte ihn an ihr Versprechen erinnert, mit dem Sterben bis zu seiner Rückkehr zu warten, witzelnd gemeint, gegen ein Bussel wie damals beim Abschied hätte sie aber nichts. Noch immer die Alte, hatte der Thomas gemeint und sie auf beide Backen gebusselt.

Er war als erster aus der Kriegsgefangenschaft nach Hause gekommen, hatte nach seiner Entlassung nicht gewartet, jemanden aus dem Dorf zu finden oder zufällig zu treffen, sich gleich auf den Heimweg gemacht und sich allein durchgeschlagen.

Seine Heimkehr hatte sich rasch herumgesprochen, die Aufregung war groß, wußte man doch, in welcher Gefahr er sich befand, daß er sich versteckt halten mußte. Diejenigen, die heimlich zu ihm gekommen waren in der Hoffnung, etwas über ihre Angehörigen zu erfahren, hatte er enttäuschen müssen, sie aber getröstet, noch etwas Geduld zu haben. Er könne sich nicht vorstellen, daß jemand, der zu Hause Familie und ein Dach über dem Kopf habe, im zerbombten Deutschland bleibe, soll er gesagt haben.

Er hatte sich wie die anderen, die es in den darauf folgenden Monaten bis nach Hause geschafft hatten, kaum auf der Gasse gezeigt. Die Angst, von Leuten aus dem Dorf angezeigt zu werden, hatte sich als unbegründet erwiesen, den Kolonisten hatte der Dorfnotar mit Konsequenzen gedroht, sollten sie Heimkehrer ans Messer liefern, und zum Glück hatte er sie vor der einzigen der berüchtigten nächtlichen Razzien noch rechtzeitig warnen können. Wie es den Heimkehrern dann gelungen war, sich gültige Papiere zu verschaffen, fragten sich die Leute nicht, denn man wußte inzwischen längst wie es unter Mithilfe des Dorfnotars ging.

Bis Ende 1948 stand fest, wer von den ehemaligen Kriegsgefangenen nicht mehr nach Hause kommen würde. Am schlimmsten waren die sitzengelassenen Frauen dran. Und wie hätten sie ihren Kindern erklären sollen, daß ihre Väter auch von ihnen nichts mehr wissen wollten? Und wie sich den Schwiegereltern gegenüber verhalten? Den Kindern zuliebe kam es in den meisten Fällen zu keiner offenen Feindschaft, das Verhältnis zueinander aber blieb vergiftet. Die Frauen bei einer sich bietenden Gelegenheit auf ihre Lage anzusprechen, zu trösten versuchen, hätte sich niemand aus dem Dorf getraut, das Gerede hielt sich in Grenzen, denn die Leute wußten, daß es in dieser Angelegenheit am besten war, das Maul zu halten.

Über die Heirat vom Franz und der Mari aber hatte man sich das Maul zerrissen. Fast Blutschande, hatte es sogar geheißen, und daß sie bestimmt heiraten müßten, wieso ansonsten im Winter und nicht wie alle Leute im Herbst, dazu der Altersunterschied, und er noch nicht einmal achtzehn.

Eines Abends waren die beiden Hand in Hand und rot bis an die Ohren in der hinteren Küche erschienen, der Franz hatte herum gedruckst, die Mari war dann mit der Sprache herausgerückt. Schön, hatte die Amei bloß herausgebracht und die beiden weinend umarmt.

Sie war aus allen Wolken gefallen, denn nichts hatte darauf hingedeutet. Auf das bißchen miteinander Schäkern hatte sie nicht viel gegeben, war froh, daß die beiden sich endlich mochten, denn in den ersten Jahren hatten sie sich überhaupt nicht verstanden.

Bei aller Freude hatte die Amei einen Verdacht. Die Mari unter vier Augen fragen, ob es passiert sei, ihr könne sie es doch ruhig sagen, hätte sie sich aber nicht getraut. Sie hatte ihre Befürchtung der alten Raszkopf anvertraut, die hatte gemeint, wenn es passiert sei, sei es eben passiert, geheiratet hätten sie sowieso.

Für die Amei wären, selbst wenn sie noch Verwandte gehabt hätten, nur die Eva und der Thomas als Trauzeugen und somit auch als Paten des Kindes in Frage gekommen, die hätten es auch nicht anders erwartet.

In jenen Notjahren hätte sich niemand, selbst für eine Hochzeit, neue Kleider leisten können. Die Amei hatte zum Glück ihre Nähmaschine. Am Kleid der Mari mußte bloß der Saum herunter gelassen werden, ein gehäkelter Kragen kam drauf und nach dem Aufbügeln sah auch ihr Wintermantel fast wie neu aus. Und ein Glück mit dem Gewand vom verstorbenen Franz: die Hose des Anzugs wurde enger und kürzer gemacht, den Rock und den Wintermantel aber aufzutrennen und enger zu machen, sie waren dem Bräutigam über die Schultern zu breit, hätte sich die Amei nicht zugetraut. Die schwarzen Halbschuhe vom Franz wurden passend gemacht, Papier in die Schuhspitzen gestopft.

Am 4. Dezember 1949 wurden die Mari und der Franz nach der Sonntagsmesse getraut, die standesamtliche Trauung hatte einen Tag davor in G. stattgefunden, da im Zuge der Eingemeindung das Standesamt bereits dorthin verlegt worden war. Beim Fotografen in G. war auch das Hochzeitsfoto gemacht worden, Brustbild, die Köpfe von Braut und Bräutigam einander leicht zugeneigt.

Zu essen gab es Hühnersuppe und gebratene Gans, zu

trinken den Hauswein, die Eva und die alte Raszkopf hatten es sich nicht nehmen lassen, eine Torte zu backen, wenn auch keine Brauttorte wie bei großen Hochzeiten üblich.

Die alte Raszkopf hatte darauf bestanden, der Amei beim Abwaschen zu helfen und ihr anvertraut, sie habe das Gefühl, daß die Kathi und der Josef bald heim kommen werden, vor der Eva habe sie nichts sagen wollen, weil die gleich zu heulen angefangen hätte.

Ihr Gefühl hatte sie nicht getäuscht, nach einer Woche waren die Kathi und der Josef endlich wieder zu Hause, stark abgemagert, aber gesund. Alle die schlimmen Zeiten überlebt, dieses Glück hatten nicht viele Familien. Ganz glücklich wären Eltern und Großmutter gewesen, hätte der Josef nicht mit einer Überraschung aufgewartet, die unter anderen Umständen ein Grund zur Freude gewesen wäre.

Er hatte in der Deportation ein Mädchen aus einem Dorf in Siebenbürgen kennengelernt und wollte noch vor Weihnachten mit seinen Siebensachen hinfahren und heiraten, eine kleine Hochzeit wie die vom Franz und der Mari. Das aufgekommene Gerede in Verbindung mit der Frage, ob Katholische und Evangelische kirchlich heiraten dürften, hatte sich rasch gelegt, die alte Raszkopf und die alte Lindenmayer waren sich überraschend schnell einig: Der dortige Pfarrer werde es ja wissen, Hauptsache, die beiden würden sich verstehen.

In ihrem Alter, dazu mitten im Winter die lange und umständliche Fahrt, schweren Herzens hatte die alte Raszkopf einsehen müssen, daß sie nicht mit zur Hochzeit fahren konnte, und wegen der unsicheren Zeiten hatten sich schließlich auch die Eva und der Thomas entschieden, zu Hause zu bleiben. Die Kathi hatte Eltern und Großmutter zu deren Entsetzen klar gemacht, daß sie sowieso nicht mitgekommen wäre, denn sie war überzeugt, daß diese

Sächsin, die sie aus der Deportation kannte, sich den Josef geschnappt hatte.

Ein kleiner Trost für Eltern und Großmutter war, daß der Thomas ihnen hoch und heilig versprochen hatte, sie spätestens im Frühjahr mit seiner Frau zu besuchen. Doch dann hatte er zum Militär müssen, für drei Jahre, in die Kohlengrube wie während der Deportation, da Deutsche in jenen Jahren ihren Militärdienst nur in Arbeitsbataillons ableisten durften.

Als Erika am 10. Juli 1950 geboren wurde, eine schwere Geburt, aber zum Glück gab es bereits die Entbindungstation in G., hatte sich das Getuschel der Frauen, daß die Mari bei ihrer Heirat wenigstens im zweiten Monat schwanger gewesen sein mußte, da es doch kein Siebenmonatskind sei, in Grenzen gehalten. Verwundert war man über den Namen, den hatte es im Dorf bis dahin nicht gegeben.

Das Gerücht, die Eva wäre geknickt gewesen, weil der Täufling nicht ihren Namen erhalten hätte, hatte die alte Raszkopf vehement bestritten, dabei die alte Lindenmayer zum ersten Male in ihrem Leben in Schutz genommen. Die hätte es gar nicht in die Welt setzen können, denn seit dem Tod ihres Mannes sei sie bettlägerig, mache auch bestimmt nicht mehr lange, soll sie gesagt haben.

Der Thomas hatte seit seiner Rückkehr gekränkelt, doch wer hätte es sich erlauben können, krank zu sein. Auch er war in die Gemüsefarm zur Arbeit gegangen, der deutsche Brigadier hatte ihm leichtere Arbeit zugeteilt. Daß es aber so rasch kommen würde, hätte niemand gedacht. Und als dann nach nicht einmal einem Vierteljahr auch die alte Raszkopf starb, hatten alle Angst gehabt, die Eva könnte den Verstand verlieren.

Der Josef hatte zu keinem Begräbnis kommen dürfen.

Diese Unmenschen, hatte es im Dorf geheißen. Und noch lange wurde davon geredet, daß der kleine Thomas beim Begräbnis seiner Großmutter mehr geweint habe, als bei dem seines Vaters, daß sogar der Petru mit seiner Familie zum Begräbnis der alten Razkof gekommen sei, daß niemand sich vor seinem Kolonisten so viel Respekt habe verschaffen können.

Der werde sie schon nicht fressen und gleich totschlagen auch nicht, soll die alte Raszkopf zu ihrer Tochter gesagt haben und zu deren Entsetzen hingegangen sein, da habe der Petru mit seiner Familie kaum in ihrem Haus gewohnt. Der habe Augen gemacht, sie mit Händen und Füßen geredet, schon verwunderlich, daß er auch später nie grob zu ihr geworden sei, wenn sie von ihm verlangt habe, etwas am Haus zu machen, am Zaun, den Hof in Ordnung zu bringen.

Bei der Zwangsumsiedlung Juni 1951 in den Bărăgan hatten die Eva und ihre Kinder Glück im Unglück, denn hätte der Thomas noch gelebt, wären sie wegen seiner ehemaliger Mitgliedschaft in der Waffen-SS nicht verschont geblieben. Die Amei und ihre Familie fielen wohl nicht unter die Bestimmungen der Deportation, gebangt aber hatten sie, denn gegen Willkür hätten sie sich nicht wehren können. Noch jahrelang saß ihnen in der nun schon wieder unsicheren Zeit eine andere Angst im Nacken: der Franz könnte, obwohl Vollwaise und jetzt auch Vater, dennoch zum Militärdienst eingezogen werden. Sie hatten aber wieder mal Glück gehabt.

Ungefähr ein halbes Jahr bevor die Leute aus dem Bărăgan zurückkehrten, die Kolonisten bis auf vier Familien dann das Dorf verließen, war der Kolonist der alten Raszkopf nach K. gezogen. Die Kathi, von der es hieß, sie sei in Rußland hart geworden, einen Mann kriege die nie, hatte ihren Anspruch auf das Haus ihrer Großmutter zum Entsetzen ihrer Mutter, die befürchtete, sie könnte alle ins Unglück stürzen, geltend gemacht, es außen und innen geweißt und mit den Möbeln ihrer Großmutter, die seit deren Auszug bei ihnen standen, wieder eingerichtet. Die Leute zollten ihr Respekt, so couragiert wie ihre Großmutter, hatte es geheißen, waren aber verwundert, daß sie weiterhin bei ihrer Mutter wohnen blieb. Bei der werde man nie ganz schlau, genau wie bei ihrer Großmutter, war man sich im Dorf einig.

Dann war der Josef mit Frau und Tochter zu Besuch gekommen. Endlich, hatte es im Dorf geheißen, denn niemand hätte gedacht, daß er erst fast drei Jahre nach seiner Entlassung vom Militär vergehen lassen würde, um ans Grab seines Vaters und seiner Großmutter zu kommen. Da seine Tochter erst zwei Jahre alt war, zweifelte nun niemand mehr an den Beteuerungen der alten Raszkopf von damals, daß der Josef nicht so rasch geheiratet habe, weil etwas Kleines unterwegs gewesen sei, sondern weil die beiden sich versprochen gehabt hätten, gleich nach ihrer Heimkehr zu heiraten, um hoffentlich beisammen bleiben zu können, sollte wieder was Schlimmes passieren.

Der Josef war mit seiner Familie bloß zwei Tage geblieben. Wegen der Kathi, die hätte mit ihrem Bruder und ihrer Schwägerin kaum geredet, hatte es im Dorf geheißen, und daß sie doch endlich hätte einsehen müssen, daß die Paten des Kindes nur deshalb aus der Familie der Schwägerin stammten, weil es evangelisch getauft werden sollte. Die Eva hatte inzwischen ein Einsehen, aber damals zur Taufe fahren, wäre auch für sie nicht in Frage gekommen.

Die Amei und die Eva hatten wieder begonnen, mit Gemüse und Obst auf den Wochenmarkt nach H. zu fahren, der

Eintritt in die Kollektivwirtschaft wäre für sie nicht mehr in Frage gekommen, da Leute gefragt waren, die noch richtig mit anpacken konnten. Als der Franz, die Mari und die Kathi sich entschieden hatten, einzutreten, wurde ihnen aber eine Bedingung gestellt: Sie müßten Pferd ,Wagen und verbliebene Gerätschaften mit einbringen, da die ihnen auch gehörten.

Das könnten die sich, verflucht noch mal, ruhig auch noch in den Rachen stecken, hatte die Amei geschimpft und zur Eva gemeint, sie sollten ihren Kindern nicht im Wege stehen und die Sorgen um das Futter für den Gidran hätten sie auch nicht mehr.

Da die Möglichkeit bestand, sich Pferd, Wagen und Gerätschaften für den eigenen Gebrauch von der Kollektivwirtschaft unentgeltlich auszuleihen, hatten sie ihrer Entscheidung letztendlich sogar was Positives abgewinnen können und sich damit getröstet, daß es zu Hause genug Arbeit gebe, sie zur Not noch ein paar Jahre als Tagelöhner in die Gemüsefarm gehen könnten.

Die Eva hoffte, daß es ihnen in zwei Jahren, dann war der Thomas mit der Schule fertig, konnte auch in die Kollektivwirtschaft arbeiten gehen, schon besser gehen werde. Ein bißchen neidisch war sie auf die Amei schon, denn der Franz, der einen Stall mit Pferden übernommen hatte, verdiente gut.

Mit Beginn des Anbaus von Gemüse für den Export nach Deutschland sollten die Amei und die Eva eine noch wichtigere Stütze für ihre Familien werden als noch in den Jahren davor.

Glück im Unglück (III)

Für Blumen haben die Frauen nicht viel Zeit, ein Blumen-
beet mit Chrysanthemen aber gibt es in jedem Vorderhof.
Die werden zu Allerheiligen auf die Gräber verpflanzt, Allerheiligen ohne Chrysanthemen wäre undenkbar gewesen.
Mit T. verbindet die Amei bloß noch das Grab der Magda.
Während des Jahres kümmert sich die einzige noch lebende
ihrer ehemaligen Nachbarinnen darum, hackt es gegen ein
kleines Entgelt auf. Vor Allerheiligen aber werden auch auf
das Grab der Magda Chrysanthemen gepflanzt, und weil
niemand am Feiertag dort sein kann auch gleich Kerzen
angezündet. Dieses Jahr ist die Mari mit dem Franz nach
T. gefahren.

Es ist Montag, drei Tage vor Allerheiligen 1956, die
Amei sitzt in der hinteren Küche und wartet. Schon fast
dunkel. Wo sie nur bleiben? Sie hätten ja auch gestern
fahren können, aber nein, weil die gnädige Frau noch hat
ins Geschäft gehen wollen. Und die Erika unbedingt mitnehmen müssen, hoffentlich hat sie sich auf dem Wagen
nicht erkältet, wo sie doch immer gleich mit einem Husten
behaftet ist. Und hoffentlich hat die Mari dem Franz doch
noch ausreden können, keines von den jungen Rössern an-
zuspannen, jetzt auf einmal ist ihm der Gidran zu langsam,
aber der würde auch nie durchgehen. Eine gute Hand aber
hat er beim Kauf der Kuh gehabt, wenn sie nur nicht diesen

Namen hätte: Florica. Der Hund schlägt kurz an, sie hört das Gassentürchen gehen, ihre Stimmen.

Endlich, sie habe sich schon Sorgen gemacht, empfängt sie die Heimkehrenden vor der Küchentür, und weil sie bemerkt, daß Erika sich hinter ihrer Mutter zu verstecken versucht, fragt sie sorgenvoll, wo sie denn das Kind gelassen hätten.

Zigeunern verkauft, meint die Mari ernsthaft, die Amei stellt sich jammernd, Erika kommt hinter ihrer Mutter hervor und läuft lachend auf ihre Großmutter zu. Die nimmt sie in die ausgestreckten Arme und drückt sie an sich.

Du und deine Großmutter, meint der Franz, nimmt Rechen und Hacke von der Schulter und stellt sie an den Pfeiler, meint, er bringe sie dann schon in den Schuppen, da die Amei was sagen will.

Im ganzen Haus dunkel, sie hätten schon geglaubt, es wäre niemand zu Hause, meint die Mari und dreht beim Betreten der Küche das Licht an. Die Amei wirft noch einen verstohlenen Blick in das Weidenkörbchen, das die Mari auf den Tisch stellt, bevor sie Erika den Mantel auszieht.

Es wäre so langsam Zeit, daß sie sich selbst ausziehe, aufs Jahr komme sie schon in Schule, ärgert sich die Mari.

Die Amei zwinkert Erika, die sich an den Tisch setzt, vielsagend zu und überreicht der Mari den Mantel.

Sie trage die Mäntel später ins Zimmer, meint die und legt den Mantel zu dem ihrem und dem vom Franz auf die Bank am Tisch.

Wo sie denn so lange geblieben seien, fragt die Amei.

Er habe noch die Arbeit im Stall gemacht, die Mari ihm dabei geholfen, meint der Franz.

Im guten Gewand, murmelt die Amei vorwurfsvoll.

Aber nicht in den Mänteln, verteidigt sich die Mari.

Er habe ja geahnt, daß es später werden könnte, schon

am Mittag ausgemistet, nur noch rasch gestreut, füttern und tränken habe dann aber doch gedauert, meint der Franz.

Groß umziehen müßten sie sich nicht mehr, daheim sei auch alles gemacht, nur noch der Kuh über Nacht geben und den Hühnerstall zumachen, meint die Amei.

Mache er, meint der Franz und geht.

Die Mari nimmt zwei zusammengeschlagene Stoffe aus dem Weidenkörbchen und fragt die Amei, ob ihr der Barchent gefalle.

Zweierlei, staunt die, fährt mit der Hand darüber, schön und so weich, meint sie.

Und nicht teuer, beeilt sich die Mari zu sagen und flüstert ihr zu: Für Weihnachten.

Von dem mit den Blumen nähe sie der Kleinen ein schönes Kleid, meint die Amei.

Aber nur wenn nicht mehr Daumen gelutscht werde, ermahnt die Mari ihre Tochter, die ihn trotzig aus dem Mund nimmt.

Wenn die Mutter brav sei, kriege sie auch ein schönes Kleid, scherzt die Amei.

Und die Oma eine Bluse von dem Stoff, meint die Mari.

Schön, bedankt sich die Amei.

Wenn sie auch Kleider tragen würde, hätte sie mehr von dem Stoff gekauft, meint die Mari.

Sie sei ein Leben lang bäurisch gegangen und so werde es auch bleiben, meint die Amei entschieden.

Das für den Franz, sie sei sich aber nicht sicher, ob es für zwei Hemden reiche, meint die Mari, während sie den braun gestreiften Barchent entfaltet.

Die Amei mißt mit ausgestrecktem Arm nach, versichert ihr, daß es sogar für noch ein Kopftuch reiche.

Gott sei dank, meint die Mari.

Sie sei noch gar nicht dazu gekommen, zu fragen, ob

sie den Gidran eingespannt gehabt hätten und ob das Grab der Magda aufgehackt gewesen sei, meint die Amei.

Ja, den Gidran, das Grab schaue mit den Chrysanthemen jetzt schön aus und Kerzen hätten sie auch gebrannt, gibt ihr die Mari leicht verärgert Auskunft.

Hoffentlich bleibe gutes Wetter, voriges Jahr habe es vor Allerheiligen doch zwei Tage lang fast nur geregnet, der Matsch, und dann am Abend der Wind, man habe die Kerzen doch erst am nächsten Tag anbrennen können, meint die Amei.

Es werde bestimmt nicht regnen, versichert ihr der Franz, der zurückgekommen ist, und deutet amüsiert auf Erika, die den Kopf auf den Tisch gelegt hat und am Daumen lutscht.

Schon schwere Augen, höchste Zeit fürs Nachtessen, ihr mache sie Grießbrei, die Nudeln von Mittag brate sie mit Eiern auf, es sei noch genug da, meint die Amei, schiebt die Reindl aus Gußeisen mit den Nudeln auf den großen Ring des Herdes und fragt den Franz, ob er auch davon esse.

Lieber das als den ewigen Speck, den habe er so langsam satt, meint er.

Sie wolle nicht wissen, wie viele Leute nicht einmal das hätten, sie sollten froh sein, keinen Hunger leiden zu müssen, mahnt die Amei, öffnet das Türchen des Herdes, scharrt mit einem entkernten Maiskolben die Asche weg und meint zum Franz, ein paar Stück Kleinholz wären nicht schlecht, dann gehe es geschwinder.

Sie hole schon mal Milch von heute morgen aus dem Keller, meint die Mari, und der Franz öffnet ihr noch die Kellertür, bevor er um Holz geht.

Ob sie dann auch noch Grießbrei esse, damit sie wisse, ob sie einen vollen Milchtopf hochbringen solle, fragt die Mari.

Ein bißchen, meint die Amei, zündet das Streichholz an

172

und hält die Flamme an die Maislieschen, die sie zwischen die Kolben gelegt hat. Verflucht noch mal, schimpft sie, als sie das Türchen des Herdes geschlossen hat, da Rauch aus den Ringen der Herdplatte dringt, zieht rasch den Schieber auf.

Was denn passiert sei, fragt die Mari, die mit dem irdenen Milchtopf hochkommt.

Den Schieber nicht aufgemacht, so was von schusselig, ärgert sich die Amei, mahnt ihre Tochter, die die Küchentür geöffnet hat, die Kellertür nicht zu vergessen, der Franz könnte hinunterfallen.

Ja, ja, meint die Mari und stellt die Milch auf den Tisch.

Vor Allerheiligen sollten sie noch die Ofenrohre ausklopfen, der Sparherd ziehe nicht mehr richtig, meint die Amei.

Morgen dann, schlägt die Mari vor und schließt die Kellertür.

Aber schon zeitig, so lange die Kleine noch schlafe wegen dem Dreck mit dem Ruß, meint die Amei, gießt die Milch in einen Topf und stellt ihn auf den Herd.

So viel Holz, staunt die Mari, da der Franz mit einem Armvoll zurückkommt.

Wennschon, dennschon, meint der, fragt, was den passiert sei.

Rieche man doch, meint die Mari.

Damals als er heimlich mit dem Rauchen angefangen habe, habe sie ihn immer in Schutz genommen, behauptet, sie rieche nichts, stichelt die Amei, nimmt dem Franz zwei Stück Holz ab, bevor der es verschmitzt lächelnd in die Kiste neben dem Herd legt.

Sie hätte es ihm doch verbieten sollen, meint die Mari belustigt.

Ihr Vater sei mit Holz auch immer knickrig gewesen, stichelt die Amei weiter.

Ob der Schnaps gerufen habe, fragt die Mari verärgert den

Franz, der die Flasche aus dem Wandregal genommen hat.

Ja, sagt der trocken.

Ein Schluck Schnaps habe noch niemandem geschadet, daß er saufe, könnte sie doch nicht behaupten, verteidigt die Amei ihn.

Schon gut, beschwichtigt die Mari, legt sich die Mäntel auf den Arm und packt die Stoffe ins Weidenkörbchen.

Er mache jetzt noch den Hund los, meint der Franz und geht.

Sie solle Eier aus dem großen Körbchen mitbringen, in dem kleineren sammle sie die frischen, weist die Amei die Mari an.

Und wie viele, fragt die süffisant.

Was sie denn habe, fragt die Amei verärgert.

Damit es nicht heiße, sie sei so sparsam wie ihr Vater, entgegnet die Mari schon im Gehen begriffen.

Sparsam ja, aber nicht geizig und für die Erika hätte er sein letztes Hemd hergegeben, ruft die Amei ihr nach. Sie hört den Hund bellend in Richtung Gassenzaun rennen und ihr ist, als hörte e sie den einäugigen von damals.

Im Land gibt es nun zwei offizielle Feiertage, der 23. August ist Nationalfeiertag, der Tag der Befreiung vom faschistischen Joch, wie das heißt, und der 1. Mai, der Tag der internationalen Solidarität der Werktätigen, zu denen nun auch die kollektivierte Bauernschaft gehört. Da das neue Regime sich die Bekämpfung des Obskurantismus auf die Fahnen geschrieben hat, gibt es offiziell keine kirchlichen Feiertage.

Die Gängelungen der Kirchen, die Versuche, den Leuten den Kirchgang zu verbieten, vor allem an Weihnachten und Ostern, stärkt deren Mißtrauen den neuen Machthabern gegenüber nur noch mehr.

Auf dem Lande ist das Verbot kirchlicher Feiertage kaum durchzusetzen, in W. überhaupt nicht. Hier bleibt es wie schon immer, an Feiertagen wird auf dem Feld nicht gearbeitet, obwohl man nicht hätte sagen können, daß die Leute bigott wären. Und daß die Parteileute auch in die Kirche gehen, ist für alle selbstverständlich.

Zu Allerheiligen findet in W. noch vor Einbruch der Dunkelheit in der Kirche bloß eine Andacht statt, da der Pfarrer zu diesem Anlaß nicht kommt. Mit Einbruch der Dunkelheit versammeln sich die Leute im Friedhof um das Friedhofskreuz am Hauptweg unter dem imposanten Lindenbaum, die Kerzen um die vor dem Kreuz gepflanzten Chrysanthemen werden angezündet, der Kirchenchor, begleitet von der Kapelle, singt, und es wird für alle Verstorbenen gebetet. Anschließend gehen die Leute zu ihren mit Chrysanthemen geschmückten Gräbern, brennen Kerzen an und gedenken ihrer Toten. Bei wolkenlosem Himmel kann man am Horizont in Richtung Nachbardörfer den Feuerschein der auf diesen Friedhöfen brennenden Kerzen sehen.

Die Amei kommt vom Friedhof, wohin sie am Tag nach Allerheiligen noch einmal allein gegangen ist. Was sie denn draußen suche, hat die Mari verärgert gefragt. Nichts, hat sie forsch gemeint, die Mari sie in Ruhe gelassen. Wie hätte sie ihr erklären sollen, daß es ihr einfach so gekommen ist.

Kaum daß sie in die Gasse eingebogen ist, sieht sie die Lindmayer Bawi mit dem Besen aus dem Hof kommen. Sie wundert sich, daß jemand schon Freitag vormittags die Gasse kehrt. Die Bawi hat sie hinaus gehen sehen und jetzt abgepaßt, ist sie sich sicher. Was die von ihr will, kann sie sich nicht vorstellen.

Die Arme hat es auch nicht leicht gehabt. Und dann der Neid, als der Hans Magazineur in der Kollektiv geworden ist. Und ausgerechnet die, von denen man bestimmt nicht

175

hätte sagen können, daß sie rechnen können, haben das Maul am meisten aufgerissen. Jetzt staunen die, wie genau der Hans ist, als ob sie nicht gewußt hätten, daß er ein sehr guter Schüler gewesen ist.

Darauf hinzuweisen, hat die alte Lindemayer zum Ärger der alten Raszkopf keine Gelegenheit ausgelassen. Sie ist dann doch in Frieden gegangen: die Bawi mit den zwei Mädels versorgt, der Hans ihnen ein guter Vater. Niemand redet heute noch davon, daß er nicht ihr leiblicher ist. Die Berta noch nicht einmal ein Jahr alt, die Herta unterwegs, als der Toni damals an die Front hat müssen.

Die Herta lernt gut, nächstes Jahr ist sie mit der Schule fertig. Sie hätte ja schon fertig sein müssen, hat aber damals erst ein Jahr später in die Schule gehen können, dann noch einmal ein Jahr verloren, ihrer Schwester ist es genau so passiert in dem ganzen Durcheinander nach dem Krieg.

Als sie nur noch ein paar Schritte von der Bawi entfernt ist, tut die so, als bemerkte sie erst jetzt, daß da jemand kommt. Die Amei ist darüber nicht verärgert, denn sie hätte es in der Situation, jemanden abpassen, nicht anders gemacht. Die Bawi zu fragen, wieso sie denn die Gasse zu dieser ungewöhnlichen Zeit kehre, hätte sie schon gejuckt, sie läßt es aber bei der Bemerkung, fleißig, fleißig, die zugleich Begrüßung ist, bleiben.

Morgen abend sei doch Ball, und wenn die Herta morgen nachmittag aus dem Internat nach Hause komme, müsse sie gleich ihre Sachen waschen, da habe sie sich gedacht, sie kehre schon mal heute, erklärt sich die Bawi.

Obwohl die Amei die lange Rechtfertigung nicht glaubt, nickt sie zustimmend, meint, um der Frage seitens der Bawi zuvorzukommen, sie habe heute morgen bemerkt, daß sie ihr schönes weißes Sacktuch nicht mehr habe, sich gleich gedacht, es nur draußen verloren haben zu können.

176

So ein Pech, bedauert die Bawi, und die Amei weist rasch darauf hin, um der erfundenen Geschichte ein Ende zu machen und sich nicht noch mehr darin zu verstricken, daß sie ihr Sacktuch vor dem Grab gefunden habe, beim Weggehen müsse es ihr aus der Hand gefallen sein, meint, man werde auch nicht mehr jünger.

Das könne sie laut sagen, Gott sei Dank habe sie es gefunden, meint die Bawi, fragt nach kurzem Zögern, ob sie ihr nicht vielleicht ihre Nähmaschine verkaufen würde.

Tue ihr leid, um nichts in der Welt, wehrt die Amei konsterniert ab.

Fragen koste ja nichts, habe sie sich gedacht, meint die Bawi verlegen.

Sie werde doch das, was sie selber machen könne, nicht nähen lassen, die Maschine habe ihr in all den Jahren nicht nur gute Dienste getan, sie sei für sie ja auch ein Andenken, allein schon deshalb käme ein Verkauf nicht in Frage, bekräftigt die Amei ihre Absage.

Wie gesagt, sie habe sich ja bloß gedacht, entschuldigt sich die Bawi noch einmal.

Wozu sie denn eine Nähmaschine brauche, fragt die Amei verwundert.

Für die Berta, die gehe ab Jänner zur Schmidt Lissi in die Lehre, klärt die Bawi sie auf.

Ach so, meint die Amei und fragt, warum sie denn nicht schon voriges Jahr mit der Lehre angefangen habe.

Dickköpfig, schimpft die Bawi, meint, jetzt aber habe ihr Vater endlich auch ein Wort gesagt.

So ja, stimmt die Amei dem zu, meint, ein Beruf sei immer gut, sie habe sich das Meiste ja selbst beigebracht, schade, daß die Mari nie Interesse am Nähen gehabt habe, vielleicht mal die Erika, aber bis dann würden noch viele Spatzen ohne Arschlöcher scheißen.

Ob es wahr sei, daß die Eva ihren Thomas aufs Jahr als Lehrling in die Schmiede geben wolle, fragt die Bawi.

Sie wisse nichts, versichert ihr die Amei.

Hätte ja sein können, daß sie was Genaueres wisse, wo sie mit der Eva doch so gut sei, jedenfalls sei der Thomas ein anständiger und fleißiger Bub, meint die Bawi.

Ob man bei dem Lob etwas heraushören sollte, scherzt die Amei.

Wo sie denn hin denke, entgegnet die Bawi ebenfalls scherzend.

Was aus den Kindern nur mal werde, meint die Amei seufzend.

Ihre Herta jedenfalls mache die Aufnahmeprüfung ins Lyzeum, hätten sie und der Hans beschlossen, trumpft die Bawi auf.

Schön, tut die Amei erstaunt, obwohl es sich herumgesprochen hat, daß die Lindenmayers die Herta aufs rumänische Lyzeum in S. schicken wollen, und daß der Hans, darauf angeredet, gemeint haben soll, es wäre viel zu umständlich sie nach Temeswar aufs deutsche Lyzeum zu schicken, es mache doch überhaupt keinen Unterschied, gelernt, wäre gelernt, und wenn sie sich zur Aufnahmeprüfung auf die Hochschule stellte, wäre das nur von Vorteil.

An ihnen sollte es nicht liegen, wenn nur die Herta es pakke, meint die Bawi.

Bestimmt, sie sei doch ein gescheites Mädel, spricht die Amei ihr Mut zu.

Mit den Kindern habe man halt immer sein Gfrett, klagt die Bawi.

So sei es nun mal auf der Welt, meint die Amei tröstend.

Nichts für ungut, aber sie müsse jetzt weitermachen, entschuldigt sich die Bawi, die Amei meint, ihre Arbeit daheim habe sich bestimmt auch nicht von allein gemacht und wendet sich zum Gehen.

Ob sie schon wüßten, daß morgen der Zucker ausgeteilt werde, ruft die Bawi ihr nach.

Ja, ja, ruft die Amei zurück, ohne sich noch einmal umzudrehen.

Ganz schön kitzlig, wenn sie jetzt noch jemanden begegnen würde, vor allem der Kathi mit ihrer hinterlistigen Art zu fragen, bangt sie. Nicht umsonst sagt sogar ihre Mutter, die habe Haare auf der Zunge.

Samstag ist Ball, weiß man im Dorf seit vorigen Sonntag. Das haben die Männer mit dem Kapellmeister nach der Messe bei einem Glas Wein im Wirtshaus ausgemacht. Der Ball beginnt, wenn es dunkel geworden ist, steht von vornherein fest, und daß er nicht über Mitternacht dauern wird, denn der Kapellmeister, der auch Kantor ist, muß am Morgen ausgeschlafen sein. Da fast alle im Dorf auf den Ball kommen werden, wird man sich zur Sicherheit auch Stühle von zu Hause mitbringen.

Erst wenn sie nicht mehr zur Schule gehen, kommen Mädchen und Jungen auf den Ball, Großmütter, wenn sie auf keine kleinen Enkelkinder aufpassen müssen, Großväter bleiben meistens zu Hause, unverheiratet gebliebene Frauen und Witwen kommen wohl auf den Ball, tanzen allenfalls aber nur mit Männern aus der Verwandtschaft.

Die Kapelle spielt Walzer, Tangos, Ländler, Polkas, das Tanzen habe man im Blut, sagen die Leute, die Mädchen und Frauen können es ausnahmslos gut, von Burschen und Männern, die sich damit schwer tun, heißt es, sie hätten zwei linke Füße.

Bei Bällen hat alles seine Ordnung. Der Lehrer sitzt hinter der Eingangstür zum Tanzsaal an einem Tisch und kassiert das Eintrittsgeld, das die Männer auch für ihre Frauen und Töchter entrichten, Burschen zahlen selbst.

Damit die Musikanten auch was haben, denn vom Erlös, der in die Gemeindekasse von G. fließt, erhalten sie nur wenig, legt man auf das Eintrittsgeld noch etwas drauf, das ist eine stillschweigende Übereinkunft.

Die Mädchen setzen sich, nach Alter gruppiert, mit dem Rücken zur Bühne, auf der die Kapelle spielt, an den Längsseiten der Tanzfläche nehmen die Frauen Platz, Männer und Burschen halten sich nicht im Saal auf, sondern in den Räumlichkeiten, in denen sie sonntags Karten spielen, im Wirtshaus nebenan.

Das hat länger als sonst geöffnet, der Wirt kann sich über den Umsatz im Laufe des Abends nicht beklagen, und wenn zwei Hitzköpfe aneinander geraten, wie oft bei Bällen, sorgt er für Ordnung, denn auf ihn hört man.

Der Ball wird mit einem Walzer eröffnet, die Burschen und Mädchen sind als erste dran, vier Musikstücke, wobei zwei als ein Tanz gelten. Wer mit wem den ersten Tanz tanzt, nach dem ersten Musikstück bildet man eingehakt einen Kreis, steht fest: Paare, die sich versprochen sind, Burschen, die noch mit keinem Mädchen gehen, wie es heißt, tanzen mit ihren Schwestern, wenn sie keine haben mit Mädchen aus der Verwandtschaft oder Nachbarinnen.

Männertanz, ruft dann der Kapellmeister aus, obwohl alle wissen, daß nun die Verheirateten dran sind, ebenfalls vier Musikstücke. Nach dem ersten Tanz wechseln die Männer, nach vorangegangener Absprache, die Frauen. Die darauffolgende erste Pause nutzen sie, um ins Wirtshaus zu gehen, die Musikanten sind mit Wein versorgt, den ihnen die Männer spendiert haben.

Nach Wiederbeginn des Balls tanzen sowohl Ledige als auch Verheiratete, bilden aber separate Kreise nach dem jeweils ersten von den zwei Musikstücken. Im Laufe des Abends beobachten vor allem die älteren Frauen genau, welcher Bursche mit welchem Mädchen wie oft tanzt, da dies ein Zeichen dafür sein könnte, daß bei einem der nächsten Bälle mit einem neuen Paar zu rechen ist. Zu fortgeschrittener Stunde tanzen auch schon mal, zum Jux aller Anwesenden, Großväter mit ihren Enkelinnen, Burschen mit ihren Großmüttern.

Als Zeichen, daß der Ball zu Ende geht, die letzten zwei Tänze, ab dann wird im Wirtshaus auch nicht mehr ausgeschenkt, fährt der Elektriker in Absprache mit dem Kapellmeister den Generator herunter, dann wieder hoch, läßt ihn weiterhin bei voller Auslastung laufen, bis er sich sicher sein kann, daß nach Beendigung des Balls alle Besucher noch bei Licht haben zu Bett gehen können.

Obwohl alle vom morgigen Ball wissen, erwartet man, daß der Loibl Karl es gegen Abend doch noch austrommelt. Er kriegt dafür von den Einnahmen vom Lehrer etwas zugesteckt. Nicht für die paar Kreuzer, die für einen kleinen Schnaps oder ein Päckchen Zigaretten reichten, würde er es tun, sondern fürs Dorf, soll der ehemalige Gemeindediener beteuert haben.

Beim Austrommeln hat er seine festen Plätze, stets vor denselben Häusern. Er beginnt zu trommeln, wartet, bis sich die Leute, die ihre Hunde durch Schimpfen zu beruhigen versuchen, auf der Gasse zeigen, ein kurzer Trommelwirbel, und er verkündet, laut rufend, die Nachricht. Mit neuem Unheil rechnen die Leute nicht mehr, aber so mancher schreckt noch immer kurz zusammen, wenn er die Trommel des Loibl Karl hört.

Keine Kinder, die hätten doch keine Sorgen, sagen die Leute von den Loibls, die in ihrem Alter beneiden den Karl, weil der Arbeit in der Kollektivwirtschaft hat als sogenannter Wächter, tagsüber. Den großen Hof kehren, im Winter den Schnee, nach dem rechten sehen, darin besteht seine Arbeit. Seine Frau wäscht samstags die zwei Büros der Kollektivwirtschaft auf, putzt den Staub, die Arbeit wird ihm gut geschrieben. Sie ist jetzt allein Kirchen- und Schuldienerin, macht auch im Kulturheim sauber.

Er übernimmt morgens, mittags und abends das Läuten, auch sonntags zur Messe, hilft seiner Frau im Winter, Holz hacken und Schnee kehren. Von dem Holz, das der Schule und dem Kulturheim zugeteilt wird, zweigen sie etwas ab, für den kleinen Ofen in der Sakristei, damit der neue Pfarrer, auch nicht mehr der jüngste, sich vor und nach der Messe ein bißchen aufwärmen kann. Die Eiseskälte winters in der Kirche lassen vor allem ältere Frauen nicht als Grund gelten, der Sonntagsmesse fern zu bleiben.

Bälle, die nicht in Verbindung mit einem Fest stehen, finden immer samstags statt, und weil an dem Wochentag auch Rasiertag ist, beginnt der Hutner Anton morgens zeitiger als sonst, damit mit Ballbeginn alle seine Kunden rasiert sind. Das sei er seinem Beruf schuldig, nichts Unappetitlicheres als ein unrasierter Mann, schon gar nicht auf einem Ball, soll er gesagt haben.

Für ihn ist eine richtige Rasur nur die mit dem Rasiermesser. Er ist ein Pedant, und niemand würde seiner stolzen Behauptung widersprechen, daß man die, die er mal leicht geschnitten habe, an einer Hand abzählen könnte.

Die Anzahl der Männer, ehemalige Kriegsteilnehmer, die dabei geblieben sind, sich mit Rasierklingen zu rasieren, ist nicht groß, deshalb macht er sich um seine Kundschaft keine Sorgen. Burschen, die sich rasieren, sich dabei schneiden, kriegen von ihm schon mal zu hören, ob sie mit dem Schlachtmesser in ihren Gesichtern hantiert hätten, und er rät ihnen, sich lieber ihm anzuvertrauen.

Bis vor einem halben Jahr hat er sich um einen Nachfolger keine Sorgen machen müssen. Doch dann hat sein Sohn, der bei ihm in die Lehre gegangen ist, nach T. geheiratet, arbeitet jetzt dort in einem genossenschaftlichen Friseurladen. Eine Hoffnung, daß er jemals zurückkehren wird, besteht nicht.

Im Dorf kennt seit jeher wohl jeder jeden, so gut wie der Hutner Anton aber kennt niemand alle und alles. Doch auf seine Verschwiegenheit ist Verlaß, zudem hätte auch niemand versucht, etwas aus ihm herauszukitzeln. Die Männer sowieso nicht, die reden mit ihm über das Wetter, über die Arbeit und die noch anstehende.

Und wenn ein Mann gestorben ist, müssen die Angehörigen nicht bangen, daß der Verstorbene bei der Totenwache unrasiert in der Totenlade liegt, denn der Hutner Anton erweist jedem, auch wenn der nicht sein Kunde gewesen ist, die letzte Ehre, wie er zu sagen pflegt.

Nachdem wie auch sonst warmes Wasser bereit gestellt ist, in einem Töpfchen für das Naßmachen des Pinsels und zum Abschwenken des Schaums vom Rasiermesser, in einer Schüssel für das Abwaschen des Gesichts nach der Rasur, läßt man ihn mit dem Toten allen. Bei der letzten Rasur verwendet er eine Seife, einen Pinsel, ein Rasiermesser und ein Rasiertuch, die nur dafür vorgesehen sind, der Spiritus, mit dem er das Gesicht aller frisch Rasierten abreibt, kommt nicht aus einer Extraflasche. Da das Fächeln mit dem Rasiertuch, um das Brennen zu lindern, bei einer letzten Rasur nicht mehr nötig ist, unterläßt er es.

Es passiert schon mal, daß es ihm nicht gelingt, Samstag alle Männer zu rasieren, die paar kommen dann Sonntag morgen noch vor der Messe dran. Das aber ist im Falle eines Balls samstags undenkbar, und die Männer müssen mit einer längeren Wartezeit als gewöhnlich rechnen. Das macht nicht nur sie ungeduldig, sondern alle im Haus.

Der Franz steht, Ausschau haltend, in der Küchentür, und die Amei, die den Weinheber aus Flaschenkürbis im Trog am Brunnen ausgespült hat, meint verärgert, daß er jetzt aber schon mal kommen könnte, sie und die Mari hätte sich umsonst getummelt, sie ihr inzwischen die Haare noch einmal ondulieren können.

Sie schnüffelt am Zugloch des Weinhebers, nickt zufrieden, der Franz meint, es werde doch nichts passiert sein, und sie weiß, was er damit sagen will: daß man den Hutner Anton noch zu einem Toten gerufen haben könnte.

Aber doch nicht ausgerechnet heute, bangt die Mari, die mit der gemolkenen Milch und Erika aus dem Stall kommt, denn in dem Fall würde der Ball ausfallen.

Man habe es beim Abendläuten doch nicht ausläuten hören, meint die Amei zuversichtlich und folgt den anderen, den Weinheber an ihrer Schürze abtrocknend, in die Küche.

Das bedeute noch gar nichts, es hätte ja auch nachher passiert sein können, gibt die Mari zu bedenken und stellt den Melkkübel mit der Milch auf den Tisch.

Aber doch nicht dorthin, er müsse doch gleich kommen, wie schaue das denn aus, weist die Amei sie zurecht und legt den Weinheber ins Wandregal.

Die Leute warten lassen und auch noch was zu trinken kriegen, lästert die Mari und stellt die Milch neben die Flasche mit Wein auf die Stellage an der Wand.

Ihr Vater habe ihm immer vom neuen Wein zu kosten gegeben, macht die Amei ihr klar.

Wisse sie auch, kontert die Mari.

Jetzt sei aber genug, schimpft der Franz mit gedämpfter Stimme.

Die Milch seihe sie ab, wenn er dann rasiert sei, meint die Mari.

Sie gehen noch die Eier ausheben, meint die Amei, macht Erika, die auf der Bank am Tisch sitzt, mit der Hand ein Zeichen, mitzukommen.

Anstatt Daumen lutschen, jetzt die Haare drillen, flüstert sie ihr vorwurfsvoll zu, beginnt ihr, im Hausgang angelangt, die Haarsträhne zu entwirren, was die ohne zu mucken geschehen läßt. Die Trommel ist von vor dem Haus der Eva zu hören, der Hund beginnt zu bellen.

Na, wer sagt's denn, ruft die Amei triumphierend in die Küche, schimpft den Hund. Sie will mit Erika auf die Gasse gehen, doch schneller als sonst ist der Trommelwirbel zu vernehmen, dann das laute Rufen des Loibl Karl, daß heute abend Ball sei.

Sie gehe noch geschwind zur Kathi, mal schauen, ob die jetzt mitkomme oder nicht, meint die Mari, die aus der Küche kommt, fragt Erika, ob sie mitkomme, und die läuft voraus.

Gut, meint die Amei, wundert sich insgeheim, daß die beiden sich wieder verstehen, wo die Kathi doch beleidigt gewesen ist, ihr von der Fahrt nach T. nichts gesagt zu haben, denn sie wäre auch gerne mit ins Geschäft gekommen.

Als die Amei mit den Eiern in der Schürze zurückkommt, sitzt der Franz bereits eingeseift auf dem Stuhl am Tisch. Sie habe ihn gar nicht kommen hören, begrüßt sie den Hutner Anton verwundert, der gerade sein Rasiermesser am Hängeriemen abzieht, meint, man hätte ihn ja heute glatt nach dem Tod schicken können.

Der komme auch so und umsonst, erwidert der lächelnd und setzt das Messer an.

Ob er ein Glas vom neuen Wein trinke, fragt die Amei, entschuldigt sich zugleich, daß er noch nicht ganz klar sei.

Aber nach der Arbeit, meint der Hutner Anton, streift die Klinge auf seinem Daumenrücken ab, sammelt mit dem

Messerrücken wieder alles ein und schwenkt ihn im Wassertöpfchen ab.

· Sie trage noch die Eier ins Zimmer, meint die Amei, hofft, daß man ihren Seufzer nicht mitgekriegt hat, denn ihr ist, als würde sie ihren Franz auf dem Stuhl sitzen sehen.

Sonntag und an Feiertagen haben die Frauen mit dem Essen, Suppe, gekochtes Fleisch mit Salzkartoffeln, dazu eine Sauce, gebratenes Fleisch mit Kartoffelpüree dazu Gesäuertes oder Kompott, viel zu tun, und damit sie bis Mittag herumkommen, schälen sie Gemüse und Kartoffeln noch vor dem Kirchgang, Geflügel ist schon Samstag geschlachtet worden. Und weil es unter den Frauen im Dorf heißt, Sonntag ohne Kuchen sei doch kein Sonntag, backen sie auch noch Kuchen, um den die Männer sich jedoch nicht reißen. Für Feiertage wird Besserer gebacken, wie man sagt, im voraus und mehrerlei. Zu Neujahr gibt es meistens Kleingebäck, aus Mürbeteig Ausgestochenes, Kipferl mit Marmelade- und Nußfüllung, Nußstangen, aus Blätterteig Salzstangen.

Neujahr ist ein besonderer Feiertag, jedem, dem man an diesem Tag begegnet, begrüßt man nicht mit dem ansonsten üblichen ‚Grüß Gott', sondern wünscht ‚Ein gutes neues Jahr', Verwandten und Nachbarn stattet man einen kurzen Besuch ab, wird nicht nur mit Kuchen bewirtet, sondern auch mit Getränken, die Frauen mit selbstgemachtem süßen Schnaps, die Männer außerdem mit echtem Schnaps und Wein. Und auf die Toten sprechen zu kommen, ergibt sich anläßlich dieser Besuche wie bei keiner anderen Gelegenheit.

Selbst wenn man Verwandten und Nachbarn bereits auf dem Silvesterball, vor oder nach der Messe begegnet ist und sich ein gutes neues Jahr gewünscht hat, ist der Besuch ein

Muß. Und Neujahr bietet die beste Möglichkeit, sich wegen eines Streits zu versöhnen. Hat man sich dazu durchringen können, geht man hin, wünscht zu Neujahr, und der Streit ist, ohne ein Wort der Entschuldigung sagen zu müssen, vergessen.

Kinder erhalten fürs Neujahrwünschen, manchmal in Form eines gereimten Vierzeilers, Geld, am großzügigsten sind Paten und Großeltern. Auf das Wünschgeld legen die Eltern noch etwas drauf und kaufen den Kindern Zusätzliches zum Anziehen, was sonst, Geld ist knapp, nicht möglich gewesen wäre.

Neujahr ist der Anlaß, auch weitläufige Verwandtschaft in Ehren zu halten, für Großmütter ist das die Gelegenheit, zu versuchen, Enkelkindern das verworrene Verwandtschaftsverhältnis zu erklären.

Die Amei muß das nicht, haben sie doch nicht einmal nahe Verwandte im Dorf, von der Familie der Eva mal abgesehen wegen der gegenseitigen Patenschaften, die, aus der Not geboren, ihre Familien zu Verwandten gemacht haben.

Wenn aber Erika groß geworden ist, sich nicht mehr damit, so wäre das nun mal, abspeisen läßt, muß man ihr erklären, wieso der Jakob, die Magda und der Großvater nicht mehr leben, der Mann der Eva, das wäre viel schwieriger, als ihr ein weitläufiges Verwandtschaftsverhältnis beizubringen. Davor hat die Amei schon jetzt Angst.

Sie wischt den Tisch trocken, in der Küche ist dann soweit alles gemacht und das Neujahrsfest vorüber. Heute abend gibt es gebratenes kaltes Fleisch mit Brot, wenn nichts übrig bleiben sollte, kein Malheur, von dem anderen ist noch genug da für das Mittagessen morgen.

Das hätte in den Keller gebracht werden müssen. Wie aber allein? Sie ärgert sich über die Mari, die mit der Erika zur Eva gegangen ist, um der Kathi ein Strickmuster zu zeigen. Ein Vorwand, um über den Silvesterball, von dem sie ihr nicht viel erzählt hat, zu tratschen, ist sie sich sicher, denn wie das Muster stricken, hätte sie ihr doch auch zeigen können, als die da gewesen ist Neujahrwünschen und sie, der Franz und die Erika dann bei ihnen.

Sie hört jemanden kommen, fragt sich, ob das schon die Mari wäre, sieht dann aber durch die Scheiben der Küchentür, daß es die Eva ist. Daß etwas passiert sein könnte, ist nicht zu befürchten, wie es aussieht.

Sie öffnet der Eva die Tür, die meint, sie sei gerade fertig geworden, habe sich gedacht, sie könnten ja auch noch ein bißchen erzählen.

Das sei aber schön, sie wäre auch gerade fertig geworden, der Abwaschfetzen noch nicht einmal kalt, meint die Amei, bittet die Eva, sich doch zu setzen, entschuldigt sich, daß sie nicht ins Zimmer gehen könnten, weil der Franz sich nach dem Essen hingelegt habe.

Da sei es doch viel gemütlicher, meint die Eva.

Den Kuchen gehe sie aber holen, meint die Amei.

Wer könne denn jetzt noch was essen, wehrt die Eva ab.

Na gut, lenkt die Amei ein.

Ihre Nußstangen seien sehr gut gewesen, habe sie ihr noch gar nicht gesagt, meint die Eva.

Und ihre Salzstangen ihr wie immer gelungen, lobt die Amei ihrerseits, bedauert, daß sie das nie so hinkriege.

Ob der Franz dem Thomas von dem süßen Schnaps gegeben habe, fragt die Eva.

Gesehen habe sie nichts, sei ja dann in die Küche zurück, könne sich aber nicht vorstellen, daß der Franz solche Dummheiten mache, erwidert die Amei.

Dann habe er von ihrem gepippelt, sie habe vor der Kathi nichts sagen wollen, der Lauskerl müsse einen Schwipps gehabt haben, sonst hätte er sich nach dem Essen doch nicht hingelegt, gegessen habe er auch nicht viel, redet sich die Eva in Wut.

So schlimm werde es schon nicht gewesen sein, meint die Amei, sie wolle ihn aber keinesfalls in Schutz nehmen, stellt sie klar.

Hätte er doch kotzen müssen, dann wäre es ihm eine Lehre gewesen, schimpft die Eva.

Da habe sie aber recht, pflichtet die Amei ihr bei.

Das sei ja auch nicht ihre größte Sorge, meint die Eva seufzend, die Amei schaut sie fragend an.

Als hätte sie nicht schon genug Unglück wegen der Kathi gehabt, jetzt auch noch das, klagt sie.

Was denn passiert sei, fragt die Amei.

Aber niemandem etwas sagen, verlangt die Eva.

Sie wisse doch, daß sie sich darauf verlassen könne, meint die Amei leicht vorwurfsvoll.

Der Josef habe zu Weihnachten und Neujahr geschrieben, sie habe der Kathi nur die Karte zu lesen gegeben, den Brief verschwinden lassen, den hätte sie ihr auf keinen Fall zeigen können, meint sie verzweifelt.

Was denn so Schlimmes drinstehe, fragt die Amei, und die Eva meint mit weinerlicher Stimme, das habe gerade noch gefehlt, der Josef verlange seinen Teil, nicht direkt, habe aber geschrieben, sie könnten doch das Haus der Großmutter verkaufen, die Kathi wohne ja sowieso nicht drin. Es sei ja sein Recht, meint sie, sich die Tränen wischend, aber das mache man doch nicht so, er hätte doch her kommen können, damit sie darüber reden. Und wenn sie es nicht verkaufen können, wie sollten sie ihm denn dann sein Erbteil auszahlen, er müsse doch auch an sie denken, könne sie doch nicht ins Unglück stürzen, jammert sie.

Das wolle er bestimmt nicht, tröstet die Amei.

Aber sie kenne doch die Kathi, erwidert die Eva, und

außerdem könnten die da oben, wenn sie wegen der Erbschaft mit dem Haus was anfangen, auf dumme Gedanken kommen, und alles wäre weg.

Davon könnten sie ein Lied singen wegen der Erbschaft vom Franz damals, nichts mehr zu machen gewesen, erinnert die Amei sie, das sei ja was anderes gewesen, räumt sie ein, meint dennoch, man könne auch heutzutage nie wissen, sollte alles vorläufig noch ruhen lassen.

Das habe sie sich auch gedacht, bekräftigt die Eva, und sie müßten sich dann ja einen Advokaten nehmen so ohne Mann, nur dumme Weiber.

Sie hätten im Grundbuch ja auch noch nichts ändern lassen, bei ihnen sei das leichter, sie bräuchten aber bestimmt auch einen Advokaten, könnten dann denselben nehmen, die Welt werde es ja nicht kosten, meint die Amei.

Gut, stimmt die Eva ihr erleichtert zu, fragt aber im nächsten Moment, wie sie es aber dem Josef beibringen solle, damit der nicht glaube, sie wollten ihm nichts geben.

Der werde schon einsehen, daß er noch warten müsse, redet die Amei ihr zu. Und der Kathi alles sagen, schlägt sie nach kurzem Zögern vor.

Wie sie sich das vorstelle, fragt die Eva entsetzt.

Bei Gelegenheit die Rede darauf bringen, rät ihr die Amei.

Die Eva aber schüttelt nur den Kopf, und die Amei fragt verärgert, ob sie sich jetzt die ganze Zeit damit herum quälen wolle, meint, die Kathi werde sie schon nicht fressen, und Ärger vergehe, wie er gekommen.

Sie habe leicht reden, erwidert die Eva.

Jetzt sei aber genug, meint die Amei barsch, im nächsten Moment versöhnlich, sie sollten sich beide ein Beispiel an ihrer Mutter nehmen, Gott hab sie selig, couragiert durchs Leben gegangen und nie etwas auf die lange Bank geschoben.

Die Eva nickt zustimmend, meint, sie gehe jetzt, müsse noch für den Thomas bügeln, übermorgen beginne ja wieder die Schule.

Ob die Kinder dann jemand fahre, fragt die Amei.

Der Lindenmayer mit dem Schlitten aus der Kollektiv die Mädels, der Thomas hätte noch Platz gehabt, wolle aber nicht, gehe mit seinen Kameraden, erklärt die Eva ihr.

Zum Glück habe es nicht mehr geschneit, allzu kalt werde es bestimmt auch nicht mehr, meint die Amei.

Sie sei jetzt wirklich erleichtert, werde mit der Kathi reden, wenn der Thomas dann fort sei, der müsse es ja nicht mitkriegen, meint die Eva.

Intermezzi, Exkurse, Vorwegnahmen, Rückblicke (III)

Sie habe eine schöne Kindheit gehabt, die Jahre seien für sie die glücklichsten gewesen, sie wisse natürlich, daß man im nachhinein vieles verkläre, hatte Erika gemeint. Ja, verklären, diesen Ausdruck hatte sie gebraucht laut den in meinen Notizen unterstrichenen, deshalb ihr zuzuordnenden Formulierungen, und weil dahinter zudem ein Fragezeichen steht, mußte ich gestutzt, sie es mir angesehen haben. Nach dem Lyzeum auf dem Dorf leben zu müssen, hätte sie sich nicht vorstellen können, das Nachhausekommen wäre aber schön gewesen, hatte sie gemeint und war auf ihre Schulzeit zu sprechen gekommen.

Sie habe das erste Jahr im Internat von T. vor allem abends dieses unbeschreibliche Heimweh gekriegt, sogar in der 7. Klasse manchmal noch nachts still ins Kissen geweint, hatte sie mir gestanden, ich an ihrer Miene ablesen können, daß ihr für den Moment diese Beklemmung wieder gegenwärtig war.

Dann aber hatte sie amüsiert erzählt, daß sie und die Mädchen aus dem Dorf manchmal auch tagsüber das Heimweh gepackt habe, dann wären sie heulend dagesessen, jede ein Häufchen Elend für sich, aber gemeinsam sei es irgendwie leichter zu ertragen gewesen und danach hätten sie sogar über sich lachen können.

Sie hatte mich darauf hingewiesen, daß ja immer mal wieder während der Woche Mütter zur Friseurin nach T. gekommen seien, bei der Gelegenheit auch einkauften, und wenn die dann im Internat vorbeischauten, hätten sich die kleinsten der Mädchen unter ihnen gefreut, als wäre die eigene Mutter zu Besuch gekommen. Es habe so gut getan, wenn eine der Mütter, im Grunde eine fremde Person, ihr übers Haar gestreichelt habe, hatte sie gemeint.

Nichts habe sie sich in den Jahren im Internat von T. so herbei gewünscht wie den Samstag, der wäre für sie der Feiertag gewesen, nicht der Sonntag, hatte sie beteuert, und wie glücklich sie gewesen sei, wenn es nach der letzten Unterrichtstunde endlich mit Rucksack und Schultasche nach Hause gegangen wäre, sie habe wie die meisten auf das Mittagessen im Internat verzichtet, weder Regen noch Schnee hätten sie davon abhalten können, nicht nach Hause zu gehen, eine schlechte Note in der Woche habe auch keine Rolle mehr gespielt.

Sie hatte sich noch an das Notenbuch, wie wir es nannten, erinnert, in Leinen gebunden, vom Format eines Telefonheftchens, die Seiten rubriziert, Datum, Fach, Note, Unterschrift des Lehrers, Unterschrift der Eltern, erzählt, daß ihr Vater immer unterschrieben habe, nicht weil er darauf bestanden hätte, sondern ihre Mutter, vor allem aber ihre Großmutter, es wäre ihr immer wie eine Zeremonie vorgekommen.

Er habe sich an den Tisch gesetzt, nicht in der Küche, sondern im Zimmer, das Notenbuch aufgeschlagen, sich die Füllfeder von ihr geben lassen, F. Kiefer unterschrieben.

Erika hatte mich auch daran erinnert, daß der Klassenlehrer in der Klassenstunde die Notenbücher kontrollierte, ob alle Noten eingetragen waren, ob die Eltern unterschrieben hatten, und betont, daß ihr Klassenlehrer zu der schon etwas ungewöhnlichen und auch ungelenken Unterschrift ihres Vater nie eine Bemerkung gemacht hatte. Doch dann habe ein Lehrer, ein Deutscher, der aber Mathematik an der rumänischen Abteilung unterrichtet habe, ihren Klassenlehrer, der wäre auf einem Begräbnis gewesen, vertreten und beim Anblick der Unterschrift ihres Vater vielsagend gelächelt, da habe sie sich geschämt und gleichzeitig eine solche Wut auf ihn gekriegt, daß sie ihm den Tod gewünscht habe.

Kurz darauf habe sie den Lehrer in der Schule nicht mehr gesehen, sei zutiefst erschrocken gewesen, weil sie geglaubt habe, ihre Verwünschung sei in Erfüllung gegangen, hatte sie mir gestanden und wie erleichtert sie gewesen war, als sich herausgestellt habe, daß er nur krank gewesen wäre.

Sie war sich sicher, daß die Klassenstunde, in der Regel die letzte Stunde samstags, damals im Stundenplan auf die letzte Stunde an einem Wochentag festgelegt gewesen sein mußte, denn sie erinnerte sich noch, daß sie drauf und dran gewesen war, nach Hause zu laufen. Zum Glück, hatte sie gemeint, habe sie es trotz ihrer Wut und Verzweiflung dann doch nicht gewagt, denn noch schlimmer wäre gewesen, ihren Eltern erklären zu müssen, warum sie durchgegangen sei.

Schon sonderbar, hatte sie gemeint, da wäre man praktisch nur einen Katzensprung von zu Hause weg gewesen und hätte sich trotzdem wie aus der Welt gefühlt, vielleicht habe gerade diese kurze Entfernung das Heimweh noch quälender werden lassen, weil man sich ständig vorgestellt habe, wie einfach es doch wäre, nach Hause abzuhauen.

Im Lyzeum, hatte sie eingeräumt, habe man dem Leben im Internat auch einen gewissen Reiz abgewinnen können, mit Kameradinnen über Dinge geredet, die zu Hause so nie zur Sprache gekommen wären, man habe gemeinsame Geheimnisse gehabt, ich könnte mir ja vorstellen welche, hatte sie lächelnd gemeint.

Sie hatte mir von der deutschen Pädagogin im Internat von T. erzählt: Es habe geheißen, sie wäre Nonne gewesen, eine gestrenge, ältere Dame mit hochgestecktem Haar, Brille, immer einfach gekleidet, sie habe Wert darauf gelegt, mit Fräulein angeredet zu werden, habe ihnen, außer im Fach Rumänisch, bei allen Hausaufgaben helfen können, manchmal Lektionen für den nächsten Tag abgefragt, davor hätte man Schiß gehabt, weil man sich vor den Internatlern irgendwie mehr geschämt habe als vor den Klassenkollegen in der Schule, sei man unvorbereitet gewesen.

Amüsant hatte sie gefunden, daß die Pädagogin im Internat von S., auch Wert darauf legte, mit Fräulein angeredet zu werden, weniger amüsant, daß die etwa Dreißigjährige den Gymnasiastinnen das Leben zur Hölle machte: das Bett nicht schön genug gemacht, der Uniformrock zu kurz, die Frisur zu modisch.

Immer griesgrämig, man habe diese Frau sich nie über etwas freuen sehen, hatte sie gemeint, ganz schlimm, wenn die von einer Liebesbeziehung trotz aller Vorsicht etwas herauskriegte, dann habe sie die Ahnungslose vor allen anderen Mädchen heruntergemacht, und die Arme hätte froh sein können, wenn die Furie die Eltern nicht einbestellte.

Diese Frau habe überhaupt nichts Weibliches an sich gehabt, dazu stark behaarte Beine, unübersehbar Haare in den Ecken der Oberlippe, wäre eigentlich bemitleidenswert gewesen, ihre Ausfälle wären im Grunde doch nur Ausdruck einer krankhaften Eifersucht gewesen, ihres Frusts, daß sich für sie kein Mann interessierte.

Damals habe sie das natürlich nicht so gesehen, hatte sie mir verschämt lächelnd und leicht errötend erklärt, das Thema gewechselt, gemeint, über den Schulalltag, den Unterricht, das Politische drumherum müßten wir ja nicht viel reden, das wäre nun mal gewesen, wie es gewesen wäre.

Von wegen politisch müsse sie mir aber was erzählen, hatte sie lächelnd gemeint. Daß sie in der III. Klasse Pionier geworden sei, wäre ihrer Großmutter überhaupt nicht recht gewesen, die hätte das Ganze mit der Hitlerzeit verglichen, habe sie von ihrer Mutter erfahren, und welche Angst auch ihr Vater gehabt hätte, ihre Großmutter könnte das trotz Ermahnung auch anderen gegenüber äußern.

Aus ihrem Jahrgang, 1950, der schwächste, bloß drei Kinder, habe nur sie das Lyzeum gemacht, hatte sie mich erinnert, und daß sie ein Jahr zu Hause geblieben sei, weil die deutsche Abteilung des Lyzeums in S. erst ein Jahr später gegründet, dann Klassenzug um Klassenzug aufgebaut worden sei.

Es sei das schlimmste Jahr ihrer Schulzeit gewesen, hatte sie gemeint. Warum sie denn, wenn sie jetzt das Jahr zu Hause bleibe, nicht in die Kollektiv arbeiten gehe, kräftig genug wäre sie doch schon, ob sie die Aufnahmeprüfung schaffe, stehe doch in den Sternen, und wenn, dann doch nur, weil man auch schwächere Schüler aufnehmen werde, um die Klasse voll zu kriegen, darauf spekuliere sie, sonst hätte sie sich doch zur Aufnahmeprüfung an einem bereits existierenden deutschen Lyzeum gestellt, habe es im Dorf geheißen.

Dieses Gerede sei ja schon schlimm genug gewesen, schlimmer aber, daß sie sich unnütz gefühlt habe, hatte sie geklagt, deshalb wohl um eine Zeit die fixe Idee gehabt habe, sich zum Fernstudium einzuschreiben, hatte sie mir gestanden, präzisiert, daß man es ja nur in Rumänisch habe machen können.

Den Stoff allein durchnehmen, wie hätte das, selbst auf Deutsch, gehen sollen, in ihrem mehr als dürftigen Rumänisch schon gar nicht, habe sie einsehen müssen, hatte sie zugegeben, und daß ihre Eltern von ihrer verrückten Idee nichts gewußt hätten.

Daß sie in die Kollektiv arbeiten gehe, wäre für ihre Eltern vorerst mal nicht in Frage gekommen, aber zu Hause herumsitzen, habe sie nicht gewollt, hatte sie gemeint, mich darauf hingewiesen, daß damals im Kindergarten, im ehemaligen Gemeindehaus, eine Küche eingerichtet worden sei, die Laub Kathi die Stelle als Köchin gekriegt habe, und sie hatte mir erzählt, daß die Kathi sie gerne als Küchengehilfin genommen hätte, sie sich außerdem vorgestellt habe, der Kindergärtnerin zur Hand zu gehen, die Kinder schlafen legen, die Betten machen, doch daraus sei nichts geworden.

Erika wußte noch, daß die Kathi etwa bis 1975, als im Kindergarten nicht mehr gekocht wurde, hier gearbeitet, dann die Küche in der neu gegründeten Gemüsefarm übernommen hatte, und daß der Kindergarten wegen Kindermangel wohl 1979 geschlossen worden war.

Da Erika, bis sie nach Temeswar gezogen war, praktisch ständig zu Hause gelebt und bei ihren späteren Besuchen noch vieles mitgekriegt hatte, lag es auf der Hand, daß sie mehr Erinnerungen an das Dorf hatte als ich, dergleichen Details aber machten mir klar, daß die Vergangenheit sie seit längerem intensiv beschäftigt haben mußte, die sich bloß in Hinblick auf unser Gespräch in Erinnerung zu rufen, wäre gar nicht möglich gewesen.

Völlig aus dem Zusammenhang gerissen, hatte sie mich an die Feldhamsterplage Anfang der sechziger Jahre erinnert und meiner Erinnerung wieder mal auf die Sprünge verholfen.

Damals stellten Männer, die wahrscheinlich aus dem weit entfernten Bergland stammten, Fallen in den Feldern auf, ich war mir wie im Wilden Westen vorgekommen: Männer streiften durch die Gegend, sammelten ihre selbstgefertigten Fallen mit den toten Hamstern ein, häuteten sie, stellten neue Fallen auf.

Ihre Großmutter, hatte Erika erzählt, habe die von den Katzen nachts gefangenen und vor der Tür zur hinteren Küche abgelegten Viecher morgens immer am Gartenzaun vergraben, im Misthaufen verbuddelt, und sie habe sich noch erinnert, daß es ein Jahr nach ihrer Heirat auch so eine Plage gegeben habe.

Ja, ihre Großmutter, wenn die nicht gewesen wäre, hatte sie wieder mal gemeint, ihr Trost sei ihr wichtiger gewesen als der ihrer Eltern, sie habe ihr außerdem Mut gemacht: Mit der Aufnahmeprüfung werde es schon, wenn sie fest daran glaube. Und alles, was sie an Kochen und Backen könne, hatte sie stolz hinzugefügt, habe sie in dem Jahr von ihrer Großmutter gelernt, ihre Mutter hätte nicht die Geduld dazu gehabt.

Die Aufnahmeprüfung bestanden, sie habe sich noch nie so glücklich gefühlt, sei sich wie ein anderer Mensch vorgekommen, es wäre ja auch der Wendepunkt in ihrem Leben gewesen, hatte sie sichtlich ergriffen gemeint. Sie habe es immerhin auf den 15. Platz geschafft, hatte sie dann schon selbstironisch gemeint, und mir noch andere Details aufgetischt: 45 Kandidaten sich zur Aufnahmeprüfung für die 32 Plätze gestellt gehabt, aus ihrer Klasse 28 Matura gemacht, zwei Jungs die 11. Klasse wiederholt, zwei andere auf eine Berufsschule gewechselt, 9 Schüler aus ihrer Klasse die Aufnahmeprüfung auf die Hochschule geschafft.

Sie hatte mir gestanden, mit einem Hochschulstudium nie liebäugelt zu haben, da sie keine Chance gehabt hätte, sie wäre aber, hatte sie gemeint, trotz Matura mit leeren Händen dagestanden, am schwersten hätten es die Absolventen vom Dorf gehabt, woher auch die meisten aus den deutschen Lyzeen doch stammten. Und die hätten dann auf gut Glück Arbeit in der Stadt gesucht, froh sein können, vorerst mal als Unqualifizierte in einer Fabrik unterzukommen, sie habe dann ja Glück gehabt, den Eignungstest in Mathe und Physik bestanden, nach einem Kurs von mehr als einem Jahr und der praktischer Einübung habe die Produktion, das Bestükken von Halbleiterspeichern, begonnen, anfangs mit viel Ausschuß, zu Beginn seien sie 50 Mädchen gewesen, alles Lyzeumsabsolventinnen, zum Großteil vom Dorf, darunter viele Deutsche, später dann, bei ihrer Auswanderung 1979, seien es bereits so um die 150 gewesen.

Anfangs noch alle unverheiratet, kein Wunder, daß ihr Betrieb einer der beliebtesten Heiratsmärkte gewesen sei, um es mal so zu sagen, hatte sie amüsiert hinzugefügt, gemeint, die ersten Jahre in der Stadt aber wären überhaupt nicht lustig gewesen.

Ein Jahr arbeitete sie in der Schuhfabrik, teilte sich das Zimmer im Kellergeschoß mit noch zwei Arbeitskolleginnen, sie kamen alle vom Dorf, auch die vier Mädchen in den zwei anderen Zimmern. Eine Küche gab es nicht, sie kochten auf einem Elektroherd im Flur, aber eine Dusche, die ihnen wie die Zentralheizung als Luxus erschien, das hatte es nicht einmal im Internat des Lyzeums gegeben.

Sie zahlten 300 Lei Miete pro Person, dazu eine Pauschale für Wasser, Strom, Heizung, laut Mietvertrag aber nur die Hälfte wie mit dem Eigentümer, der mit seiner Familie in dem Haus wohnte, vereinbart, damit der weniger Steuern zahlen mußte. Sie hatten wenigstens einen Mietvertrag, bei sieben Personen wäre das anders auch schwer möglich gewesen, und somit auch eine zeitweilige Aufenthaltsgenehmigung im Unterschied zu Hunderten von Jugendlichen, die in der Stadt arbeiteten und illegal wohnten, zumeist unter miserablen Bedingungen.

Damals wurden im Rahmen der landesweiten Industrialisierung auch in Temeswar bereits existierende Betriebe

200

ausgebaut, neue kamen hinzu, man brauchte Arbeitskräfte, der Großteil kam aus den umliegenden Dörfern, nutzte die nun hierfür verkehrenden Pendlerzüge, Busse, Leute aus anderen Landeskreisen nutzten die Gelegenheit, hierher zu ziehen, denn nicht nur mit der Stadt, sondern mit dem Banat allgemein, verband man landläufig die Aussicht auf bessere Lebensbedingungen und einen bescheidenen Wohlstand. Im Eiltempo wurden neue Stadtviertel, Plattenbauten, hochgezogen. Betriebe meldeten den Wohnungsbedarf für ihre Belegschaft einer zentralen Stelle, hier entschied man, welcher Betrieb Vorrang hatte, die Wartelisten wurden betriebsintern geführt, deshalb spielte eine wesentliche Rolle, ob man seine Beziehungen hatte. Trotz verhängtem Zuzugsstopp schon ein paar Jahre später bekam man die Wohnungsnot nie in den Griff.

Erikas Betrieb war ein Vorzeigebetrieb, neuester technischer Stand, der Lösung der Wohnungsfrage für die Angestellten war deshalb auf politischer Ebene höchste Priorität eingeräumt worden. Doch noch drei Jahre blieb sie notgedrungen in dem Kellerzimmer wohnen, mit den Zimmerkolleginnen, die es auch in den Betrieb geschafft hatten, verstand sie sich nicht mehr besonders, bekam dann wie die in einem neu errichteten Wohnblock eine Einzimmerwohnung mit Kochnische und Dusche zugeteilt.

Das war der Standard für Unverheiratete. Wenn die dann heirateten, konnten sie von Glück reden, wenn sie nach Jahren des Wartens, auch wenn in der Zwischenzeit ein Kind da war, zu einer Zweizimmerwohnung kamen.

Verdienten junge Ehepaare einigermaßen gut, konnten auf die Unterstützung ihrer Eltern bauen, die ihnen die Anzahlung finanzierten, kauften sie eine Wohnung und stotterten den Kredit ab. Doch auch in diesem Fall war mit jahrelangen Wartezeiten zu rechnen, mit den auch ansonsten üblichen Baumängeln an den Wohnblocks und dem Pfusch in den Wohnungen, und bis es dann in dem Neubauviertel irgendwie wohnlich aussah, asphaltierte Straßen und Gehwege, Grünflächen, Bäume, vergingen nochmals Jahre. Endlich eine eigene Wohnung, ein unbeschreibliches Glück, vor allem aber sei sie auf das Taschengeld, wie sie es genannt hatte, nicht mehr angewiesen gewesen, da sie nun fast doppelt so viel verdiente als in der Schuhfabrik. Von den nicht ganz 700 Lei damals seien während der Heizungszeit mehr als die Hälfte für die Wohnung drauf gegangen, das Nötigste zum Kochen, dazu Kompott, Marmelade, Eingesäuertes, habe sie ja von zu Hause gehabt, aber wenn sie sich was zum Anziehen gekauft, sich sonst was geleistet habe, sei es knapp geworden, hatte sie mir erläutert, erzählt, ihre Mutter habe ihr unter dem Vorwand, sie und der Vater wollten ihr die Zugfahrt bezahlen, Geld zugesteckt, immer kurz bevor sie sich mit vollgepackter Tasche nach einem Besuch zu Hause zum Bahnhof aufgemacht habe, auch ihre Großmutter habe ihr Geld gegeben, oft auch eine größere Summe, gemeint, für den Notfall, verpulvern aber nicht, sie lächelnd ermahnt.

Geld habe ihr Großmutter vom Verkauf des Gemüses aus dem Hausgarten gehabt, das sei auf drei gleiche Teile aufgeteilt worden, hatte mir Erika erklärt und gemeint, ihre Großmutter habe dafür ja gearbeitet und im Grunde habe der Hausgarten ihr gehört, weil sie doch nicht Mitglied der Kollektivwirtschaft gewesen sei, zum Glück, aber gerade deshalb habe sie sich wegen des Hausgartens Sorgen gemacht: Was passiere, wenn sie mal nicht mehr sein werde.

Auf den Tod ihrer Großmutter und ihres Vaters, Anfang 1972 kurz nacheinander mit Beginn ihrer Ausbildung, war sie nicht näher eingegangen, ich hatte begriffen warum, ihren tiefsitzenden Schmerz nachvollziehen können, denn sie

202

hatte gemeint: Sie habe erst damals nachempfinden können, was ihre Großmutter, als die ihr vom Tod des Großvaters erzählt habe, mit schwärzester Tag habe sagen wollen, und beim Tod ihres Vaters habe sie sich in ihrer Verzweiflung an den schauerlichen Gedanken geklammert, daß ihre Großmutter zum Glück seinen Tod nicht mehr habe erleben müssen.

Wie in anderen Dörfern wurde Anfang der sechziger Jahre auch in W. eine Übernahmestelle für Gemüse, Tomaten und Paprika, der Großteil ging auf Export nach Deutschland, eingerichtet. Ein Segen, sagten die Leute, und der sollte bis Ende der siebziger Jahre anhalten.

Da man in den kleinen Privatproduzenten eine Konkurrenz für die staatlichen landwirtschaftlichen Betriebe sah, einer aufkommenden Privatwirtschaft generell einen Riegel vorschieben wollte, wurden nicht nur die Steuerabgaben drastisch erhöht, sondern den Leuten auch gedroht: Mit dem, der nicht mehr zur Arbeit in die Kollektiv komme, werden keine Verkaufsverträge für Gemüse mehr abgeschlossen.

Die Leute hätten trotz allem weitergemacht, wäre die Übernahmestelle im Dorf nicht geschlossen worden. Einige Jahre später mußten auch die staatlichen Landwirtschaftsbetriebe den Export einstellen, weil Spanien, Holland und Italien Rumänien und Bulgarien, bis dahin die Hauptexporteure von Tomaten und Paprika nach Deutschland, den Rang abgelaufen hatten.

In W. bestanden dank der großen Hausgärten geradezu ideale Bedingungen, Tomaten und Paprika in größerem Umfang als bisher zu pflanzen. Die Leute ergriffen die Chance, investierten ihre Ersparnisse, vom Maul abgespart, sagten sie, in die Anschaffung von Motoren, Pumpen, Brettern und Rahmen für die Mistbeete. Selbst diejenigen, die noch Pferd und Wagen besaßen, mit Gemüse auf den Wochenmarkt gefahren waren, gaben das weitgehend auf.

Die Leute machten in ihren Hausgärten Obstbäume aus, alte Sorten, die viel Schatten warfen, Rebstöcke, um größere Nutzflächen zu gewinnen. Um auf den Hauswein nicht verzichten zu müssen, ließ man eine Reihe Reben stehen, zog sie zu Spalier, ebenso die in den Vorgärten oder in den Vorderhöfen neu angepflanzten.

Erika war überzeugt, daß ihre Großmutter nie im Leben einverstanden gewesen wäre, den Teil der Reben, den sie und der Großvater damals nach ihrer Heirat neu angepflanzt hatten, auszustocken, und wäre der ebenfalls damals gepflanzte Kirschbaum im Wege gestanden, nicht am Ende des Gartens, hätte sie den bestimmt auch nicht ausmachen lassen.

Kuhmist mit noch viel Stroh war für die Mistbeete der geeignetste, wer keine Kuh hielt, sich die Milch von Nachbarn kaufte, nahm sich mit Einverständnis des Brigadiers ein paar Fuhren Mist von der Kollektivwirtschaft, wo es inzwischen einen Viehsektor gab.

Bereits Mitte März wurden die sogenannten Muttermistbeete für Tomaten angelegt, die für Paprika später. Auf den wärmespendenden Stallmist kam ein fein gesiebtes Gemisch aus Erde und stark verrottetem Mist, den Samen für das Exportgemüse erhielten die Leute von der Übernahmestelle; der dicke Bretterrahmen und die in Holzrahmen gefaßten Scheiben hätten die Keimlinge vor der Kälte nachts nicht genügend schützen können, deshalb deckte man alles mit Planen, alten Kleidern, aus Schilf gefertigten Matten ab. Wenn es tagsüber sehr kalt war, legte man die Scheiben nur für kurze Zeit frei, damit die Pflanzen Licht erhielten.

Die Tomatenpflanzen wurden, waren sie fingerlang, in größeren Abständen in neu angelegte Mistbeete umgepflanzt, pikiert, auch hier galt es, sie vor Kälte zu schützen, erst Anfang Mai, da war es schon warm genug, kamen sie ins Freiland.

Jede Pflanze bekam einen etwa anderthalb Meter langen Stock, an den sie gebunden wurde, dazu verwendete man in Streifen gerissene Maislieschen. Zwischen jeder zweiten Pflanzenreihe wurde mit der Hacke eine Rigole gezogen, durch die das Wasser für die Bewässerung geleitet wurde. Damit es bis ans Ende floß, mußte das Feld eben sein, aber eine leichte Neigung haben. In der Rigole errichtete man mit der Hacke aus der schlammigen Erde Dämme, um in den Abschnitten Wasser zu stauen, die Dämme wurden bei der nächsten Bewässerung aufgehackt. Die Bewässerung von Paprika erfolgte nach derselben Methode, er kam etwa drei Wochen nach den Tomaten ins Freiland, direkt vom Mutterbeet.

Die Pflege von Paprika war nicht so aufwendig, hacken, um das Unkraut zu vertilgen, vor allem aber, um den Boden locker zu halten, bewässern. Mit den Tomaten hingegen gab es ständig zusätzliche Arbeit: die wachsenden Pflanzen mußten an den stützenden Stock gebunden, Wildwuchs ausgebrochen werden. Hatten die Pflanzen die Höhe ihrer Stütze erreicht, wurde der Stengel gekappt, damit die sich die bis dahin angesetzten Tomaten besser entwickelten.

Zum Bewässern nutzen die Leute anfangs die Schwengelbrunnen, die es in vielen Gärten noch aus der Vorkriegszeit gab, als man in kleinerem Umfang Gemüse für den Wochenmarkt gepflanzt hatte. Wasser schöpfen war eine mühevolle Arbeit, wer noch einen Göpel im Garten stehen hatte, dazu noch das notwendige Pferd besaß, konnte sich glücklich schätzen, am glücklichsten die, denen es gelungen war, Motoren und Kolbenpumpen aufzutreiben. Bei diesen Schwarzkäufen tat man sich zusammen, wobei getrachtet wurde, daß einer von der Partie mit Motoren umzugehen wußte, Jüngere hatten sich während ihrer Deportation in die Sowjetunion in den Kohlegruben des Ural damit vertraut gemacht. Motor und Kolbenpumpe waren auf ein Pferdewagengestell montiert, mit einem davor gespannten Pferd wurde der Transport in den jeweiligen Hausgarten bewerkstelligt.

Schon ein paar Jahre darauf, 1962 war das Dorf ans nationale Stromnetz angeschlossen worden, hatten alle bereits Elektromotoren mit Zentrifugalpumpen, meistens unter der Hand gekauft, über Mittelsmänner, die ihre Beziehungen in Betrieben und auf Baustellen hatten. Rohre schlagen, in einer Tiefe von etwa drei Metern stieß man schon auf Grundwasser, war überhaupt kein Problem.

Mit Motoren und Pumpen ausgestattet, konnten die Leute nun mehr Tomaten und Paprika anpflanzen als noch zu Beginn der Konjunktur. Ein Teil des Hausgartens aber blieb weiterhin Kartoffeln, was man sonst noch zur Selbstversorgung brauchte, und Mais vorbehalten. Mais zur Sicherheit, da der von der Kollektivwirtschaft zugeteilte für Schweine und Geflügel nicht hätte reichen können.

Erika hatte erzählt, wie viel Mühe es ihren Vater gekostet hatte, ihre Großmutter zu überreden, den Brunnen im Garten zuzuschütten, nachdem er zu einem Elektromotor und einer Zentrifugalpumpe gekommen war. An den Standort des einstigen Brunnens in ihrem Garten hatte sie sich noch genau erinnern können, gemeint, sie sei bei der Arbeit im Garten der Stelle noch lange ausgewichen, da sie die Vorstellung gehabt habe, die Erde könnte nachgeben, sie im Brunnenschacht versinken.

Zu meiner Verwunderung hatte sie sich noch an den Namen der Tomatensorte für den Export erinnert, Delikatesse, mich darauf hingewiesen, obwohl das nicht nötig gewesen wäre, daß den Leuten diese Tomaten nicht schmeckten, sie zum eigenen Verzehr weiterhin Fleischtomaten pflanzten. Für den Paprika, der auf Export ging, war die rumänische Bezeichnung gogoşari gängig, auch Erika und ich kannten diesen roten Fleischpaprika nur unter diesem Namen. Leute, die große Hausgärten besaßen, setzten nun bis zu zweieinhalbtausend Tomatenpflanzen, dreitausend Paprikapflanzen, diesen Arbeitsaufwand konnten aber nur mehrköpfige Familien bewältigen, schulpflichtige Kinder mußten auch mit anpacken, vor allem bei der Ernte, die mit den Sommerferien begann.

Mitte Juni war mit der Ernte von Tomaten zu rechnen, sie wurden jeden Tag gegen Abend halbreif gepflückt, mit einem Lappen von Spritzmittelspuren und Staub gesäubert, nach Größe und Färbung sortiert, kamen, in Zweierreihen aneinander gelegt, in die mit speziellem Papier ausgelegten Kistchen, welche die Leute, wie das Papier, von der Übernahmestelle erhielten. Nach bestandener Kontrolle wurden die Kistchen mit einem Etikett und einer Banderole versehen. Paprika wurde in größeren und tieferen Kistchen abgeliefert, aber nicht gekistet, wie die Leute das Aneinanderlegen der Tomaten nannten.

Die strengen Kontrollen bei der Übernahme erhitzten die Gemüter: weitaus strenger als in anderen Dörfern, wo Tomaten und Paprika noch bis zu zwei kleinen Flecken aufweisen durften, wollte man erfahren haben. Andererseits war man stolz, da es hieß, die Ware aus W. werde immer als letzte in die Waggons im Bahnhof von G. geladen, bei der Kontrolle an der Grenze wäre bei diesen Waggons noch nie etwas beanstandet worden.

Ausbezahlt wurden die Lieferanten jede Woche, in der Regel nach der Sonntagsmesse, und wenn die Eisheiligen den Pflanzen nicht stark zugesetzt hatten, es nicht gehagelt hatte, man 5 Lei vom Stock gemacht hatte, wie die Leute sagten, wenn sie nach Abzug der Steuer Ende des Jahres Bilanz zogen, war es ein gutes Jahr.

Ein kleines Dorf, in kürzester Zeit zu Fuß alles erreichbar: Geschäft, Wirtshaus, Kulturheim, Kirche ,Friedhof. Die Übernahmestelle war in zwei Schuppen vis-à-vis des ehemaligen Gemeindehauses untergebracht.

Die Kistchen mit dem Gemüse brachten die Leute anfangs mit der Schubkarre, die es in jedem Haus gab, zur Übernahmestelle, in der Hauptsaison, wenn es nicht mehr nur um ein paar Kistchen ging und mehrmals gefahren werden mußte, eine mühevolle Arbeit. Die verrichteten die Männer schon in den frühen Morgenstunden, noch bevor es in die Kollektivwirtschaft zur Arbeit ging. Frauen, die an dem Tag nicht zur Arbeit gingen, ältere Familienmitglieder, Kinder, die schon kräftig genug waren, kamen nach und machten dann die Übergabe, bei der die Anstehenden einander halfen.

Leute, meist ältere, die noch Pferd und Wagen hatten, waren nicht gewillt, ihr Fuhrwerk für den Transport zur Verfügung zu stellen. Was sollten sie für die paar Schritte denn schon verlangen, argumentierten sie. In der Kollektivwirtschaft sah man es ungern, wenn die Leute sich Pferd und Wagen für den Transport zur Übernahmestelle ausliehen, und als es dann auch noch zu Streitigkeiten um die noch verfügbaren Fuhrwerke kam, war das der Anlaß, die Ausleihe für diesen Zweck zu verbieten.

Warum denn niemand von ihnen auf die Idee gekommen wäre, fragten sich die Leute, als sie in den Nachbardörfern die in erster Linie für den Transport von Gemüse in Kistchen gedachten Wägelchen sahen. In den Werkstätten der dortigen Staatsfarmen, die den Schwarzaufträgen kaum

nachkamen, ließen auch sie sich diese Wägelchen anferti-
gen. Der Rahmen der großen Ladefläche, mit Brettern ausgelegt, bestand wie die hohen Seitenteile aus geschweißtem
Kanteisen, auf den zwei Gummirädern ließ sich die schwere
Last leicht transportieren.

Die Übernahmestelle war zum Treffpunkt im Dorf geworden, hier wurden Erfahrungen im Anbau von Gemüse
ausgetauscht, jeder wollte es natürlich besser wissen, hier er-
fuhr man rascher als sonst Neuigkeiten aus anderen Dörfern,
in der Warteschlange, die oft bis zum Kulturheim reichte,
bot sich wie nirgendwo die Gelegenheit zum Erzählen, wie
es hieß, tratschen, gaben die Frauen zu. Und wenn Männer
dabei waren, die sich Gedanken über die Zukunft machten,
hieß das disputieren.

Den Pessimisten wurde entgegengehalten, daß es den
Leuten doch noch nie so gut gegangen wäre, und daß die
dort oben den Exportverpflichtungen gar nicht nachkommen könnten ohne die Privatproduzenten. Die Sorge ging
um, daß eintreten könnte, was man so hörte. Rumänen aus
G. hätten gedroht, bei hohen Parteileuten anzuzeigen, daß
in W. das Gesetz nicht eingehalten werde, denn laut dem
dürften Mitglieder einer Kollektivwirtschaft nur 25 Ar eines
Hausgartens nutzen.

Die Kollektivierung der Landwirtschaft galt wohl seit
1962 offiziell als abgeschlossen, doch man hatte ja die
bittere Erfahrung gemacht, daß alles möglich war, sprach
sich deshalb Mut zu, fragte sich, wie das gehen sollte, die
könnten den Leuten doch nicht einen Teil des Hausgartens
wegnehmen, dort zum Beispiel Tabak für die Kollektiv
setzen lassen, wer aus dem Dorf würde denn im Hausgarten
eines anderen für die Bagage arbeiten, und die paar Neider
mit wenig Garten aus dem eigenen Dorf, die es gerne wie
diese Tunichtgute aus G. hätten, würden sich doch nie

unterstehen, sich im Hausgarten eines anderen blicken zu lassen, würde man ihnen ein Stück davon zuteilen, damit auch sie dann 25 Ar hätten.

Die Sorge hatte sich als begründet erwiesen, denn im Spätherbst 1967 war es dann soweit. Brigadier und Equipe-Chefs, die den Betroffenen versicherten, wie unangenehm es ihnen sei, aber es bliebe ihnen nichts anderes übrig, Befehl wäre nun mal Befehl, nahmen in deren Beisein, denn das ließ man sich nicht nehmen, die Ausmessungen vor, mit dem Klafter.

Dabei sollte es aber mit der Anwendung dieser wie aus dem Nichts aufgetauchten Bestimmung vorläufig bleiben. Hatten die nun doch aus Angst vor Unruhe die Hose voll, fragte man sich. Die Betroffenen aber, es wurde mit hohen Geldstrafen gedroht, wenn nicht gar mit Gefängnis, trauten sich nicht, auch den nach der Ausmessung mit Pflöcken markierten Teil ihres Hausgartens zu nutzen, so daß der brach liegen blieb und von Unkraut überwuchert wurde.

Es tue weh, sehen zu müssen, wie alles verwildere, meinten die Leute, versuchten sich aber zu trösten: Bei allem Unglück doch noch Glück gehabt. Erst im Herbst, vorher wäre das nicht in Frage gekommen, sollten doch die, die es befohlen hatten, die Schande sehen, brannten die Leute das Unkraut ab.

Wenn in jenen Tagen Rauchwolken über dem Dorf zu sehen waren, machte sich niemand Sorgen, und über den Geruch von Verbranntem, der sich mit dem Abendwind über das ganze Dorf ausbreitete, wunderte sich auch keiner.

Hoffnung kam auf, die Sache schien eingeschlafen, von der letzten Enteignung, wie die Leute sagten, war nichts mehr zu hören. Ohne viel zu fragen, die Hausgärten einfach wieder ganz nutzen oder doch durch die Blume nachfragen? Die Betroffenen waren hin und her gerissen: Würde man nur darauf warten, sie bestrafen zu können, Nachfragen könnte wieder alles ins Rollen bringen, dann alles vorbei sein, endgültig.

Man fragte dann doch mal vorsichtig beim Brigadier nach, der nun zu den Betroffenen zählte, da sein betagter Vater, dem als Nichtmitglied der Kollektivwirtschaft der Hausgarten de facto gehört hatte, verstorben war. Keine Neuigkeiten, es bliebe wahrscheinlich wie vorher, meinte der Brigadier, ließ sich aber versichern, es nicht von ihm gehört zu haben.

Hatte man einsehen müssen, daß'man die Exportverpflichtungen nicht hätte erfüllen können, hatte man doch Angst vor Unruhe im Dorf, oder gab es noch schwerwiegendere Gründe, warum über die Bestimmung hinweggesehen wurde? Es blieb den Leuten ein Rätsel, doch jedes Frühjahr bangten sie nun, denn sie zweifelten, daß man endlich Ruhe geben würde.

Erika hatte gemeint, sie seien dank ihrer Großmutter in einer glücklichen Lage gewesen, daß sie aber auch gebangt hätten, dazu den Neid zu spüren bekommen hätten, nicht nur wegen des Gartens. Sie hatte mir lang und breit erklärt, daß man auf ihren Vater neidisch gewesen wäre, weil der, bis er dann auch zu einem Wägelchen gekommen sei, entgegen der mündlichen Verordnung, für den Transport von Gemüse zur Übernahmestelle dürfe man sich Pferd und Wagen nicht mehr ausleihen, die Möglichkeit weiterhin genutzt habe, da ihm wie allen, die im Stall arbeiteten, Pferd und Wagen zur Verfügung gestanden hätten, um den Mist weg zu fahren, Stroh und Futter heran zu schaffen.

Wer hätte es denn nicht so gemacht, hatte sie ihn verteidigt, mich dann darauf hingewiesen, daß er nicht mehr im Pferdestall gearbeitet habe, daß ihre Eltern im neu gegründeten Viehzuchtsektor Milchkühe übernommen gehabt hätten, so an die 15 Stück, von Vorteil wäre gewesen, daß ihnen viel mehr Zeit für den Hausgarten geblieben sei.

Ihr Vater, hatte sie erzählt, habe Bedenken gehabt, da er doch nicht melken könne. Alles könne man lernen, habe ihre Großmutter gesagt, und ihn daran erinnert, daß seinem Schwiegervater damals in seiner Not auch nichts anderes übrig geblieben sei.

Ihre Großmutter! Das war mal wieder das Stichwort, und Erika hatte erzählt, die wäre heilfroh gewesen, in der ungewissen Situation mit den Hausgärten die Eintragung im Grundbuch nicht, wie vorgehabt, bereinigt zu haben, dann ihre Eltern auch eintragen zu lassen. Und sie hatte gemutmaßt, daß ihre Großmutter die Änderungen im Grundbuch ursprünglich in erster Linie wegen ihres Vaters habe vornehmen lassen wollen, damit der auf keinen Fall wieder leer ausgehe, mich daran erinnert, mir ja erzählt zu haben, daß er nach dem Krieg sein elterliches Erbe durch Machenschaften verloren habe.

Obwohl die Leute erst erlebt hatten, was ihnen mit den Hausgärten hätte passieren können, sprachen sie sich mal wieder Mut zu: Grundbucheintragung hin oder her, soweit wie nach dem Krieg würde man bestimmt nicht mehr gehen, ihnen den Anspruch auf ihrer Häuser streitig zu machen. Was dieser ihnen noch verbliebene Besitz betraf, sollten sie recht behalten.

In dem Elend und der Unsicherheit des Nachkriegsjahrzehnts hatten die Leute an ihren Häusern nur das Allernotwendigste gemacht, für größere Renovierungsarbeiten hätte ihnen auch das Geld gefehlt. Nun, durch den Verkauf von Gemüse für den Export nach Deutschland, hatten sie es, und weil ihnen ihre Häuser schon immer wichtig waren, jetzt das Wichtigste, ließen sie die renovieren.

Maurer und Zimmerleute, Jüngere hatten diese Berufe

während der Zwangsumsiedlung in den Bărăgan erlernt, konnten den Aufträgen kaum nachkommen, mußten zeitweilig gar nicht mehr in der Kollektivwirtschaft arbeiten, errichteten in jenen Jahren zudem drei Häuser, es sollten die einzigen Neubauten der Nachkriegszeit im Dorf bleiben. Für ihre Großmutter wäre es selbstverständlich gewesen, bei der Renovierung des Hauses am Giebel die neue Inschrift, Franz u. Maria Kiefer 1965, anbringen zu lassen, auch weil die, obwohl die Grundbucheintragung noch angestanden habe, bestimmt verdeutlichen sollte, wem das Haus mal gehören werde, hatte Erika gemeint, mir dann erklärt, daß ihre Mutter nie darauf gedrängt habe, die Angelegenheit mit dem Grundbuch in Ordnung zu bringen nach dem Tod ihrer Großmutter und ihres Vaters. Das habe sie, ehrlich gesagt, damals auch nicht interessiert, hatte sie zugegeben.

Bei der Auswanderung mußten die Leute ihre Grundbücher notgedrungen in Ordnung bringen, an privat verkaufen durften sie aber nicht, die Häuser gingen in den Besitz des Staates über. Die Entschädigung, ein Spottpreis, Hausgärten wurden nicht entschädigt, erhielten die Leute erst mit der Aushändigung des Passes, da die Überschreibung der Häuser an den Staat aber bereits Monate davor aktenkundig sein mußte, zahlten sie bis zum Tag ihrer Auswanderung Miete.

Geld durfte, außer 100 Lei pro Person, nicht mitgenommen werden, und sofern die Leute das Wagnis nicht eingegangen waren, im Hinblick auf ihre Auswanderung auf dem Schwarzmarkt Lei gegen Valuta einzutauschen, die sie dann Besuchern aus Deutschland mitgaben, ließen sie ihr Geld bei Verwandten oder Bekannten in der Hoffnung, daß es ihnen eines Tages vielleicht noch von Nutzen sein könnte.

In die Häuser, Eigentümer waren nun die jeweiligen Gemeinden, wurden Leute aus anderen Landesteilen, die in der Landwirtschaft arbeiten sollten, eingewiesen. Den Zugewanderten wurde, da meist mittellos, die Miete erlassen. Die Gemeinden wären, selbst wenn sie ein Interesse daran gehabt hätten, nicht in der Lage gewesen, die Häuser instand zu halten, so daß das Bild der banatschwäbischen Dörfer nun zunehmend von renovierungsbedürftigen Häusern, Schutthaufen, die noch von ehemaligen zeugten, geprägt wurde.

Sie habe bei ihrer Auswanderung geschummelt, hatte Erika mir gestanden. Sie habe im Ausreiseantrag die Frage, ob sie eine Immobilie besitze oder ein Erbrecht habe, verneint, was das bedeutet hätte, wäre der Schwindel aufgeflogen, könnte ich mir ja vorstellen und welche Ängste sie ausgestanden habe, ihr Erbrecht am Elternhaus aber anzugeben, hätte alles nur verkompliziert, und ihre Mutter hätte für ihren Erbanteil Miete zahlen müssen. Sie habe ihr von dem Schwindel nichts gesagt, die sich zum Glück in diesen Dingen nicht ausgekannt.

Nach der Revolution Dezember 1989, als es zum Exodus der Deutschen aus Rumänien gekommen war, durften Auswanderer ihre Häuser samt Garten verkaufen, auf dem Lande aber Käufer zu finden, war schwierig, in einem kleinen Dorf wie W. so gut wie aussichtslos.

Wie war es gekommen, daß in Rumänien alles bergab ging, anfangs allmählich, dann Anfang der achtziger Jahre so rasant, daß die Leute im Dorf behaupteten, die Not wäre nicht einmal nach dem Krieg so groß gewesen. Keine Übertreibung, waren Erika und ich uns einig.

Zehn Jahre zuvor hätten Leute auf die Frage eines Reporters der deutschen Regionalzeitung, wie es ihnen gehe, geantwortet, sie wären zufrieden, man habe genug zu essen, ein schönes Haus, wer fleißig arbeite, könne sich was leisten, weil sie gewußt hätten, was der hören wollte und was er schreiben durfte. Wäre er ihnen vertrauenswürdig erschienen, hätten sie ihm anvertraut, daß die da oben ruhig machen könnten, was sie wollten, solange man sein Auskommen habe, aber auch eingeräumt, daß man sich frage, was kommen werde, wenn noch mehr Landsleute auswanderten.

„Banater" nannten die Leute die „Neue Banater Zeitung", die in Temeswar erschien, für sie war es wegen der sonntags erscheinenden Beilage in Mundart ihre Zeitung, die Zeitung „Neuer Weg" aus der Hauptstadt hatten nur ein paar Leute aus dem Dorf abonniert. Weil sie mehr Seiten umfaßte, der Parteipolitik viel mehr Platz eingeräumt werden mußte als in einer Lokalzeitung, wurde gewitzelt, daß man sich damit ausgiebiger den Arsch wischen könnte.

Die „Banater" veröffentlichte regelmäßig Artikel über Dörfer, in denen Deutsche lebten, darin ging es um die Errungenschaften des sozialistischen Aufbaus auf dem Lande. Nach Parteisekretär, Bürgermeister, LPG-Vorsitzendem wurden auch Deutsche namentlich genannt und deren Beitrag zur Entwicklung des Dorfes gewürdigt. Neben den offiziellen statistischen Daten über die Steigerung der Produktion in der Landwirtschaft dank der Mechanisierung wurde, ebenfalls durch Zahlen belegt, darauf hingewiesen, was die Leute sich alles angeschafft hatten: Radio, Waschmaschine, Kühlschrank, Fernseher.

Auch über W. war so ein solcher Artikel erschienen, wobei das schmucke Aussehen des Dorfes, wie es hieß, besonders hervorgehoben wurde. Das gefiel den Leuten, daß sie ihre Anschaffungen aber der Fürsorge der Partei zu verdanken hätten, ärgerte sie. Als ob die da oben dafür geschuftet hätten, meinten sie.

Erika hatte sich noch daran erinnert, wie das gewesen war, als ihr Vater mit Anschluß des Dorfes ans nationale Stromnetz das Radio kaufte. Sie seien vor ihm versammelt gewesen, ihr Vater habe es eingesteckt, sie hätten sich im nächsten Moment vor Schrecken die Ohren zugehalten, da auf volle Lautstärke aufgedreht gewesen sei. Das habe ihr Vater rasch im Griff gehabt, dann vorsichtig, um ja nichts kaputt zu machen, nach einem deutschen Sender gesucht, sei auf Radio Wien gestoßen. Auf Stühlen wären sie wie gebannt vor dem Radio gesessen, hätten stundenlang zuhören können.

Ihre Großmutter habe sich wohl über die technischen Errungenschaften gewundert, sie aber keineswegs abgelehnt, hatte Erika mir erklärt und erzählt, sie sei von der Waschmaschine, sie hätten als eine der ersten Familien im Dorf eine gehabt, geradezu begeistert gewesen, die hätten sie bei Schönwetter immer in den Hof neben den Brunnen gestellt, einmal habe ihre Mutter vergessen gehabt, sie zu erden, einen leichten Stromschlag abgekriegt, und ihre Großmutter habe gemeint, ihr wäre das nicht passiert, sie müsse sich auch immer um alles kümmern.

Amüsiert hatte Erika mich auch daran erinnert, wie die Männer damals, als sich fast alle Leute Fahrräder kauften, vorher gab es nur ein paar im Dorf, ihre Frauen auf der Hutweide Fahrradfahren lernten, damit auch sie auf ihren Damenrädern zur Arbeit aufs Feld fahren konnten. In dem hohen Staub auf den Feldwegen gar nicht so einfach, nach starkem Regen in dem Dreck unmöglich, wie in den Gassen im Dorf, hier habe zudem doch immer die Gefahr bestanden, wegen der Akazienbäume in einen Dorn zu fahren, hatte sie gemeint und mich darauf hingewiesen, daß ihre Mutter zu den wenigen Frauen im Dorf gehört habe, die trotz aller Bemühungen ihres Vaters nicht Fahrradfahren gelernt habe.

Neben Bällen, der Kirchweih, den Spielen der Handballmannschaft, nun in sieben, hatte damals das Dorfkino im Kulturheim den größten Zulauf. Die Frauen waren die eifrigsten Kinogängerinnen bei den spanischen und indischen

Herz-Schmerz-Filmen, bei deutschen Filmen, vorwiegend Unterhaltungsfilme, war der Saal brechend voll, zudem konnte man sie sozusagen im Original sehen, da die Filme nicht synchronisiert waren, sondern untertitelt. Bei sowjetischen Filmen, fast ausnahmslos Kriegsfilme, gab es nur wenige Zuschauer, und wenn Männer sie sich dann doch anschauten, war das der Anlaß, danach im Dorfwirtshaus anhand eigener Kriegserlebnisse den Beweis zu führen, daß es nicht so gewesen wäre.

Im Unterschied zu ihrer Mutter sei ihre Großmutter wie die meisten der älteren Frauen nicht ins Kino gegangen, aber Fernsehen habe sie geschaut, hatte Erika erzählt. Die deutsche Stunde, hatte sie präzisiert, gemeint, da habe sie Freitag nachmittags alles stehen und liegen lassen, schon verwunderlich bei einer Frau, für die in ihrem Leben nichts wichtiger als Arbeit gewesen wäre, noch fast zwei Jahre sei ihr das bißchen Glück gegönnt gewesen.

Ab 1970 gab es im Rahmen des rumänischen Fernsehprogramms neben einer Sendung in ungarischer Sprache auch eine in deutscher Sprache, von den Leuten die deutsche Stunde genannt. Daran interessierte sie vor allem die Auftritte von Volkstanzgruppen, die von Blaskapellen, die Aufzeichnungen von Theateraufführungen der deutschen Theater aus Temeswar und Hermannstadt. Und wenn es zur deutschen Stunde einen Kritikpunkt gab, dann den: Den Siebenbürger Sachsen wäre mal wieder mehr Platz eingeräumt worden als den Banater Schwaben.

Durch den Verkauf von Gemüse für den Export waren die Leute für ihre Verhältnisse wohlhabend geworden und zeigten das auch gern. Sie fuhren in die Stadt groß einkaufen, Kleider und Schuhe für sonntags, vor allem bei den Kindern wurde nicht gespart. Auch bei Neuanschaffungen, Möbel, Teppiche, Elektroherde waren nun dran, versuchte man sich zu überbieten, und es wurde für die Staffier, wie die Aussteuer für Mädchen im heiratsfähigen Alter genannt wurde, vorgesorgt.

Feld, ein schönes Roß, früher da hätte man wenigstens gewußt, was man habe, erinnerten Großeltern an ihre Träume, steuerten dann doch zum Kauf eines Motorrades, in den sechziger Jahre noch Importe aus der Tschechoslowakei, der DDR, aus Ungarn, der Sowjetunion, für den Enkel bei. Mancher der noch heimlich gespöttelt hatte, man gebe doch nicht ein kleines Vermögen aus, um sonntags auf der Hutweide, im Dorf oder auf dem Hotter herumzufahren, ließ das ein paar Jahre später nicht mehr gelten, wenn der eigene verheiratete Enkel sich eine „Dacia" kaufte, wie die einheimische Automarke hieß. Und nicht unerwähnt blieb, daß man auch ein bißchen dazu beigesteuert habe, da so ein Auto doch ein wahres Vermögen koste.

Erikas Mutter konnte, da allein geblieben, kein Gemüse für den Export mehr pflanzen, und die Arbeit im Kuhstall, die Ehepaare versahen, hatte sie, als ihr Mann nicht mehr konnte, aufgeben müssen, der hatte nach Feststellung seiner Krebserkrankung nicht einmal ein halbes Jahr mehr gelebt. Sie ging nun zu den Alten, wie es hieß, in die Arbeit, hier, in den Gemüsefeldern der Kollektivwirtschaft waren fast ausschließlich ältere Frauen beschäftigt. Ihre Haupteinnahmequelle blieb aber weiterhin der Hausgarten, von dem sie einen Teil unter der Hand verpachtete. Das taten auch andere in ihrer Lage, die Pächter, Leute aus dem Dorf, pflanzten Gemüse für den Export.

Damit war es mit Schließung der Übernahmestelle für Gemüse 1977 wegen rückgängiger Exportaufträge vorbei, auch die der LPG brachen kurz darauf weg. Wäre das jetzt der Anfang vom Ende, fragten sich die Leute. Verhungern werde man nicht und man habe doch schon viel schlimmere Zeiten durchgestanden, versuchten sie sich zu trösten. Dann aber kam erneut jenes Gerücht auf, vor dem sich die Leute, die es betraf, all die Jahre am meisten gefürchtet hatten: die Hausgärten. Wieder mal nur Strohfeuer hoffte man, doch diesmal vergebens.

Das Allerschlimmste, wie die Leute es in ihrer ohnmächtigen Wut und Verzweiflung nannten, war eingetreten, und Saisonarbeiter, die es nicht scherte, wo sie eingesetzt wurden, erledigten die Arbeit, vorwiegend Tabak wurde auf die in den Besitz der Kollektivwirtschaft übergegangenen Flächen gepflanzt.

Durch Saisonarbeiter aus Landesteilen mit wenig Landwirtschaft den akuten Mangel an Arbeitskräften in den LPGs in den Griff zu kriegen, war ein lächerliches Unterfangen. Die Dorfbevölkerung überaltert, der Großteil der Jugendlichen in die Städte abgewandert, in erster Linie aber führte die unzureichende Mechanisierung in die sich seit Jahren anbahnende Katastrophe. In den Staatsfarmen mit ihren riesigen Anbauflächen war, obwohl besser mit Traktoren und landwirtschaftlichen Maschinen ausgestattet, die Lage nicht anders. Hier wurden, vor allem bei der Maisernte, Soldaten eingesetzt, Belegschaften der Betriebe, Studenten und Schüler mußten in sogenannten freiwilligen Arbeitseinsätzen bei Erntearbeiten mithelfen, doch wie in den LPGs konnte auch hier die gesamte Ernte nicht eingebracht werden, verrottete auf den Feldern.

Die ersten Saisonarbeiter waren wegen des versprochenen Verdienstes in Naturalien, Weizen und Mais, nach W. gekommen, denn Geld gab es, wie in anderen LPGs, kaum zu verdienen. Sie hausten in improvisierten Unterkünften, leer geräumten Magazinen, sonstigen Räumlichkeiten der Kollektivwirtschaft, Familien wurden in unbewohnte Häuser eingewiesen, Erben, die einen Anspruch darauf hatten, mußten es hinnehmen.

Die neuen Kolonisten, wurden die Saisonarbeiter in W. genannt. Den Wenigen, die sie bemitleideten, die armen Leute, hinten und vorne nichts, sonst hätte es sie doch nicht hier her verschlagen, wurde entgegengehalten, daß sie nicht so reden würden, hätte man ihnen einer der armen Schlukker ins Haus eines verstorbenen Verwandten gesetzt und müßten sie zusehen, wie es zugrunde gehe, und wer glaube, daß die so schnell wieder wegziehen würden, der irre sich. Mit der Auswanderung, die ersten Familien aus dem Dorf wanderten 1980 aus, recht spät im Vergleich zu anderen Dörfern, standen immer mehr Häuser zur Verfügung, und die Saisonarbeiter blieben für immer, trotz Niedergangs der Kollektivwirtschaft.

Der Viehzuchtsektor, Milchkühe, Schweine, Hühner, wurde aufgelöst, der Bestand an Pferden war auf den Bedarf im Gemüseanbau reduziert worden, der dann auch aufgegeben wurde. Das Entgelt an Weizen und Kolbenmais, weswegen die Leute überhaupt noch in die Kollektivwirtschaft zur Arbeit gingen, war mit den Jahren immer weniger geworden, da die Abgabenquoten ständig erhöht wurden, für die Mitglieder nur noch wenig übrig blieb.

Zucker wurde keiner mehr zugeteilt, ihre Anteile an Stroh und Maislaub erhielten die Leute nicht mehr, da die an den Viehzuchtsektor der Staatsfarmen abgegeben werden mußten. Und stand die Auszahlung an, wurden die Leute nun öfter auf später vertröstet.

Wenn wieder Geld da sei, kriegten auch die Rentner zu hören. Die Rente von Kollektivmitgliedern, mit 55 Jahren hatte man ein Recht darauf, war lächerlich, oft nicht einmal 100 Lei. Zum Glück sei man nicht darauf angewiesen, sonst würde man glatt verhungern, trösteten sich die Leute, die meisten hatten noch vom Verkauf von Gemüse beträchtliche Summen auf dem Sparbuch. Aber auch in W. wurde dann ein Wort geläufig: Krise.

Anfang der achtziger Jahre setzte die Lebensmittelkrise ein. Mehl, Zucker, Speiseöl, Milch, Butter gab es für die Stadtbevölkerung nur noch auf Bezugsscheine, Brot wurde knapp, waren Fleisch, Wurst, Eier eingetroffen, bildeten sich riesige Schlangen.

Das Land hatte hohe Auslandsschulden, mit den Krediten war die gigantomanische Industrialisierung vorangetrieben worden, und weil die oberste Parteiführung an der Spitze mit dem Führerehepaar deren Tilgung zur obersten Priorität erklärt hatte, Industrieprodukte aber im Westen kaum Abnehmer fanden, wurden ohne Rücksicht auf die Bevölkerung auf Teufel komm raus Agrarprodukte exportiert.

Durch die Zusammenlegung von Staatsfarmen und deren Ausstattung mit zusätzlichen landwirtschaftlichen Maschinen hatte man sich eine Steigerung der Produktion erhofft, doch die war ausgeblieben: chronischer Mangel an Treibstoff, das Fehlen von Ersatzteilen, hinzu kam, wie in anderen Bereichen auch und seit jeher, der Schlendrian. Parallel zu diesen Staatsfarmen waren riesige Spezialfarmen für Schweine, Hühner, Milchkühe und Rinder gegründet worden, denen machte hauptsächlich der Mangel an Futtermittel zu schaffen.

Obwohl schon immer auf Selbstversorgung eingestellt, bekam auch die Landbevölkerung die Lebensmittelkrise zu spüren, denn auf Zucker und Speiseöl, das allein stand ihr zu, war sie angewiesen. Auch vor dem Dorfladen in W., er war Ende der sechziger Jahre in einen Anbau zum Gemeindehaus verlegt worden, wurde nun von einer Frau aus dem Dorf geführt, bildete sich jetzt eine Schlange, wenn die Ration, wie die Leute sagten, endlich eingetroffen war.

Anstatt Öl wieder Schweineschmalz, weniger Kuchen backen, den Zucker für Marmelade und Kompott sparen, versuchten sich die Frauen mal wieder zu trösten, wann es das letzte Mal Bonbons oder Schokolade für die Kinder zu kaufen gegeben hatte, konnten sie sich gar nicht mehr erinnern. Daß sie mal sogar für Salz und Streichhölzer werden anstehen müssen, hätten sie sich nicht vorstellen können.

Und die Männer hätten es nicht für möglich gehalten, daß es im Dorfwirtshaus, nun im ehemaligen Geschäft untergebracht und mit einem neuen Wirt, wochenlang kein Bier geben würde, daß der Wein und der Schnaps ausgehen könnten, die Zigaretten.

Einer guten Hausfrau gehe das Brot über Nacht nie aus, hieß es, womit gemeint war, daß sie rechtzeitig neues backte. Und nun war die größte Sorge der Leute, daß sie eines Tages überhaupt keinen Weizen mehr von der Kollektivwirtschaft erhalten und ohne Brot bleiben würden, das tägliche Brot, sagten sie, meinten ihr großes rundes und hohes Weißbrot. Hinzu kam, daß auch Hefe Mangelware geworden war.

Um Mehl zu sparen, versuchten die Leute in den Nachbardörfern, wo es Bäckereien gab, an Brot zu kommen, es war eine Glückssache, und sie mußten sich erst mal an das flache und säuerlich schmeckende Mischbrot gewöhnen, trösteten sich aber: Wenigstens nicht das noch schlechtere Schwarzbrot wie in dem Elend nach dem Krieg. Die Möglichkeit sich von Leuten, die in die Stadt auf den Markt fuhren, Brot mitbringen zu lassen, im Glücksfall, gab es nicht mehr.

Diejenigen mit Autos, Erika war sich sicher, daß es 15 im Dorf gegeben hatte, hatten nach der Schließung der Übernahmestelle den Gemüseanbau nicht ganz aufgegeben. Vor Jahren noch ein Luxus und ihr ganzer Stolz, waren sie mit den Autos, die hinteren Sitzbänke wurden abmontiert, auf den Markt in die Stadt gefahren. Als es dann Benzin nur noch auf Zuteilung gab, 30 Liter pro Monat, wenn man Glück hatte, hatten sie aufgeben müssen. Außerdem war das Bewässern wegen Stromausfall ein Problem geworden. Da wegen Stromknappheit wenigstens die Betriebe in den Städten am Laufen gehalten werden sollten, wurde der Strom auf dem Lande tagsüber oft abgeschaltet. Gab es zufällig doch Strom, mußte man auf der Hut sein, denn das Betreiben von Elektromotoren zur Bewässerung galt als Stromvergeudung, die mit hohen Geldstrafen geahndet wurde. Auch in W. hatten sich die Haushalte im Laufe der vorhergehenden Jahre auf Elektroherde umgestellt, nun mußten wieder Sparherde her, im Glücksfall hatte man sie aufbewahrt. Verpaßten die Frauen den günstigen Zeitpunkt, um zu waschen und zu bügeln, mußten sie wieder von Hand waschen und mit dem Kohlebügeleisen bügeln.

Da der Strom oft auch nach Einbruch der Dunkelheit ausblieb, hatten die Leute ihre aufbewahrten Petroleumlampen hervorgeholt, konnten nur hoffen, irgendwie an Petroleum zu kommen. Auch Eierkohlen waren Mangelware geworden, und die Leute befürchteten, im Winter in den Schlafzimmern nicht mehr richtig heizen zu können, da sie ihre dicken Öfen durch Kohleöfen ersetzt hatten.

Im Verschaffen, wie man es auch in W. nannte, waren die Leute zu wahren Meistern geworden, doch an Kohlen zu kommen, war äußerst schwierig, da die Fuhrleute, sie gehörten zu den wenigen Selbstständigen, laut Verordnung die Dorfbevölkerung aus dem Depot der Kleinstadt H., dem einzigen in der Gegend für Kohlen, Holz und Petroleum, nicht mehr beliefern durften, es ihnen nur noch schwarz möglich war.

Das rumänische Fernsehen, nur noch zwei Stunden am Tag wurde gesendet, vermißten die Leute im Dorf nicht, außer der deutschen Stunde hatte es sie sowieso nie groß interessiert. In der Hoffnung auf Strom waren die Antennen auf den Dächern nur noch auf Belgrad oder Budapest ausgerichtet, da man die Sender in diesem Landesteil empfangen konnte. Um internationale Fußballspiele und andere Sportveranstaltungen, die das rumänische Fernsehen bereits Jahre vor der Reduzierung seines Programms kaum noch übertragen hatte, weiterhin sehen zu können, aber auch Filme und Fernsehserien, die Leute hatten trotz der Sprachbarrieren mit den Jahren gelernt, sie zu verstehen, riet man einander von einer Kündigung des Abonnements ab, da man aus anderen Dörfern gehört hatte, daß die Fernseher versiegelt werden würden und man mit ständigen Kontrollen zu rechnen hätte. Die Zeitung aber, die wegen Papiermangel nur noch als Doppelblatt erschien, bestellten die meisten Leute ab.

Der Laub Hans, der den Beruf des Briefträgers nebenbei ausübte, hatte, als es noch kein Problem mit Benzin gab, die Post immer mit seinem Auto vom Postamt in G. abgeholt, jetzt ließ er sie sich vom Traktorfahrer aus der Gemüsefarm mitbringen, der die Schüler nach G. in die Schule brachte und bei der Gelegenheit auch die Post für die Soldaten in der Gemüsefarm abholte.

In W. hatte niemand ein Postkästchen, die Zeitungen steckte der Laub Hans im Vorbeifahren auf dem Fahrrad zwischen die Latten des Zauns, Briefe übergab er persönlich und natürlich die Postkarten, auf welche die Leute am sehnlichsten warteten.

Durch Postkarten mit getippter Standardformulierung erhielten die Leute Nachricht von der Paßbehörde, die meisten zum wiederholten Male eine Absage. Noch verzweifelter waren diejenigen, die auf ihren Ausreiseantrag überhaupt keine Antwort erhielten.

Die Briefe stammten von Familienangehörigen aus

Deutschland, nach dem Krieg dort Gebliebene oder in der Zwischenzeit Ausgewanderte, sie enthielten Nachrichten aus der Familie, ausführlich wurde berichtet, was man sich noch angeschafft, wo man den Urlaub verbracht hatte, wann man wieder mal nach Hause zu kommen gedachte.

Als wüßten sie nicht, daß es nur durch Bestechung in Mark gehe, ärgerte man sich über Verwandte, wenn diese in Briefen schrieben, sie hofften, daß man sich bald in Deutschland sehe.

Der Laub Hans war zur wichtigsten Person im Leben der Leute geworden. Sie hofften und bangten, wenn sie ihn am späten Nachmittag erwarteten, waren enttäuscht, wenn er an ihrem Haus vorbeifuhr, aber auch erleichtert, denn es hätte ja auch eine schlechte Nachricht sein können. Weil nicht unbeobachtet blieb, bei wem er angehalten hatte, wußte man es spätestens am nächsten Tag im Dorf, herauszukriegen, ob Postkarte oder Brief, war nur noch eine Frage der Zeit.

Als ob nicht schon alles trostlos genug wäre, jetzt auch keine Kirchweih mehr, wegen dem alten, kränkelnden Pfarrer nur noch selten Messe, kein Ball mehr, kein Kino, kein Handball, bald auch keine Schule mehr, klagten die Leute.

Jetzt sei es endgültig aus, stand für sie fest, obwohl sie in ihrem Leben doch so viele Notlagen im Vertrauen, daß es nicht noch schlimmer werden könnte, gemeistert hatten, als bekannt wurde, daß im Rahmen eines sogenannten nationalen Programms zur besseren Versorgung der Werktätigen die Dorfbevölkerung durch Abgaben dazu beitragen sollte: Kartoffeln, Schweine, Geflügel, Eier. Um nicht auch noch die Milch, die sie ansonsten wie schon immer im Dorf verkauft hätten, abliefern zu müssen, versuchten die Leute ihre Kühe, nur noch ein paar hielten welche, los zu werden.

Leute, die vor der Ausreise standen, hielten ein Schwein oder Geflügel bereit, die mußten Auswanderer vom Lande zusätzlich abliefern, denn ohne diese Bescheinigung, neben etlichen anderen Bescheinigungen keine Schulden dem Staat gegenüber zu haben, wurde der Paß nicht ausgehändigt.

Glück im Unglück (IV)

Als feststeht, daß Erika im Sommer 1989 zu Besuch kommen wird, zehn Jahre sind seit ihrer Auswanderung vergangen, seit vier Jahren ist sie nicht mehr zu Hause gewesen, ergibt es sich wie von selbst, daß die Leute im Dorf Vergangenes aufrollen und Bilanz ziehen.

Das arme Weib, damals mit 44 den Mann verloren, kurz davor die Mutter, so ein Unglück, gleich doppelt, heißt es von der Mari. Ältere erinnern an den allzu frühen Tod ihrer leiblichen Mutter, der Vroni, welches Glück ihr Vater dann doch gehabt habe mit der Amei, und daß die ihr eine gute Mutter gewesen sei.

Zum Tod der Amei meinen die Leute, ein schönes Alter erreicht und so gegangen, wie man es sich selbst wünschen würde: nicht krank, sich am Abend hinlegen und für immer einschlafen.

Noch so jung, wie geschwind es gehen könne, heißt es vom Franz und als Trost: wenigstens noch erlebt, daß die Erika die gute Stelle in der Stadt gekriegt habe. Aber so sterben, sich quälen, immer den Tod vor Augen, das wünsche man nicht einmal seinem ärgsten Feind, meinen die Leute, erinnern sich, wie der Franz immer weniger geworden sei, was die Mari habe durchmachen müssen, bis er endlich erlöst gewesen sei.

Und ein Glück mit dem großen Grab, den Franz, der doch

nur kurz nach der Amei gestorben sei, auf die beisetzen, wäre doch gar nicht gegangen, ruft man sich in Erinnerung. Was die Laub Kathi zum Tod vom Franz gesagt haben soll, auch andere hätten ihre Männer früh verloren, das wäre nun mal das Schicksal, hat man nicht vergessen. Und man erinnert sich, daß sie nach dem Tod vom Loibl Karl etliche Jahre davor despektierlich gemeint habe, sie wundere sich, daß einem wie dem ein so langes Leben gegönnt gewesen sei. Man könne ja noch irgendwie verstehen, daß sie wegen der Rußlanddeportation, obwohl er doch nicht schuld gewesen sei, einen Haß auf ihn gehabt habe, räumt man ein, fragt sich aber, warum sie nach dem Begräbnis vom Hutner Anton, der ihr doch nichts gemacht habe, über den gelästert habe, er sei ein Prahlhans gewesen.

Was man von ihr hält, steht für allemal fest: Unausstehlich, undankbar, die könne nicht einmal sich selbst leiden, deshalb habe sie doch auch keinen Mann gekriegt. Und ihr wird vorgeworfen, an allem schuld gewesen zu sein.

Sie habe wegen der Erbschaft die Familie auseinandergebracht, die Eva wie ein Hund darunter gelitten, das habe die Fuchtel aber nicht gekümmert. Was sie dem Josef vorgehalten habe, er hätte die Eltern, sie und den kleinen Thomas damals in der Not sitzen lassen, er wäre doch nur einmal mit der Familie zu Besuch gewesen, hätte dann jahrelang nichts mehr von sich hören lassen, stimme zum Teil, aber deswegen könne man doch niemandem die Erbschaft verweigern.

Der Josef sei doch das zweite Mal an einem Werktag zu Besuch gekommen, erinnert man sich, mit dem Frühzug, niemand aber habe ihn vom Bahnhof abgeholt, angeblich wäre der Brief verloren gegangen, er sei ohne die Familie gekommen, weil er bestimmt geahnt habe, wie die Verrückte sich aufführen werde.

Habe sie dann ja auch, und der Josef sei wortlos gegangen. Die arme Eva, das müsse man sich mal vorstellen.

Der Josef sei noch bis auf den Friedhof gegangen, wäre er aber nicht zufällig dem Lindenmayer Hans begegnet, hätte man, die Leute seien doch in der Arbeit gewesen, erst später von seinem Besuch erfahren.

Dem Lindenmayer Hans jedenfalls, habe der Josef anvertraut, daß er seiner Mutter zuliebe solange die lebe, keinen Advokaten nehmen werde, um zu seinem Recht zu kommen.

Es wäre ihm bestimmt unangenehm gewesen, noch jemandem zu begegnen, deshalb sei er hinten herum an den Bahnhof gegangen, habe sich wie ein Räuber aus dem Dorf geschlichen.

So was von einer Hexe die Kathi, Todfeind mit dem einen Bruder, dem anderen das Glück nicht gönnen wollen, denn was wäre an der Lindenmayer Berta auszusetzen gewesen.

Zum Glück habe der Thomas sich nicht reinreden lassen, ihr mal richtig die Meinung gesagt, da habe die aber gekuscht.

Sie habe doch nur Angst gehabt, der Thomas könnte nach seiner Heirat im Elternhaus bleiben, sie in das ihrer Großmutter umziehen müssen, was der Eva bestimmt lieber gewesen wäre.

Doch ganz habe sie es nicht lassen können, noch kurz vor der Hochzeit gegen die Schwester der Berta gestichelt: die noble Frau Chemieingenieurin mit ihrem walachischen Mann.

Ausgerechnet sie, wo sie sich doch damals mit einem eingelassen habe, aber zum Glück wieder zu Verstand gekommen sei.

Schon traurig, daß der Josef nicht auf die Hochzeit seines Bruders gekommen sei, noch trauriger aber, auch nicht zum Begräbnis seiner Mutter, obwohl man doch sage, eine Hochzeit oder der Tod bringe die Familie wieder zusammen.

Dann hätte der Josef gegen die Unausstehliche ja vorgehen können, aber nichts sei passiert, kein Wunder, denn der habe anderes vorgehabt, Deutschland, wer hätte das wegen einer Erbschaft schon verkomplizieren wollen.

Und jetzt, in Deutschland, pfeife er ihr bestimmt was. Und was habe sie erreicht? Das Haus der alten Raszkopf zerfallen, verkaufen hätten sie es damals vielleicht noch können, der Garten gehöre jetzt der Kollektiv, wäre der am Elternhaus größer, hätten sie ihr den auch weggenommen, ein Glück, daß der Thomas ein so gutmütiger Kerl sei und nicht auf sein Erbanteil am Elternhaus bestehe, sich mit der Erbschaft seiner verstorbenen Schwiegerleute begnüge, schade nur, daß er und die Berta keine Kinder haben.

Was die Gemüter aber seit Erikas Auswanderung noch immer so richtig erregen kann, ist die Frage, wann sie ihre Mutter endlich rausholen würde. Da nun mit ihrem bevorstehenden Besuch auch noch das Gerücht aufkommt, Besucher hätten hinter vorgehaltener Hand erzählt, sie habe große Sorgen und verstehe sich mit ihrem Mann überhaupt nicht mehr, kommt diesmal alles aufs Tapet, Gesprächsstoff bietet sich genug an.

Daß sie ihre Mutter damals nicht hätte mitnehmen können, hat man inzwischen eingesehen: Die Schwiegerleute seien doch zu ihrer Tochter ausgewandert, da könne man doch von Glück reden, daß die für den Bruder und die Schwägerin auch die Mark gegeben habe, um zu schmieren, da hätte man doch nicht erwarten können, daß sie für eine wildfremde Person auch noch bezahle.

Was Erikas Schwägerin aber gemacht habe, sei das Allerletzte: sich den ausgewanderten Schwaben, fast doppelt so alt wie sie, geschnappt, sich mit ihm hingelegt, ein Kind machen lassen, um so nach Deutschland auswandern zu können.

Und Erikas Schwiegerleute seien doch hochnäsige Städter gewesen, hätten die Mari doch nur einmal besucht, kurz vor der Hochzeit, sich bei der Auswanderung nicht einmal von ihr verabschiedet.

Von Erikas Mann gar nicht zu reden, der habe die Mari doch nur ausgenutzt, heißt es, und man ist enttäuscht, ihn anfangs anders eingeschätzt zu haben.

Wie das mit Erikas Hochzeit gewesen ist, rufen sich die Leute beim Tratsch in Erinnerung, helfen einander auf die Sprünge und wundern sich, was ihnen noch alles einfällt.

Ungefähr zwei Jahre nach dem Tod ihres Vaters sei die Erika doch damals an einem Nachmittag mitten in der Woche zu Besuch gekommen, da habe ihre Mutter aber Augen gemacht: ein Auto vor dem Tor, aus dem Erika, eine Frau und der Schofför gestiegen seien.

Den habe Erika ihrer Mutter als einen gemeinsamen Bekannten von ihr und der mitgekommenen Arbeitskollegin vorgestellt. Die Mari sei auf Gäste doch überhaupt nicht vorbereitet gewesen, aber die Erika habe Kuchen aus der Kondi mitgebracht gehabt und Kaffee.

Die Erika habe ihre Mutter überreden können, doch auch einmal einen Kaffee zu probieren, und der habe ihr so gut geschmeckt, daß sie sich dann immer von ihr aus der Stadt habe mitbringen lassen. Sie sei doch wie süchtig geworden, habe sie selber gesagt.

Die Geschichte, Erika und ihre Arbeitskollegin hätten Kuchen und Kaffee gekauft gehabt, den Karl zufällig in der Stadt getroffen, dazu just mit dem Auto seines Vaters, sich kurzerhand entschlossen, her zu kommen, sei der Mari von Anfang an nicht ganz koscher vorgekommen bei all den Zufällen. Und daran, wie die Erika und der Karl sich angeschaut hätten, habe sie gleich geahnt, daß da mehr als nur Bekanntschaft dahinterstecke.

Als die Erika dann das nächste Mal nach Hause gekommen sei, habe die Mari nachgebohrt, und die Erika zugegeben, daß sie mit dem Karl gehe. Dann habe es ja nicht mehr lange gedauert, die zwei seien kurz darauf mit dem Auto gekommen, und der Karl habe um Erikas Hand angehalten, das nächste Mal seien die Eltern vom Karl mitgekommen und die Hochzeit sei ausgemacht worden: geheiratet werde in der Stadt, standesamtlich und kirchlich, gefeiert in einem Restaurant, modern.

Diese Entscheidung, über ihren Kopf hinweg getroffen, sei der Mari schon ans Herz gegangen, aber wie hätte sie ohne Verwandtschaft, vor allem aber ohne Mann, eine große Hochzeit im Dorf ausrichten sollen. Am meisten habe sie aber bedrückt, daß die Erika den Thomas, die Berta und die Kathi nicht eingeladen habe. Die Kathi sei doch noch lange beleidigt gewesen, der Thomas aber habe die Mari verstanden, obwohl doch er hätte beleidigt sein können, weil die Erika doch auf seiner Hochzeit gewesen wäre.

Und überhaupt hätte sie sich dem Thomas gegenüber verpflichtet fühlen müssen, wo der doch nach dem Tod ihres Vaters alles für ihre Mutter gemacht habe, den Garten geackert, Mais gesetzt, das Schwein geschlachtet, Schinken, Speck und Würste geräuchert.

Und als man das mit den Gärten wahr gemacht habe, da sei er nicht mehr Schmied in der Kollektiv gewesen, sondern schon Traktorist in der Ferma, habe er doch die schlaue Idee gehabt, den großen hinteren Hof der Mari umzuackern, bei seinem kleinen hätte sich das nicht gelohnt.

Er und Soldaten aus der Ferma seien doch nach Feierabend über Wochen am Arbeiten gewesen, die großen Akazienbäume rund um den alten Hof mit Wurzelstock auszumachen, sei die schwerste Arbeit gewesen, von dem Holz und dem vom alten Lattenzaun zehre die Mari heute noch.

Alle mit großen Hinterhöfen hätten es ihr dann doch nachgemacht und so auch ein gutes Stück Garten mehr gehabt.

Und die Mari habe nicht nur die Hälfte der Hochzeit bezahlt, sondern auch die Möbel für ein zweites Zimmer, als die Jungen dann aus der Wohnung von Erika in die neue gezogen seien, ihr Mann habe doch von zu Hause nichts gekriegt gehabt.

Von allem was im Garten gewachsen sei, dazu Geflügel und vom Schwein, habe die Erika all die Jahre von ihrer Mutter gekriegt, sie und ihr Mann seien doch jedes Mal mit vollbeladenem Auto, daß die Achsen sich gebogen hätten, weggefahren.

Anfangs habe der doch so dummes Zeug vorgehabt, außer Paradeis und Paprika Erdbeeren und Himbeeren setzen wollen, viele Melonen, er bringe alles mit dem Auto auf den Markt, habe er der Mari den Kopf voll gemacht.

Zum Glück habe die sich nicht verrückt machen lassen, denn wie hätte das gehen sollen: Im Garten wartet alles schön, bis der Herr Zeit habe, um mit dem Auto zu kommen.

Zum Glück habe die Mari den Elektromotor, die Pumpe und das lange Kabel noch gut verkaufen können.

Daß sie die Traubenmühle, die Presse und die Weinfässer verkauft habe, sei dem Herrn Schwiegersohn doch auch nicht recht gewesen. Als ob er hätte Wein machen können.

Und daß sie ihre Trauben dem Thomas etwas billiger verkauf habe, habe ihm doch überhaupt nicht gefallen, aber sie sei doch auf den Thomas angewiesen gewesen, wäre sie auf ihn angewiesen gewesen, hätte sie sich begraben lassen können.

Von den paar Litern Wein, die der Thomas der Mari als Vergelts-Gott für die billigeren Trauben gegeben habe, damit etwas im Haus sei, wenn Gäste kommen, habe er doch Flasche um Flasche mitgenommen.

Der habe doch immer nur haben wollen, und wenn er was

mitgebracht habe, von der Mari kassiert. Die hätte umsonst ja auch nichts gewollt, dann aber habe die Erika ihr mal ein Stück Butter nicht angerechnet. Er habe vor der Mari nichts gesagt, als die zwei weggefahren seien, habe sie aber den Streit im Auto noch mitgekriegt und geahnt, worum es gehe. Von da an habe sie sich immer von ihm die Rechnung machen lassen und bei ihm bezahlt, bis auf den letzten Bani.

Der habe doch nur Geschäfte im Kopf gehabt, den Leuten alte Spinnräder und kaputte Pendeluhren abgeluchst, was hätten die dafür schon verlangen sollen, das habe er dann in der Stadt verschachert.

Und die Nähmaschine, noch von der Amei, habe ihm in der Nase gestochen, die stehe doch nur herum, habe der Nimmersatte gemeint, nicht verstehen können, daß die Mari sich von dem Erbstück nie getrennt hätte.

Wenn sie draußen liege, könne er sich alles holen, dann sehe sie es ja nicht mehr, habe die Mari gesagt. Bis dann sei er schon längst in Deutschland, habe der Unverschämte geantwortet. Und so sei rausgekommen, was er und Erika vorhaben. Schon traurig.

Und dann habe die Mari all die Jahr bis zur Auswanderung mit dem Gedanken gelebt, ihr Kind zu verlieren, fast nicht zum Aushalten, daß sie nicht werde mitgehen können, habe sie bestimmt von Anfang an gewußt.

Erika habe ihrer Mutter doch die Kühltruhe vermachen wollen, doch die hätte nicht gewollt, eines Tages von dem Falott was hören zu kriegen, habe darauf bestanden, sie zu bezahlen.

Zum Abschied hätten sie ihr doch die Truhe gebracht, mit einem Bekannten, der das Auto schon gekauft gehabt habe. Im Auto habe ja kaum die Erika noch Platz gehabt, ihre Schwiegerleute aber hätten doch mit jemand anderem oder am nächsten Tag kommen können.

Und wie die Erika sich von ihrer Mutter verabschiedet habe, sei überhaupt nicht in Ordnung gewesen, sie hätte doch noch einmal kommen können in den zwei Tagen bis zur Abfahrt. Die arme Mari, in den zwei Tagen nicht aus dem Haus gegangen und sich die Seele aus dem Leib geheult.

Und als sie dann zu Besuch gekommen seien, habe die Mari von ihrer Tochter auch nicht viel gehabt, immer nur ein paar Tage, die meiste Zeit hätten sie doch bei irgendwelchen Verwandten vom Karl in der Stadt verbracht, denen bestimmt auch viel mehr mitgebracht als ihr.

Dem Thomas hätte sich die Erika auch erkenntlicher zeigen können als bloß nur mal mit einem Kaffee und Strumpfhosen für die Berta, aber das habe bestimmt ihr Mann nicht zugelassen.

Und die Mari sei dem noblen Schwiegersohn doch nicht mehr gut genug gewesen. Hier könne er sich nicht einmal anständig waschen, habe der Kerl gemeckert. So was von unverschämt, auch ohne Badezimmer laufe doch niemand aus dem Dorf verdreckt herum.

Als hätte er nicht gewußt, wo er herkomme, auch über die schlechten Straßen gejammert, wie er aufpassen müsse, daß dem neuen Auto nichts passiere, über den Staub im Dorf, der tue dem Auto nicht gut, aber damit geprotzt, wie schnell er in Deutschland damit fahren könne.

Erika hält man trotz allem zugute, daß sie ihrer Mutter immerhin durch Besucher Zucker, Öl, Mehl und natürlich Kaffee mitgeschickt habe.

Das Briefeschreiben, ausschließlich nach Deutschland, ist Schwerstarbeit und wird, ins Zimmer zurückgezogen, an Sonntagnachmittagen von den Frauen in den Familien erledigt.

Auch der Mari ist das Briefeschreiben anfangs unheimlich

schwer gefallen, denn bis zu Erikas Auswanderung hat sie noch nie einen geschrieben. Obwohl es nach all den Jahren schon zügiger geht, braucht sie noch immer fast den ganzen Sonntagnachmittag dafür.

Die Briefe sind eigentlich an Erika gerichtet, um aber auch ihren Schwiegersohn mit einzubeziehen, verwendet sie die Anrede: Meine Lieben! Die Formulierung am Schluß der Briefe ist auch stets die gleiche: Viele Grüße und Bussi von Mama.

Damit die Zeilen gerade geraten, benutzt sie ein unbeschriebenes Blatt aus einem alten Schulheft von Erika, auf dem sie die Linien mit Kugelschreiber nachgezogen hat, als Faulenzer, Briefpapier, Kuverts und Kugelschreiber hat Erika ihr auf Vorrat mitgebracht.

In der Schachtel im Kleiderschrank bewahrt sie auch Erikas Briefe auf. In letzter Zeit liest sie, bevor sie ihr schreibt, noch einmal deren letzten Brief in der Hoffnung, vielleicht doch auf eine Anspielung ihre Auswanderung betreffend zu stoßen, die ihr entgangen sein könnte.

In ihren Briefen berichtet sie Erika, wie das Wetter ist, was sie in letzter Zeit gearbeitet hat, was im Garten gerade reif ist, was man bald wird ernten können, wie viele Eier pro Tag ihre Hühner noch legen, wieviel Milch die Geiß noch gibt, wann sie das letzte Mal Käse gemacht hat, wie sich das Schwein macht. Wenn der Waldi, sie nennt den Rattler ihren treuen Kameraden, eine Ratte gefangen hat, bleibt das nicht unerwähnt, auch nicht, was er oder der Kater wieder mal angestellt haben.

Es bedrückt sie, daß ihre Auswanderung bei Erikas Besuchen nie Thema gewesen ist, es aber in einem ihrer Briefe direkt anzusprechen, hätte sie sich nicht getraut, deshalb zählt sie ihr auf, wer noch eingereicht hat, wie die Stellung eines Ausreiseantrags genannt wird. Über andere

236

Neuigkeiten aus dem Dorf, außer wer noch gestorben ist, hätte es auch nichts zu berichten gegeben.

Wenn sie über das zunehmende Elend schreibt, versucht sie, sich so wenig wie möglich zu beklagen. Im Brief vom Mai 1989 hat sie den Eindruck gehabt, sich anfangs doch zu viel beklagt zu haben, deshalb Erika anschließend gebeten, sich keine Sorgen zu machen, sie brauche ja nicht viel zum Leben, die Trauben werde sie wieder dem Thomas verkaufen, wenn die Krumbirn und der Kukuruz gut geraten, könne sie auch davon etwas verkaufen, ein Schwein müsse sie zum Glück auch dieses Jahr nicht abliefern, die paar Eier, die sie jedes mal abliefern müsse im Geschäft, um ihre Ration zu bekommen, kriege sie schon zusammen, ihr Erspartes, wovon sie noch genug habe, müsse sie nur anrühren, wenn sie die Steuer bezahlen, Kohlen kaufen müsse. Zum Schluß hat sie Erika versichert, daß sie sich schon jetzt auf ihren Besuch Anfang August freue, sie gebeten, ihr doch ein ungefähres Datum mitzuteilen.

Ein Brief läßt auf sich warten, doch das kennt sie, ist deshalb nicht beunruhigt. In den letzten Julitagen trifft dann doch ein Brief ein, in dem Erika sich entschuldigt, nicht kommen zu können, weil ihr Auto kaputt gegangen sei und die Reparatur, die viel koste, eine Woche dauern werde, wenn nicht länger.

Sie glaubt ihr kein Wort, zerreißt in ihrer Wut und Verzweiflung den Brief und verbrennt ihn im Sparherd. Vor sich her schimpfend, geht sie mit dem festen Entschluß ins Zimmer, ihr sofort zu antworten und sich alles von der Seele zu schreiben.

Sie zerrt die Schachtel aus dem Schrank, dabei fallen auch Heftromane, die Erika ihr immer mal wieder mitgebracht hat, aus dem Fach zu Boden. Sie knallt die Schachtel auf den Tisch, entnimmt ihr Faulenzer, Kugelschreiber und gleich zwei Briefbögen, muß sich beim Anblick von Erikas Briefen beherrschen, sie nicht zu zerreißen und mitsamt den Romanen auch in der Küche zu verbrennen.

Tief durchatmend, setzt sie sich an den Tisch, legt sich den Briefbogen mit Faulenzer zurecht, setzt den Kugelschreiber an. Doch schon bei der Anrede stockt sie, kriegt einen Weinkrampf, wirft alles in die Schachtel und verstaut sie schluchzend mitsamt den Heftromanen im Schrank.

Auf dem Weg in die Küche hat sie sich schon wieder im Griff, wischt sich mit dem Handrücken die Tränen, schwört sich, ihr nicht zu antworten, komme, was wolle. Ein Kaffee hätte ihr gut getan, aber der hätte sie wieder an alles erinnert, und weil es schon spät am Nachmittag ist, hätte sie in der ihr bevorstehenden schlimmen Nacht überhaupt kein Auge zugemacht.

Wie schon immer, wenn sie verzweifelt ist, weil sie nicht weiß, wie es weitergehen soll, versucht sie sich durch Arbeit abzulenken, nimmt sich vor, den Hausgang und die Küche aufzuwaschen. Sie muß damit rechnen, daß die Kathi bald auftauchen wird, denn die hat bestimmt gesehen, daß der Briefträger bei ihr gewesen ist. Ihr nichts von dem Brief sagen, natürlich nur, daß Erika nicht kommen kann, hätte sie nicht machen können.

Sie ist auf die Kathi für das Wichtigste, das Brot, angewiesen. Die arbeitet noch immer als Köchin in der Gemüsefarm, hat ein Anrecht auf Brot, gibt ihr etwas davon ab. Im Glücksfall kommt sie zu einem ganzen Laib von diesem Mischbrot, das sie sich dann mit ihr teilt.

Ein Glück mit der Kühltruhe, denn das Brot friert sie, wie das Fleisch vom Schein, ein, portioniert in Gefrierbeuteln, die ihr ihre Tochter mitgebracht hat und die sie, um daran zu sparen, nach Gebrauch auswäscht und wieder verwendet. Um Futter zu sparen, schlachtet sie Geflügel

weg, das Fleisch kommt auch portioniert in die Gefrier-
truhe, neuerdings friert sie auch grüne Erbsen und Boh-
nen ein, die ihr die Kathi aus der Gemüsefarm mitbringt.
Um sich ihr erkenntlich zu zeigen, hat sie ihr, da die kein
Geld angenommen hätte, eine Ecke in ihrer Kühltruhe zur
Verfügung gestellt, gibt ihr immer mal wieder Ziegenkäse,
und weil sie keinen Kaffee trinkt, Süßigkeiten aus den
Paketen ihrer Tochter.
Ihre wichtigste Stütze aber ist weiterhin der Thomas.
Sie hat Glück, daß er in Andenken an die Patenschaft ihrer
Eltern sich ihr verbunden fühlt. An ihm schätzt sie, daß er
zuverlässig ist und im Unterschied zur Kathi nie launisch.
Von Anfang an hat sie mit ihm eine Abmachung: nichts
umsonst, und er kriegt das, was er einem anderen auch verlangen würde. Außerdem zeigt sie sich immer mal wieder
erkenntlich, läßt der Berta was zukommen, ein bißchen
Kaffee, da die ihn auch gerne trinkt, und weil die Wäsche
davon so gut riecht, etwas Waschpulver aus Deutschland.
Die Berta hat mit ihrer Schwester, die mit ihrem rumänischen Mann ausgewandert ist, keinen Streit gehabt, Pakete
schickt sie ihr mit Besuchern aber nur selten mit, zu Besuch
ist sie noch nie gekommen. Sie könne es verstehen, ihr Mann
wolle nicht, weil seine große Verwandtschaft erwarten würde, daß er jedem was mitbringe, hat die Berta sie verteidigt.
Die Mari wäscht, auf den Knien nach hinten rutschend,
das letzte Stück des Lehmbodens zwischen der Kellertür und
der Küchentür auf, ihr ist, als hörte sie das Gassentürchen
gehen. Da der Hund im nächsten Moment schwänzelnd
herbei gelaufen kommt, wieder kehrt macht, weiß sie nun
bestimmt, daß es nur die Kathi oder der Thomas sein kann,
denn so oder durch kurzes Anschlagen kündigt ihr der Waldi
stets deren Kommen an. Sich am Türstock abstützend, steht
sie auf, faßt sich mit der Hand ins Kreuz.

Fleißig, fleißig, begrüßt die Kathi sie.

Wie man sehe, meint die Mari und versucht, sich ihre Ver-ärgerung über den Besuch nicht anmerken zu lassen.

Wieder mal heiß gewesen heute, meint die Kathi.

Deshalb habe sie auch noch rasch aufgewaschen, es rie-che dann immer so schön frisch, meint die Mari, bedauert, daß sie nicht in die Küche könnten, weil der Boden noch feucht sei.

Sie sei ja nur gekommen, um ihre Schulden zu beglei-chen, meint die Kathi und nimmt Eier aus der Tasche ihres Schürzenkleides.

Aber sie hätten doch abgemacht, daß sie die ausgeliehenen Eier nicht zurück bringen solle, meint die Mari verärgert, auch weil sie sich sicher ist, daß die Kathi nach dem Vorwand gesucht hat, um zu kommen.

Sie würde sich nicht gut fühlen, hätte ein andermal ein schlechtes Gewissen, sich was auszuleihen, entgegnet die Kathi und steckt ihr, die abwehrende Hand festhaltend, die Eier in die Tasche des Schürzenkleides.

Na gut, meint die Mari, nimmt die Eier aus der Tasche, legt sie auf den nach innen geneigten Sims des einflügeligen Fensters zum Stall, fragt, ob ihre Hühner denn schon wieder legen.

Ja, ja, bekräftigt die Kathi und erzählt ihr, daß eines ihrer Hühner brüten wolle, daß sie es mit dem Kopf schon mehr-mals in kaltes Wasser getunkt habe, bei dem nutzte es aber nichts, wie es ausschaue.

So spät im Jahr noch eine Glucke ansetzen, würde sie auch nicht machen, meint die Mari, bückt sich nach dem Aufwasch-fetzen, langt mit der anderen Hand nach dem Eimer.

Die Kathi weicht zur Seite, die Mari geht ein paar Schrit-te in den Hof, schüttet das Wasser in weitem Bogen aus und legt den Fetzen in den Eimer.

Zwei Soldaten kommen vorbei, der Waldi rennt zum Gassenzaun, bellt wütend, die Mari ruft ihn schimpfend zurück, die Soldaten amüsieren sich, einer ruft etwas in den Hof.

Arme Kerle, sie kenne die zwei, die hätten schon längst entlassen werden sollen, müssen aber, bis Ende Herbst dann alle abziehen, bleiben, erklärt die Kathi ihr.

Die da oben würden sich schon umschauen, hätten sie die Soldaten nicht, meint die Mari, stellt den Eimer auf den Holzklotz am Brunnen und beginnt zu pumpen.

Ob sie ihr mal wieder einen von den Romanen geben könnte, fragt die Kathi.

Ja, gleich, meint die Mari, bemüht, ihren Unwillen zu verbergen und wäscht den Fetzen aus.

Die Romane seien für sie wie Medizin, sie schlafe immer so gut ein, meint die Kathi.

Sie lese keine mehr, das sei doch immer dasselbe, entgegnet die Mari und wringt den Fetzen aus.

Sie habe ja noch nicht so viele wie sie gelesen, meint die Kathi lächelnd.

Sie könne alle Romane haben, auch die von der Berta, wenn die sie zurückbringe, meint die Mari, während sie den Fetzen ausschüttelt und über das Rohr des Brunnens hängt.

Die Romane seien bei ihr ja nicht verloren, meint die Kathi.

Sie habe heute einen Brief gekriegt, die Erika könne leider nicht kommen, meint die Mari wie nebenbei und schüttet das Wasser in den Hof.

Wenn es nicht gehe, gehe es eben nicht, bedauert die Kathi, und die Mari, die den Eimer auf den Holzklotz am Brunnen stellt, wundert sich, daß sie nichts Näheres wissen will.

Ob der Thomas ihr es schon gesagt habe, fragt die Kathi.

Was denn, wundert sich die Mari

Die Herta habe nach langer Zeit wieder mal geschrieben und frage, ob sie nicht nach Deutschland kommen wollen, vertraut die Kathi ihr an.

Da schau einer an, staunt die Mari, hätte ihr am liebsten unter die Nase gerieben, daß sie an der Herta doch immer was auszusetzen gehabt habe.

Der Thomas und die Berta wollen jetzt auch einreichen, hätten ihr aber versprochen, sie dann auch rauszuholen, bringt die Kathi mit erstickter Stimme noch hervor.

Die Mari will ihr was Tröstendes sagen, kann ihre Tränen aber auch nicht mehr zurückhalten. Der Waldi kommt herbei gelaufen, bleibt winselnd bei ihnen stehen, die Mari nickt ihm weinend zu.

Aus dem Dorf sehe man kaum noch jemanden, nur noch Soldaten und Fremde, klagen vor allem ältere Leute. Und die älteren Frauen beklagen zusätzlich, sie kämen kaum noch aus dem Haus, meinen damit, daß die Sonntagsmesse immer häufiger ausfällt und dadurch die Gelegenheit, auf dem Nachhauseweg wenigstens ein bißchen miteinander erzählen zu können.

Obwohl sich trotz Benzinmangels immer jemand findet, der mit seinem Auto den Pfarrer fährt, kann der wegen seines Alters und seiner angeschlagenen Gesundheit oft nicht kommen. Wovor den Leuten aber graut und woran sie lieber nicht denken wollen, ist die Vorstellung, daß sie ohne Pfarrer begraben werden könnten, denn nicht nur der in G. ist alt und Nachfolger gibt es so gut wie keine.

Angesichts dieser beklemmenden Aussicht kümmern sich die Frauen noch mehr als bisher um die Familiengräber, und weil der ganze Friedhof schön aussehen soll, jäten sie auch das Unkraut um die Grabeinfassungen der zubetonierten Gräber Ausgewanderter, die neben denen ihrer Angehörigen liegen, hacken die Zugangswege auf und rechen sie.

Wenigstens einen schönen Friedhof, ansonsten sei es doch zum Fortlaufen, beklagen die Leute das Aussehen des Dorfes: die zerfallenen Häuser, den Zustand der Häuser, in denen die Fremden wohnen, wie sie die Zugewanderten nennen.

Die Häuser weißeln, die Bäume auf der Gasse, samstags die Gasse kehren, das wäre doch nicht die Welt, aber wenn es einem nicht gehöre, habe man eben kein Interesse, schimpfen die Leute, erinnern daran, was für schlimme Zeiten man erlebt, die Hoffnung auf bessere jedoch nie aufgegeben habe. Jetzt aber sei alles hoffnungslos und über nichts könne man sich mehr freuen, meinen sie resigniert.

Über den Brief, den die Mari nur zwei Wochen nach dem traurigen erhält, ist sie im ersten Moment überhaupt nicht erfreut, weil sie nicht gewollt hätte, daß Erika es sich doch noch überlegt hat, was der nur eine Seite lange Brief vermuten läßt. Doch schon nach den ersten Zeilen ist sie erleichtert, gleichzeitig aber auch beschämt, sich so etwas gewünscht zu haben.

Erika versichert ihr noch einmal, wie leid es ihr tue, nicht kommen zu können. Um wenigstens etwas wieder gut zu machen, werde sie ihr ein Paket schicken, schreibt sie weiter. Eine ehemalige Arbeitskollegin aus Temeswar werde es ihr bringen, mit der könne sie nicht nur viel mehr mitschicken, die nehme das Paket auch gerne mit. Bei jemandem aus dem Dorf heiße es doch immer, aber nicht viel, und obendrein habe man das ungute Gefühl, der nehme es nur ungern mit. Zum Schluß versichert ihr Erika, daß sie aufs Jahr bestimmt komme, allein, wenn es sein müsse.

Die Mari fühlt sich in ihrem Verdacht bestätigt, daß ihr

Schwiegersohn hinter der Absage steckt. Sich über ihn ärgern, sei der doch gar nicht wert, redet sie sich in Wut, die aber weicht der Sorge, Erika könnte eine Dummheit machen. Sich scheiden lassen? Gott bewahre! Sich ein Lebtag schuldig fühlen, nur das nicht. Und wenn alles gut gehen sollte, dann jeden Tag von dem Kerl zu spüren bekommen, man ist nur gelitten, wäre doch auch kein Leben. Dann lieber da bleiben.

Wie ihr das aber schreiben? Und der Unverschämte würde den Brief doch bestimmt auch lesen. Sie müßten sich keine Sorgen machen, hoffentlich sei bei ihnen alles in Ordnung, werde sie schreiben, Erika schon verstehen. Nein, jetzt gleich, sagt sie sich entschieden, ärgert sich über den aufgekommenen Gedanken, bis nach Erhalt des Pakets mit dem Antwortschreiben zu warten.

Als sie mit dem Brief in der Hand vom Küchentisch aufsteht, um ins Zimmer zu gehen, schlägt der Hund kurz an. Sie hört die Kathi ihn beim Namen nennen, läßt den Brief in der Tasche ihres Schürzenkleides verschwinden.

Die mit ihren Stoßvogelaugen und ausgerechnet jetzt, ärgert sie sich, tritt in den Hausgang, fest entschlossen, ihr von dem Brief nichts zu sagen, obwohl sie sich sicher ist, daß die Neugierige den Briefträger gesehen hat. Das Paket aber wäre doch nicht zu verheimlichen, warum also das ganze Getue, überlegt sie dann doch und empfängt die Kathi mit der Nachricht, daß Erika geschrieben habe, daß sie ihr mit jemandem aus Temeswar ein Paket schicke.

Schön, meint die Kathi.

Ihre Erika sei ja doch ein gutes Kind, meint die Mari.

Und um das andere werde sie sich bestimmt dann auch kümmern, meint die Kathi zuversichtlich.

Die Mari weiß, worauf die Kathi anspielt, da sie aber befürchtet, wieder wie das vorige Mal dann weinen zu müssen, wenn sie darauf eingehen würde, will sie die Kathi so rasch wie möglich los werden, meint, sie müsse dann noch für die Geiß Gras holen gehen.

Sie sei ja nur gekommen, um sich von ihrem Brot aus der Truhe zu holen, meint die Kathi verschnupft.

So sei es nicht gemeint gewesen, es gehe ihr heute nicht so gut, heute morgen wäre ihr ganz schwindlig gewesen, entschuldigt sich die Mari.

Hoffentlich komme das nicht wieder zurück, meint die Kathi besorgt.

Woher, seit damals habe sie es nicht mehr gehabt, entgegnet die Mari, ist verärgert, ausgerechnet daran erinnert zu werden, daß sie nach dem Tod vom Franz oft ohnmächtig geworden ist, sich danach hat übergeben müssen, an dem Tag kaum noch was hat arbeiten können, hätte deshalb die Kathi auf dem Weg durch den Hausgang ins vordere Zimmer, wo die Kühltruhe steht, gerne gefragt, ob sie das Brot, das sie sich gestern geholt, schon aufgegessen habe, warum sie ihr den Gefrierbeutel nicht zurück gebracht habe, hört sie in ihrem Rücken sagen, ein Glück, daß die Truhe nicht gleich auftaue, wenn kein Strom sei.

Ein Glück, daß sie noch nicht kaputt gegangen sei, meint die Mari, die aus ihren flachen Gummischuhen im Gang vor der Tür zum mittleren Zimmer schlüpft.

Immer das Gfrett mit dem Strom, meint die Kathi, während auch sie aus ihren Gummischuhen schlüpft.

Die Mari öffnet die Tür zum verdunkelten Gassenzimmer, schön kühl, meint die Kathi. Die Mari zieht den Rollo an der Innenseite des Fensters zum Gang hoch, befestigt die Schnur am Haken im Fensterrahmen, meint schnüffelnd, heute abend müsse sie mal anständig lüften, klappt den Deckel der Kühltruhe auf und hält ihn hoch.

Die Kathi beginnt in der ihr von der Mari überlassenen

245

Ecke der Kühltruhe herumzuwühlen, die muß sich zurückhalten, nichts zu sagen, meint dann aber doch, als sich die Kathi endlich für eines der Brotstücke entschieden hat und sie die Kühltruhe schließt, die müsse dann im Winter wieder abgetaut werden, Erika habe sie schon damals angewiesen, die Truhe nicht lange offen zu halten, damit sich nicht vereise.

Von dem jedes Mal bißchen aufhalten, könne sich doch gar nicht so viel Eis ansetzen, meint die Kathi pikiert.

Das meiste bestimmt, wenn der Strom ausfalle, denn ein bißchen taue die Truhe ja doch auf, schön wäre, wenn sie nur die Sorgen hätten, meint die Mari versöhnlich, als sie das Zimmer verlassen.

Ja, ja, seufzt die Kathi, meint, den Gefrierbeutel und den anderen bringe sie ihr dann morgen zurück und schlüpft in ihre Gummischuhe.

Es eile doch nicht, meint die Mari und schiebt mit dem Fuß ihre Gummischuhe zurecht, bevor sie hineinschlüpft.

Die Kathi schickt sich zum Gehen an, hält inne, meint, sie hätte fast zu fragen vergessen, ob sie auch Kalk brauche, der Thomas könnte verschaffen.

Unbedingt, meint die Mari erfreut.

Sie werde dem Thomas sagen, daß er den Kalk für sie zwei dann zu ihr bringen solle, damit es nicht so auffalle, und sie sollten ihn dann auch bei ihr löschen, schlägt die Kathi ihr auf dem Weg zum Gassentürchen vor.

Gut, willigt die Mari ein, obwohl sie ihren Anteil lieber bei sich gelöscht hätte.

Am Gassentürchen angelangt, bleibt die Kathi erneut stehen, meint, wenn sie den Kalk rechtzeitig kriegten, sollten sie das gute Wetter nutzen und die Häuser weißeln.

Wäre ja auch mal wieder an der Zeit, meint die Mari, und daß sie von der gelben Farbe für den Giebel noch genug habe, auch ihr davon geben könne, die rote Farbe für den Sockel aber sei ihr ausgegangen, hoffentlich kriege man zu kaufen.

Von der habe sie noch eine ganze Schachtel, beruhigt die Kathi sie.

Gott sei Dank, meint die Mari erleichtert, fragt, ob sie fürs Weißeln der Giebelspitzen nicht mit einem von den Soldaten reden könnte.

Sie werde sich doch noch auf eine Leiter trauen, meint die Kathi lachend.

Sie wisse nicht, ob sie sich noch trauen würde, gibt die Mari zu.

Was könne schon viel passieren und manchmal wünsche sie sich sogar einen schnellen Tod, meint die Kathi und öffnet das Gassentürchen.

Sie solle nicht so dumm reden, mahnt die Mari.

Aber wie die Lissi sterben, wünsche sich doch niemand, erwidert die Kathi.

Die Arme, auch schon zwei Jahre her, und wie die um ihr Leben gekämpft habe, bedauert die Mari, erinnert die Kathi daran, daß die Lissi ein Jahr davor bei ihnen noch gemalt, sich damals schon gequält habe, meint, daß ihr die Blumenmuster trotzdem schön gelungen seien.

Bei ihr im vorderen Zimmer und im Gang nicht mehr so akkurat, beanstandet die Kathi.

Sie habe auch immer was zu krittteln, entgegnet die Mari, läßt die Kathi nicht zu Wort kommen, meint, sie könnten froh sein, daß die Lissi ihnen noch gemalt habe, es gebe jetzt doch keinen Maler mehr im Dorf.

Wer wisse schon, ob sie jemals noch einen brauchen, meint die Kathi.

Die Mari geht darauf nicht ein, meint verlegen, sie schäme sich, den Thomas schon wieder um etwas zu bitten, er habe ihnen doch erst Kohlen verschafft, ob sie ihn nicht wegen Stroh fragen könnte.

Mache sie, verspricht ihr die Kathi

Das wäre schön, bedankt sich die Mari.

Und sie werde dem Thomas sagen, daß er sie verständigen solle wann, damit sie in der Nacht noch alles wegräumen, die Gasse sauber machen können, nicht wie voriges Jahr, als sie am Morgen mit den Strohballots vor dem Tor aufgewacht seien, es jeder habe sehen können, poltert die Kathi.

Wenn sie vom Grasholen komme, mache sie noch Käse, gebe ihr morgen dann auch davon, meint die Mari.

Gut, meint die Kathi nickend und schickt sich zum Gehen an.

Na ja, denkt sich die Mari, da sie ein ausdrückliches Dankeschön von ihr erwartet hätte, wundert sich, daß sie nicht geht, sich umschaut, sie dann heranwinkt und sehr geheimnisvoll tut.

Sie habe gehört, daß die aus Deutschland für Mark ganz legal Kohlen und Holz für ihre Verwandten kaufen können, teilt die Kathi ihr im Flüsterton mit.

In dem Land müsse man sich doch über nichts mehr wundern, erwidert die Mari ebenfalls im Flüsterton, und weil sie das mit den Kohlen und dem Holz als Anspielung versteht, meint sie schließlich, sie könnte die Erika, wenn die dann nächstes Jahr zu Besuch komme, ja fragen.

Für zwei Winter hätten sie jetzt ja Kohlen, und dann bräuchten sie hoffentlich keine mehr, meint die Kathi und geht.

Verflucht, schimpft die Mari, da sie die Tücken der Wintertür aber kennt, hebt sie die erneut leicht an, stemmt sich noch fester dagegen, und diesmal klappt es mit dem Absperren.

248

Sie schüttelt sorgenvoll den Kopf, der Schlüssel ist schon stark abgenutzt, und sie befürchtet, daß er eines Tages abbrechen könnte.

Der Waldi hat mitgekriegt, daß sie abgesperrt hat, kommt schwänzelnd herbeigelaufen, springt an ihr hoch, sie stößt ihn verärgert weg, er läuft, immer wieder zurückschauend, ob sie nachkommt, zum Gassenzaun. Sie wundert sich, wieso er weiß, daß sie nicht in den Garten geht, wohin er auch mit darf.

Auf den Friedhof und ins Geschäft darf er nicht mit. Seit er durch ein Schlupfloch entwischt und ihr nachgelaufen ist, legt sie ihn deshalb immer an die Kette, sonst nie. Sie muß es aber vor dem Absperren machen, ihr Trick, ihn in den Schuppen zu locken, funktioniert nicht immer, dann hilft nur noch, ihm schön zureden. Wenn es ihr dann endlich gelungen ist, ihn anzubinden, schimpft sie ihn. Böse kann sie ihm danach aber nicht mehr sein, wenn sie sieht, wie er in seinem mit alten Kleidern ausgelegten Korb liegt und sie mit traurigen Augen anschaut. Sie sei ja gleich wieder da, tröstet sie ihn dann.

Sie schließt das Vorhängeschloß an der Tür zum Aufboden, kann sich schon gar nicht mehr erinnern, seit wann das Türschloß, in dem der lange schwere Schlüssel noch immer steckt, schon kaputt ist, sieht den Kater mit einer Maus im Maul herbeilaufen, will ihn schon schimpfen, weil er die Maus vor der Küchentür ablegt, als sie aber bemerkt, daß die noch zappelt, entfährt ihr ein kurzer Schrei, der Kater faucht den herbeieilenden Waldi an, packt die Maus und verschwindet mit ihr.

Sie erinnert sich, wie sie damals im Mädchenalter beim Maislieschen geschrien hat aus Angst vor einer Maus, hört ihren Vater sie schimpfen, ihre Mutter sie trösten, ihr fällt ein, daß ihr Vater dann nach T. gegangen ist, um nachzuschauen, ob die Magda mit dem Franz aus Angst vor den Russen nicht doch mit Leuten aus dem Dorf geflüchtet ist, sieht sich und ihre Mutter am Tisch sitzen, angstvoll mit dem Abendessen auf den Vater warten, der dann endlich mit der guten Nachricht kommt, daß die Magda keine Dummheit gemacht hat. An die Ängste, die sie im Versteck im Stengelhaufen ausgestanden hat, als die Russen dann gekommen sind, will sie lieber nicht denken.

Gleich, sagt sie, nickt dem Waldi zu, der ihr in die Küche gefolgt ist, vor Ungeduld winselnd auf der Kellertür steht, versteckt wie immer die Schlüssel unter der umgestülpten großen gußeisernen Rein in der Stellage.

Als sie allein geblieben ist, hat sie sich kleine Reinen und Töpfe gekauft, in der grußeisernen großen Rein und dem hohen Suppentopf, die noch von ihrer Mutter stammen, nur noch gekocht, wenn Erika und ihr Mann zu Besuch gekommen sind. Dann hat sie auch doppelt gedeckt, mit Tellern und Eßbesteck von ihrem Speiseservice, das sie im Vitrinenschrank im mittleren Zimmer aufbewahrt.

Von ihrer Mutter stammen auch noch der Nudelseiher, der Nudelwalker, die Mohn- und Nußmühle, die zwei großen Messer, Eßbesteck, Teller, in den zwei noch erhalten gebliebenen Blechtellern kriegen der Hund und der Kater zu fressen, das kleine Messer mit Holzstiel verwendet sie noch immer zum Kartoffelschälen, eines von den roten Blechtöpfchen, weiß punktiert, hat sie noch, auch innen ist schon vom Email abgesplittert, zum Wassertrinken aber ist es noch gut.

Schon todkrank hat der Franz das Schloß an der Küchentür noch ausgetauscht. Sie sperrt seufzend ab, schlägt fast hin, weil der Hund ihr zwischen die Beine geraten ist. Der rennt jaulend davon, sie schimpft ihn, droht ihm, daß er jetzt daheim bleiben müsse, als sie aber sieht, daß er auf einem Hinterbein leicht humpelt, ruft sie ihn wiederholt versöhnlich beim Namen. Er kommt mit eingezogenem Schwanz herbei, bleibt geduckt vor ihr stehen, sie tätschelt ihm den Kopf und nennt ihn liebevoll beim Namen, woraufhin er freudig an ihr hoch springt. Erst als sie ihn mit erhobenem Zeigefinger ermahnt, läßt er von ihr ab, bleibt aber, hechelnd zu ihr aufschauend, neben ihr stehen.

Ja, ja, später, ruft sie der Geiß zu, die aus dem Stall durch Blöken auf sich aufmerksam macht und legt den Schlüssel zur Küche in die Mulde unter dem losen Ziegel im Sims des Stallfensters.

Sie hat ihre Stelle, von wo sie Grünes holt, den breiten grasbewachsenen Streifen entlang des Gestrüpps am Kanal hinter der zweiten Brücke, der an die Maisfelder der Kollektivwirtschaft grenzt, hofft, um diese Zeit nicht noch jemanden dort zu treffen, denn sie läßt von den noch grünen Maiskolben mitgehen, die sie, in feine Scheiben zerhackt, an das Schwein verfüttert. Auch sie würde nicht stehlen sagen, und weil sie überzeugt ist, daß die paar Maiskolben, die sie in den Säcken mit dem Gras versteckt, nichts im Vergleich zu dem sind, was andere alles so mitgehen lassen, hat sie keine Gewissensbisse.

Die Geiß, die Kuh der armen Leute! Dieser Ausspruch ihrer Mutter fällt ihr ein, als sie, vom schwänzelnden Waldi begleitet, in Richtung Schuppen geht. Sie erinnert sich, daß ihre Mutter damals, als man ihnen bei der Enteignung die Kuh weggenommen hat, gemeint hat, sie hätten bei allem Unglück Glück mit der Geiß von der Magda. Sie kann sich nicht vorstellen, daß ihre Mutter, auch wenn man ihnen die Kuh nicht enteignet hätte, einverstanden gewesen wäre, die Geiß, das Einzige vom Erbe des Franz, zu verkaufen, und daß sie nicht das Gnadenbrot gekriegt hätte, kann sie sich auch nicht vorstellen.

Wie gut, daß der Thomas in der Ferma alles reparieren kann. Obwohl sie in den vergangenen Tagen immer mal wieder kontrolliert hat, ob die Luft im geflickten Schlauch hält, auch sehen kann, daß alles in Ordnung ist, drückt sie mit dem Handballen auf das Rad. Sie nickt zufrieden, zieht mit einem Ruck die Sichel aus dem Balken, greift nach den zwei breiten Säcken, die sie auf dem alten Stuhl zurecht gelegt hat, auf dem sie immer sitzt, wenn sie Maiskolben entkernt.

Als sie Sichel und Säcke in das Wägelchen legt, spürt sie, daß ihr schwindelig wird, stützt sich am Wägelchen ab, die zwei Schritte bis zum Stuhl aber schafft sie nicht mehr, alles beginnt sich zu drehen, daß ihre Beine versagen, kriegt sie noch mit.

Sie fühlt etwas Nasses über ihr Gesicht fahren, schlägt panisch mit der Hand danach, vernimmt ein Winseln, sieht wie durch einen Schleier den Waldi vor ihr hocken, nimmt wahr, daß sie neben dem Wägelchen liegt, erfaßt entsetzt, was passiert ist, will sich aufrichten, schafft es aber, auf den Ellbogen gestützt, nur halb, Wasser läuft ihr im Mund zusammen, sie muß ausspucken. Nur nicht erbrechen müssen, wünscht sie sich flehentlich, spuckt und spuckt.

Mit dem Rücken an das Wägelchen gestützt, setzt sie sich keuchend auf, spuckt erneut aus, wischt sich mit dem Handrücken den Mund, tastet dann vorsichtig Gesicht und Kopf ab. Erleichtert stellt sie fest, daß sie kein Blut an den Fingern hat, schreckt im nächsten Moment auf. Der Waldi steht auf ihren Schenkeln, schaut hechelnd zu ihr auf, sie nimmt ihn in die Arme und drückt ihn weinend an sich.

Der Winter kann kommen, pflegen die Leute Ende Oktober zu sagen. Mohn, Bohnen, Petersilienwurzeln, Möhren, Sellerie, Zwiebeln, Knoblauch, Kartoffeln, Mais sind geerntet und gelagert, Tomaten, Marmelade und Kompott sind eingekocht, Gurken, Paprika und Kraut sind eingesäuert. Die Wurzelstöcke der Reben müssen noch mit Erde zugedeckt und vor dem Ackern die Maisstorzen ausgehackt werden, dann ist die Arbeit im Garten gemacht.

Neben den Kolben vom Mais sind die Storzen das wichtigste Brennmaterial für den Sparherd und jetzt im Spätherbst hält sich der Ärger der Hausfrauen in Grenzen, wenn sie wegen Stromausfall nicht auf dem Elektroherd zu Mittag kochen können, denn im Sparherd wäre sowieso Feuer gemacht worden, um es in der Küche gemütlich zu haben bei dem schon empfindlich kalten Wetter.

Im Winter halten sich die Leute die meiste Zeit in der Küche auf, dann brennt das Feuer im Sparherd fast den ganzen Tag. Nur zum Kochen werden noch ein paar Kohlen aufgelegt, ein paar Scheiten Holz, denn daran muß besonders gespart werden. Deshalb wird auch erst gegen Abend im Kohleofen des Schlafzimmers Feuer gemacht.

Seit ein paar Tagen ist es morgens nebelig, tagsüber bleibt es trüb. So was von ungemütlich, sagen die Leute. Weil Allerheiligen dieses Jahr auf einen Montag fällt, hoffen auch diejenigen, die auf das Gerede der Obergescheiten, sonntags und montags würde es im Unterschied zu den anderen Wochentagen nur selten regnen, nichts geben, daß die diesmal recht haben mögen. Noch eine Woche ist es bis Allerheiligen und höchste Zeit die Chrysanthemen auf den Friedhof zu verpflanzen.

Die Mari hat sich vorgenommen ihre heute gegen Abend aufs Grab zu pflanzen, weil sie hofft, dann niemanden mehr auf dem Friedhof oder am Brunnen in der Kollektivwirtschaft, von wo die Leute seit jeher Wasser für die Gräber holen, zu treffen, um nicht mal wieder auf Erika angesprochen zu werden.

Sie ist stolz, daß ihre Chrysanthmen so schön sind wie seit Jahren nicht mehr, mastig, die weißen Blüten handgroß. Sie hat sie schon heute morgen, noch bevor sie in den Garten gegangen ist, seit gestern macht sie die Storzen aus, gewässert, damit die Erde aber rund um die Wurzeln naß genug ist, um einen Ballen formen zu können, muß sie vor dem Ausgraben noch einmal wässern.

Noch einen Ruck, sagt sie sich, und es fällt ihr ein, daß sie Erika so immer ermuntert hat, wenn die unwillig geworden ist kurz vor dem Ende einer Arbeit im Garten. Die hat aber Augen gemacht, als sie damals aus der Stadt nach Hause gekommen ist und den neuen Hof gesehen hat. So schroh ohne den Lattenzaun und die Akazienbäume, hat sie gemeckert. Der neue Drahtzaun um das Stückchen Hof hat ihr auch nicht gefallen. Kindereien! Daß da was wächst, hat sie nicht geglaubt, was das aber für Krumpirn geworden sind schon im ersten Jahr. Und seit langem keinen so schönen Kukuruz mehr da gehabt.

Sie bückt sich nach dem letzten ausgehackten Storzen, schlägt die Erde am Hackenstiel ab, wirft ihn auf den Haufen und richtet sich, die Hand in die Hüfte gestemmt, mit einem Ächzen auf. Endlich fertig, sagt sie sich und trägt die Hacke in den Schuppen.

Ihr Gefühl sagt ihr, daß es auf Mittag zugeht. Auf dem Wecker, der im Fenster des Schlafzimmers steht, muß sie nicht mehr nachschauen, denn das Schwein meldet sich, daraufhin die Geiß, die Hühner versammeln sich am Zaun. Vorerst noch das Essen hinstellen, nimmt sie sich vor.

Was es sein soll, hat sie schon heute morgen entschieden, Kartoffelsuppe mit Eiern drin. Fürs Feuermachen im Sparherd ist alles vorbereitet, falls es wieder mal keinen Strom gibt. Zum Glück hat sie noch einen kleinen Vorrat an Storzen und Kolben aus dem Vorjahr, die diesjährigen müssen erst gut trocken, bis sie richtig brennen.

Sie dreht das Licht in der Küche an. Kein Strom, wie erwartet. Noch mehr ärgert sie, daß sie heute morgen nicht auch schon Kartoffeln und Zwiebeln vorbereitet hat, wo doch jetzt alles länger dauert, und daß sie auch noch in den Keller muß.

Bevor sie die Kellertür öffnet, holt sie einen Stuhl vom Tisch, um ihn in die Küchentür zu stellen, das ist ihr in Fleisch und Blut übergegangen. Ihr wird ganz heiß, die Erinnerung kann sie nicht mehr verscheuchen und alles ist ihr auf einen Schlag wieder gegenwärtig.

Sie hat vergessen, einen Stuhl in die Tür zu stellen, Erika kommt hereingelaufen, sie ruft ihr noch zu, Obacht zu geben, doch es ist zu spät, ein Schrei, Poltern, sie sieht Erika regungslos auf den Kartoffeln liegen, steht wie angewurzelt da und kriegt keinen Laut heraus, hört sich dann endlich schreien, der Franz ist als erster da, und sie sehen die kreidebleiche Erika auf den Knien die Treppe hoch krabbeln, so geschwind, daß der Franz gar nicht dazu kommt, ihr zu helfen, auf dem obersten Treppenabsatz angelangt, streckt Erika die Arme aus, der Franz packt sie, reicht sie ihr, erst dann beginnt sie wie am Spieß zu schreien, wie durch ein Wunder hat sie sich nichts gebrochen, nur die Knie bluten.

So wütend hat sie den Franz nie mehr gesehen, fast hätte er ihr eine geschmiert, und was sie von ihrer Mutter zu hören gekriegt hat. Und daß Erika eine Zeit lang wieder Daumen gelutscht hat, erinnert sie sich, als sie die Kellertür am Metallring hochhebt und an die Wand lehnt.

Sorgenvoll schüttelt sie den Kopf, denn der andere Teil der Kellertür, auf dem sie aus Gewohnheit immer geht, müßte repariert werden. Die Nägel in den Scharnieren haben nachgegeben, das Teil hängt leicht durch, und der Balken, auf dem die zwei Teile der Kellertür ruhen, scheint auch schon ein wenig morsch zu sein.

Wenn nur am Haus nichts kaputt geht, und wenn sich jetzt im Herbst nur nicht wieder Ratten im Stall einnisten! Sie will lieber nicht daran denken, stützt sich an der offenen Kellertür ab, setzt den Fuß auf die Treppe, hört, kaum daß sie den anderen Fuß auf die nächste Treppe gesetzt hat, rufen, erkennt, obwohl der Hund sofort zu bellen beginnt, die Stimme des Laub Hans und beeilt sich nach oben.

Sie wundert sich nicht, denn in letzter Zeit pflegt er die Post nicht mehr jeden Nachmittag auszutragen, sondern immer öfter nur noch jeden zweiten Tag vormittags, wenn keine Postkarte vom Paßamt für jemandem dabei ist. Die Leute, die noch eine Zeitung abonniert haben, ärgert das am meisten, doch alle trösten sich, daß es im Dorf überhaupt noch einen Briefträger gibt.

Als sie sich, den Hund schimpfend, im Gang zeigt, wundert sie dann doch, daß der Hans, auf das Gassentürchen deutend, auf seinem Fahrrad weiterfährt. Schon von weitem kann sie den Brief zwischen den Latten sehen, je näher sie aber kommt, um so mehr staunt sie, denn das Kuvert ist ganz anders als sonst bei den Briefen von Erika. Als sie die schwarze Umrandung auf dem Kuvert sieht, stockt ihr der Atem, doch im nächsten Moment erkennt sie Erikas Handschrift.

Epilog

Aus W. pendelte niemand zur Arbeit nach Temeswar im Unterschied zu den umliegenden Dörfern mit Bahnhöfen, von wo täglich Hunderte zur Arbeit in die Stadt fuhren. Wer aus W. in der Stadt arbeitete, wohnte auch hier, kam übers Wochenende nach Hause und deckte sich wegen der katastrophalen Versorgungslage bei den Eltern mit Lebensmitteln ein, was für die selbstverständlich war.

Samstag, den 16. Dezember 1989, horchten die Leute aus W. auf, als sie durch Wochenendbesucher von Unruhen in Temeswar erfuhren wegen der Versetzung eines Pfarrers irgendwohin aufs Land. Nach anfänglicher Verwunderung, daß überhaupt jemand öffentlich zu protestieren wagte, überwog der Zweifel, ob das was bringen würde. Als jedoch im Laufe der Woche durch Pendler aus den Nachbardörfern Gerüchte nach W. drangen, daß man jetzt gegen das Regime protestierte, es Verhaftungen und Tote bei Schießereien gegeben hatte, rechneten die Leute mit dem Schlimmsten und diejenigen, deren Kinder in der Stadt wohnten, waren besonders verzweifelt, weil sie befürchteten, die könnten eine Dummheit machen.

Erika hatte erzählt, ihre Mutter habe ihr gestanden, daß es ihr schwer gefallen sei, an das, was man so gehört habe, zu glauben, daß sie jedoch auch Angst gehabt habe, vor allem nachts, wenn die Erinnerungen gekommen seien, daß sie sich aber getröstet habe, in ihrem Alter doch nichts mehr befürchten zu müssen.

Ihre Mutter habe den Umsturz in Rumänien sozusagen live im Fernsehen erlebt, hatte Erika dann amüsiert gemeint, mich noch daran erinnert, bevor sie mir die irrwitzige Geschichte erzählte, daß die Rohre, an denen die Fernsehantennen angebracht waren, durch das Dach und die Zimmerdecke führten, und daß mit dem in Kopfhöhe montierten Griff die Antenne gedreht wurde.

Am 21. Dezember lag schon Schnee, es war kalt und windig, ihre Mutter wunderte sich, daß der Strom nicht ausgefallen war, machte kurz nach dem Mittagessen ausnahmsweise Feuer im Kohleofen, da sie im Zimmer Strümpfe stopfen wollte. Zu ihrer Verärgerung stellte sie fest, daß der Wind die Antenne von Belgrad weggedreht hatte. Sie schaltete den Fernseher ein, drehte die Antenne zurück, landete auf Bukarest, staunte, daß an dem Vormittag eine Sendung lief, wo das Fernsehprogramm doch auf zwei Stunden abends reduziert worden war, erkannte aber sofort, daß es eine von den Jubelveranstaltungen war, wollte schon wegdrehen, sah aber dann den verzweifelt gestikulierenden Ceauşescu und als sie anstatt Hurrarufen Gejohle vernahm, die Direktübertragung unterbrochen wurde, lief ihr ein kalter Schauer den Rücken herunter. Ihr war blitzartig klar geworden, daß sich bis dahin Unvorstellbares ereignet hatte.

Man habe ja damals hier in Deutschland diese schrecklichen Bilder von der Revolution in Rumänien im Fernsehen gesehen, diese Horrorgeschichten in der Zeitung gelesen, hatte Erika gemeint, und daß sie sich auch nach der Hinrichtung der Ceauşescus noch Sorgen um ihre Mutter gemacht habe, erzählt, daß sie vorgehabt habe, über Neujahr nach Hause zu fahren, jedoch, was sie nicht erwartet hätte, keinen Urlaub gekriegt habe, daß sie in ihrer Verzweiflung drauf und dran gewesen sei, trotzdem zu fahren, den Job einfach hinzuschmeißen, zum Glück aber noch zwei Tage vor Silvester erfahren habe, daß es ihrer Mutter gut gehe.

Dem Thomas war es vom Telefon in der Gemüsefarm endlich gelungen, seine Schwägerin in Deutschland zu erreichen. Über die hatte Erika dann erfahren, daß es im Dorf ruhig geblieben war und es ihrer Mutter gut ging.

Sie hatte mich darauf hingewiesen, daß es dem Thomas schon Mitte März gelungen war, nach Deutschland auszuwandern, und daß er die Kathi mitgenommen hatte. Das sei für ihre Mutter ein harter Schlag gewesen, die habe sich im Stich gelassen gefühlt, aber schließlich eingesehen, daß der Thomas sich nicht auch noch um ihre Auswanderung hätte kümmern können, hatte sie gemeint, und daß sie, bis dann ihr Urlaub Anfang Mai festgestanden habe, den Verdacht nicht losgeworden sei, ihre Mutter könnte glauben, sie würde sie bloß mit tröstlichen Briefen abspeisen und dort sitzenlassen.

Als sie dann die Rede auf die Auswanderung ihrer Mutter gebracht hatte, sie war mit dem Auto nach Hause gefahren, um sie gleich mit zu holen, hatte ich befürchtet, daß es emotional werden könnte, ihr Wiedersehen mit der Mutter, deren Abschied von zu Hause, zu meiner Verwunderung jedoch hatte sie mir ganz nüchtern erzählt, wie alles abgelaufen war.

Da ihre Mutter noch keinen Paß beantragt hatte, auf sich allein gestellt wäre die dazu gar nicht in der Lage gewesen, hatte sie sich erst mal darum kümmern müssen. Trotz des Ansturms auf das Paßamt war es ihr mit Valuta dank einer ehemaligen rumänischen Arbeitskollegin, die ihre Kontakte hatte, in nur einer Woche gelungen, den Paß zu erhalten. Diese Kollegin hatte sie dann auch an einen dieser Kuriere vermittelt, die sich, wie schon vor der Revolution, um die Visa kümmerten, so daß ihr ein Weg nach Bukarest zur Botschaft erspart geblieben war.

Wäre es nach ihr gegangen, hätte sie ihre Mutter mit ihren Habseligkeiten ins Auto gesetzt und wäre abgehauen, hatte sie mir gestanden, und daß es zum Streit mit ihr gekommen sei, da die darauf bestanden habe, das Grundbuch in Ordnung zu bringen.

Ein Glück mit dieser Kollegin, die ihr einen Anwalt vermittelt habe. Der sollte sich um die Angelegenheit mit dem Grundbuch kümmern, später um den Verkauf von Haus und Garten, dafür habe sie ihm eine notariell beglaubigte Vollmacht hinterlassen.

Ich hätte bereits an der Stelle gerne erfahren, wie das ausgegangen war, doch sie war mal wieder abgeschweift.

Ihre Mutter habe im Hinblick auf die Auswanderung das Familiengrab zubetonieren lassen wollen, wie üblich, in dem Durcheinander aber, und die Deutschen hätten doch nur noch weg wollen, weder das nötige Material beschaffen noch einen Handwerker auftreiben können.

Wegen der bevorstehenden Auswanderung habe sie sich kein Ferkel mehr gekauft gehabt, nur noch eine Glucke angesetzt, die Geiß, die sie vielleicht noch hätte verkaufen können, sei in dem Frühjahr eingegangen, das Einzige, was sie aus dem Haus noch vor ihrem Kommen habe verkaufen können, sei die Kühltruhe gewesen.

Dann hatte Erika weit ausgeholt und mir erzählt, wie ihre Mutter zu der Geiß gekommen war.

Nach dem Tod ihres Vaters hatte ihre Mutter die Kuh verkauft. Erika hatte sich nicht nur an deren Namen erinnert, Hermin, sondern auch noch an den Namen der von ihrem Vater Ende der fünfziger Jahre gekauften, Florica, deren letztes Kalb die Hermin gewesen war.

Ihre Mutter kaufte nun zweimal die Woche Milch von den Laubs, die noch eine Kuh hielten. Dann verkaufte der Thomas seine Kuh auch, zwei Jahre nach ihrer Auswanderung glaubte Erika sich zu erinnern, und ihre Mutter stand ohne Milch da. Von jemandem anderen zu kaufen, wäre nicht gegangen, weil die alle ihre Kundschaft hatten. Als ihre Mutter mit dem Thomas wie jedes Frühjahr auf den Viehmarkt fuhr, der in L. stattfand, um Ferkel zu kaufen, stieß sie auf eine trächtige Geiß, die zum ersten Male werfen sollte, und kaufte sie kurzerhand. Und weil der Verkäufer ihr noch keinen Namen gegeben hatte, gab sie ihr den Namen Mädi.

Erika hatte mich daran erinnert, daß bei den Rumänen zu Ostern immer Lamm zubereitet wurde, Braten und andere Gerichte, mich darauf hingewiesen, daß in Ermangelung von Lämmern aber auch Zicklein geschlachtet wurden, so daß ihre Mutter die immer verkaufen konnte. Da es im Dorf keinen Ziegenbock gab, war sie auf den Thomas angewiesen, der ihre Ziege auf dem Traktoranhänger nach G. brachte, hier hielten viele Leute Ziegen und immer jemand auch einen Bock.

Dann war Erika endlich auf die Geschichte mit dem Haus und Garten zurückgekommen, und die war schon ungewöhnlich.

Sie hatte erzählt, ihre Mutter habe mit einer zugewanderten rumänischen Familie, zwei Kinder, abgemacht gehabt, ihr das Haus mit allem Drum und Dran sowie den Garten zu überlassen, weil sie den Leuten vertraut, aber auch Mitleid mit ihnen gehabt habe. Bis dann ein Käufer gefunden wäre, das Haus in Schuß halten, sei vereinbart gewesen, am wichtigsten wäre ihrer Mutter gewesen, daß sich jemand um das Grab kümmern würde, glücklich sei sie gewesen, ihren Hund und Kater in guten Händen zu wissen. Sie sei sogar so weit gegangen, der Familie ein Vorrecht beim Kauf einzuräumen, sollte die in zwei, drei Jahren eine Rate zahlen können.

Erika hatte mir erklärt, daß die Leute in dem ihnen überlassenen Garten ja auch Gemüse gepflanzt hätten, aber viel habe der Verkauf nicht abgeworfen, wegen der galoppierenden Inflation habe das Geld auch keinen Wert mehr gehabt, Verkäufe seien damals doch nur noch in Mark oder Dollar getätigt worden.

Nach mehr als zwei Jahren habe der Anwalt, mit dem sie telefonisch in Verbindung gestanden habe, einen Käufer gefunden gehabt, lächerliche 4.000 DM habe der geboten, und sie hätten beschlossen, Haus und Garten weiterhin der Familie zu überlassen, weil dadurch die Pflege des Familiengrabes, das Wichtigste für ihre Mutter, gesichert gewesen wäre.

Die Familie habe sie, hatte Erika erzählt, über den Anwalt wissen lassen, daß der Hund verreckt sei, der Kater verschwunden, ihre Mutter habe bitter geweint und sich in die Behauptung verstiegen, die hätten Hund und Kater doch verhungern lassen.

Sie, hatte Erika gemeint, habe ganz andere Sorgen gehabt, deshalb wäre in den ersten Jahren ein Besuch zu Hause für sie nicht in Frage gekommen, zu ihrer Verwunderung habe ihre Mutter auch nicht darauf gedrängt, als sie dann krank geworden, ein Jahr darauf in den Rollstuhl gekommen sei, wäre es ja auch nicht mehr möglich gewesen.

Erika hatte mir erklärt, ihre Mutter habe nicht mehr richtig gehen können, anfangs einen Rollator benutzt, sei dann aber immer schwächer auf den Beinen geworden. Ein Glück mit ihrem Beruf, hatte sie gemeint, sie habe ihr beigebracht, wie den Rollstuhl handhaben, wie den Klostuhl benutzen, da die Toilette nicht rollstuhlgerecht hätte eingerichtet werden können, zum Baden hätten sie einen Lifter gehabt, sich nackt zu zeigen, sei ihrer Mutter anfangs nicht leicht gefallen. Zu Bett gehen, aufstehen, habe sie allein gemacht, sie sei sehr tapfer gewesen, habe nie gejammert, sogar sie getröstet, was denn schon passieren könnte, da sie sich Sorgen gemacht habe, sie bis am Morgen allein zu lassen, wenn sie abends ihren Dienst im Pflegeheim angetreten habe.

Und um das mit dem Haus und dem Garten kurz zu machen, hatte sie gleich anschließend gemeint, sie habe nach dem Tode ihrer Mutter nichts unternommen, alles so belassen, sei auch nie mehr dort gewesen, die Frau rufe jedes mal zu Neujahr an, das Dorf habe jetzt Telefondurchwahl, ansonsten sehe es dort schlimm aus, habe sie sich erzählen lassen.

Ich hätte nun doch gerne gewußt, ob sie der Familie alles überschrieben und wenn ja, warum sie auf alles verzichtet hatte, aber während ich noch am Überlegen war, sie danach zu fragen, hatte sie lächelnd gemeint, zu einer Erbschaft sei sie durch ihre Mutter ja doch gekommen. Es war eine unglaubliche Geschichte.

Kurz nach dem Tod ihres Vaters hatte eine Arbeitskollegin, die aus einem Dorf in der Nähe von Temeswar stammte, Erika rein zufällig von einer älteren alleinstehenden Frau aus ihrem Dorf erzählt, der Mann verstorben, keine Kinder, und deren Lebensgeschichte hatte sie an die der Tante ihrer Mutter erinnert.

Nach anfänglichem Zögern hatte sie die Kollegin in ihre Vermutung eingeweiht, sie gebeten, ihre Großmutter Näheres zu fragen. Die hatte ihrer Enkeltochter Erikas Annahme bestätigt, es aber nicht dabei belassen, sondern war sofort zu Theresia Müller, geborene Haberkorn, im Dorf Müller Resi genannt, gegangen, um der die frohe Botschaft von der wundersamen Entdeckung ihrer Verwandten mitzuteilen.

Die hatte Erika über die Arbeitskollegin wissen lassen, daß es ihr größter Wunsch wäre, ihre Nichte und sie kennenzulernen, sie seien wann immer willkommen. Mit der Aktion der Großmutter ihrer Arbeitskollegin hatte Erika nicht gerechnet, war überrumpelt, hätte sich gewünscht, lieber den Mund gehalten zu haben, hatte sich sogar mit dem Gedanken getragen, es ihrer Mutter zu verschweigen, weil sie die in ihrer Verzweiflung nach den Todesfällen in der Familie nicht auch noch mit der Vergangenheit hätte konfrontieren wollen, es ihr aber dann doch gesagt. Sie war mit ihr hingefahren, Tante und Nichte waren überglücklich, sich endlich gefunden zu haben. Die Tante hatte Erikas Mutter viel von deren leiblichen Mutter als junges Mädchen erzählt, ihr versprochen, sie zu besuchen, auch um am Grab ihrer Schwester Abbitte zu leisten, weil sie nicht versucht hatte, damals nach ihr zu suchen. Dazu war es nicht mehr gekommen, denn die Tante war kurz darauf verstorben. Auf dem Begräbnis waren sie nicht, denn die Familie, die sich um die Tante gekümmert hatte, dafür erben sollte, hatte sie nicht benachrichtigt, durch Erikas Arbeitskollegin hatten sie vom Tod der Tante erfahren.

Erika und ihre Mutter waren ans Grab der Tante gefahren, die Familie, der die Tante sich übergeben hatte, hatten sie nicht besucht, um sich die Peinlichkeit oder gar Streit zu ersparen. Ihr Besuch auf dem Friedhof aber war im Dorf nicht unbemerkt geblieben, die Arbeitskollegin hatte Erika berichtet, daß die Familie noch mehr ins Gerede geraten war. Die Tante hatte Nachbarinnen erzählt, sie hätte sich ausbedungen, daß ihre Nichte nach ihrem Tod auch etwas vom Verkauf des Hauses kriegen sollte, und nun war für die Leute im Dorf offensichtlich, daß die Familie sich über den letzten Willen der Verstorbenen hinwegsetzen wollte.

Erikas Mutter hatte dann doch ein paar tausend Lei erhalten, das Geld hatte man Erika über deren Arbeitskollegin zukommen lassen. Davon hatte Erika sich Möbel gekauft, als ihr die Blockwohnung zugeteilt worden war.

Für mich mal wieder völlig aus dem Zusammenhang gerissen, war sie auf das Grab der Magda in T. zu sprechen gekommen. Ihre Mutter sei noch ein paar Jahre zu Allerheiligen hin, es wäre ihr aber dann zu beschwerlich geworden, das Grab sei sich selbst überlassen geblieben. Und ihr tue es heute leid, während ihrer Schulzeit in T. nie ans Grab ihrer Großmutter gegangen zu sein, hatte sie beteuert, entschuldigend gemeint, damals habe sie sich über dergleichen keine Gedanken gemacht und außerdem hätte man sich als Kind doch vor Friedhöfen gefürchtet, auch in Begleitung der Eltern dieses beklemmende Gefühl gehabt und nicht gewußt, wie sich vor einem Grab verhalten.

Und wenn wir schon bei den Toten wären, hatte sie anschließend gemeint, ich würde bestimmt verstehen, daß sie auf den Tod ihres Mannes und ihrer Schwiegereltern nicht näher eingehen wolle und die letzten Jahre ihrer Ehe wolle sie mir jetzt auch nicht ausbreiten. Darauf war sie dann doch eingegangen, wenn großteils auch nur indirekt.

Ihr Mann, obwohl Automechaniker von Beruf, hatte Schwierigkeiten Arbeit zu finden, kam dann bei Daimler unter, im Rohbau, Nachtschicht. Sie verdienten gut, gönnten sich das, wovon sie schon immer geträumt hatten: Auto, Urlaub, jedes Jahr in Italien oder Spanien. Dann kam das Haus hinzu. Obwohl sie nun hätten kürzertreten müssen, legte sich ihr Mann einen sauteuren Zweitwagen zu, auch alles im Haus durfte nur noch vom Besten sein, weil er vor Landsleuten, die er zu Gelagen einlud, gerne prahlte.

Da sie einen Heidenrespekt davor hatte, kümmerte sich ihr Mann um die finanziellen Angelegenheiten, von einigen wußte sie überhaupt nichts. Als sie dann Pflegerin wurde, nicht mehr so viel verdiente, ihr Mann nun oft Kurzarbeit hatte, konnten sie den Kredit und die vielen Raten kaum noch bedienen.

Nach dem Tod ihres Mannes, eröffnete ihr der Berater ihrer Bank, daß sie vor einem Schuldenberg stünde. Sie zog einen Schlußstrich, trat der Bank mit riesigem Verlust das Haus ab, verkaufte alles, was sich zu Geld machen ließ, mietete, da die Übersiedlung ihrer Mutter für sie feststand, die Dreizimmerwohnung, zog nach deren Tod in die Zweizimmerwohnung. Laut meinen Notizen war im Zusammenhang mit diesen Geschichten der Name ihres Mannes gefallen, Karl. Ich kannte ihn nicht, hätte aber auch nicht erwartet, daß sie mir ein Foto von ihm zeigen würde.

Unser Gespräch war eigentlich zu Ende, als Erika gemeint hatte, sie habe mir ganz zu sagen vergessen, daß ihre Mutter immer zu sagen pflegte: Laß uns doch erzählen!

Es tue ihr heute leid, auf diesen Wunsch ihrer Mutter, es sei ja auch eher eine Forderung gewesen, manchmal unwillig reagiert zu haben, hatte sie mir dann gestanden und mir erklärt, daß ihre Mutter immer erwartet habe, daß sie alles stehen und liege lasse, sich zu ihr setze und zuhöre.

Zuhören! Ja, das habe sie in all den Jahren gelernt, und auch, wie mit Äußerungen ihrer Mutter umgehen, hatte sie gemeint. Was für Äußerungen denn, hatte ich schon fragen wollen, doch sie war mir wieder mal zuvorgekommen.

Die Bemerkung, sie habe sich ab den letzten Jahren im Lyzeum kein richtiges Bussi mehr geben lassen wollen, habe sie ja noch verstehen können, weil ihr klar geworden sei, wie sehr ihre Mutter darunter gelitten habe, daß sie nicht mehr wie früher als Kind gewillt gewesen sei, sich auf den Mund küssen zu lassen, bei der Bemerkung aber, mit dem Tod von ihnen beiden sei ihre Familie ausgestorben, habe sie schon schlucken müssen, weil sie den Vorwurf, keine Kinder zu haben, herausgehört habe.

Die Äußerung ihrer Mutter, sie habe immer dieses Heimweh, vor allem wenn der Abend komme, habe sie nachvollziehen können, ihr was Tröstendes sagen wollen, doch die habe hinzugefügt, sie wäre ja froh und dem Herrgott dankbar, in dem Elend in Rumänien nicht mehr leben zu müssen, glücklich aber wäre sie gewesen, wenn sie hätte daheim bleiben können, denn wer lebe schon gerne in der Fremde unter Fremden.

Das sei für sie ein Schlag ins Gesicht gewesen, sie habe sich noch rechtzeitig zurückhalten können, ihr nicht unter die Nase zu reiben, daß sie doch niemand gezwungen hätte, her zu kommen. Sich ihren Ärger nicht anmerken zu lassen, sei ihr aber nicht gelungen, ihre Mutter habe sich sofort entschuldigt, es sei nicht so gemeint gewesen, sie habe damit bloß sagen wollen, daß die Zeiten daheim mit Vater und Großmutter doch schön und glücklich gewesen wären. Dem habe sie zugestimmt, hatte Erika gemeint, und daß sie ihre Mutter heute noch besser verstehe, weil sie dieser Zeit doch auch nachhänge.

Während unseres Gesprächs hatte ich immer wieder den Eindruck gehabt, daß sie sich Vorwürfe machte, ihre Mutter nicht schon Jahre früher zu sich genommen zu haben, ihr Bekenntnis aber, ich war schon im Begriff aufzustehen und mich zu verabschieden, hatte mich dann doch überrascht.

Sinngemäß hatte sie gemeint: Jeder, der mal etwas getan habe, was er später bitter bereue, kenne doch das ungute Gefühl, das trotz der Reue bleibe, und er wisse, wenn er sich jemandem anvertraue, daß der Verdacht, sich bloß rechtfertigen zu wollen, um so größer werde, je mehr er sich zu erklären versuche.

Es tut mir leid, dazu geschwiegen und ihr nicht versichert zu haben, daß ich sie zu keinem Zeitpunkt verdächtigt habe, sie hätte mir das alles nur erzählt, um sich zu rechtfertigen.

Autorenhinweis

JOHANN LIPPET/ Veröffentlichungen

Buchveröffentlichungen:

biographie. ein muster. Poem. Bukarest: Kriterion Verlag, 1980.
so wars im mai so ist es. Gedichte. Bukarest: Kriterion Verlag, 1984.
Protokoll eines Abschieds und einer Einreise oder Die Angst vor dem Schwinden der Einzelheiten. Roman. Heidelberg: Verlag Das Wunderhorn, 1990.
Die Falten im Gesicht. Zwei Erzählungen. Heidelberg: Verlag Das Wunderhorn, 1991.
Abschied, Laut und Wahrnehmung. Gedichte.Heidelberg: Verlag Das Wunderhorn, 1994.
Der Totengräber. Eine Erzählung. Heidelberg: Verlag Das Wunderhorn, 1997
Die Tür zu hinteren Küche. Roman. Heidelberg: Verlag Das Wunderhorn, 2000.
Banater Alphabet. Gedichte. Heidelberg: Verlag Das Wunderhorn, 2001.
Anrufung der Kindheit. Poem.München: Lyrikedition 2000, 2003
Kapana, im Labyrinth. Reiseaufzeichnungen aus Bulgarien. Heidelberg: Verlag Das Wunderhorn, 2004.
Das Feld räumen.(II. Band „Die Tür zur hinteren Küche) Roman. Heidelberg: Verlag Das Wunderhorn, 2005.
Vom Hören vom Sehen vom Finden der Sprache. Gedichte. München: Lyrikedition 2000, 2006
Migrant auf Lebzeiten. Roman. Ludwigsburg: Pop Verlag, 2008
Im Garten von Edenkoben. Gedichte.München: Lyrikedition 2000, 2009
Das Leben einer Akte. Chronologie einer Bespitzelung durch die Securitate.Heidelberg: Verlag Das Wunderhorn, 2009

Dorfchronik, ein Roman. Roman.Ludwigsburg: Pop Verlag, 2010
Der Altenpfleger. Zwei Erzählungen.Ludwigsburg: Pop Verlag, 2011
Tuchfühlung im Papierkorb. Ein Gedichtbuch.Ludwigsburg: Pop Verlag, 2012
Bruchstücke aus erster und zweiter Hand. Roman. Ludwigsburg: Pop Verlag, 2012
Die Quelle informiert. Ein Bericht. Roman. Ludwigsburg: Pop Verlag, 2014

Übersetzungen
Stoica, Petre: **Aus der Chronik des Alten.** Gedichte. Ausgewählt und aus dem Rumänischen übersetzt von Johann Lippet. Heidelberg: Verlag Das Wunderhorn, 2004.